# Malá Strana

*Vestígios de Praga*

CB016271

# JAN NERUDA

# Malá Strana
## *Vestígios de Praga*

Tradução de
**Luis Carlos Cabral**

Prefácio de
**Ivan Klíma**

EDITORA RECORD
RIO DE JANEIRO • SÃO PAULO

2011

CIP-Brasil. Catalogação-na-fonte
Sindicato Nacional dos Editores de Livros, RJ

Neruda, Jan, 1834-1891
N367c    Malá Strana — Vestígios de Praga/Jan Neruda; tradução de Luís
Carlos Cabral. — Rio de Janeiro: Record, 2011.

Tradução de: Povídky Malostranské
ISBN 978-85-01-08233-6

1. Contos tchecos. I. Cabral, Luís Carlos. II. Título.

11-1164.                    CDD: 891.863
                           CDU: 821.162.3-3

Título original:
Povídky Malostranské

Copyright da tradução © Luís Carlos Cabral, 2011

Copyright do prefácio © Ivan Klíma

Editoração eletrônica: FA Editoração

Design de Capa: Fernando Leite

Autor da foto de capa: Luís Carlos Cabral

Tradução do prefácio: Ricardo Gomes Quintana

Texto revisado segundo o novo Acordo Ortográfico da Língua Portuguesa.

Direitos exclusivos de publicação em língua portuguesa somente para o Brasil
adquiridos pela
EDITORA RECORD LTDA.
Rua Argentina, 171 — Rio de Janeiro, RJ — 20921-380 — Tel.: 2585-2000,
que se reserva a propriedade literária desta tradução.

Impresso no Brasil

ISBN 978-85-01-08233-6

Seja um leitor preferencial Record.
Cadastre-se e receba informações sobre nossos
lançamentos e nossas promoções.

EDITORA AFILIADA

Atendimento e venda direta ao leitor:
mdireto@record.com.br ou (21) 2585-2002

# NOTA DO TRADUTOR

Um cavalo repentino. Uma carruagem imaginária. Um Tatra real sobrevoando o Moldava. Uma lua solitária no espelho d'água. Estrela vermelha, estrela esmaecida n'água. Tempo nenhum. Era assim até ontem. A cidade atemporal; bela também por isso, pela ausência de marcas do presente. Mas era pesado o instante. Cada futuro era pesado.

Não há nada mais pesado que uniformes verde-oliva e fardas austríacas, alemãs ou soviéticas pisando os calcanhares dos homens, de todos os homens. Não há nada mais difícil que o silêncio imposto a cada segundo. Um grampo na língua. Vire-se, e é parede. Empedre-se. Vire sombra. Ontem seria assim: bela e cinzenta, como as manhãs mais cruéis.

Foram-se. Os últimos se foram. E foi ontem o alívio.

Slavia, o secular café de beira-rio, o quadro lembrando o absinto, Toulouse-Lautrec, meia-noite. Logo ali a pista e os carros, logo ali o alambrado, logo ali a água, o espelho do Moldava, os barcos habitados, logo ali à direita a ponte de Carlos, logo ali a outra amurada, a pista de lá e os carros, lá na frente as luzes radiantes do castelo, da Catedral de São Vito, catedral minha de ateu educado por stalinistas e jesuítas, catedral minha por ter tantas vezes me abrigado na adolescência das intempéries da política e da natureza, minha, a de São Vito Catedral. E no meio a mancha.

Vista daqui das janelas de 15 por 15 metros do Slavia é assim mesmo, uma mancha, mancha espalhada, mancha. Mancha que abarca o moinho, a península, os gansos, os becos, os arcos e as arcadas, as galerias da arte de hoje, as feiras de cerâmica e vidraria artesanal, as igrejas seculares, os pintores de outro dia, os porões de rock e jazz; ignorei os turistas e tudo o que a eles se destina, volto ao vociferante trecho pequeno do rio, aos pequenos pássaros que minha mão encontrou nos arbustos e deles saiu ilesa, mancha poderosa, Malá Strana; *malá*, pequena, *strana*, lado, pedaço, bairro, página.

O mundo de Neruda é uma mancha suave pousada em minha retina, e mais, doce no meu coração: vivi nele, sei onde ali beber cerveja e comprar o melhor dos pães. Agora, não será mais parte só do meu mundo. Invadirá a imaginação de vocês e aí terei...

Foi invenção minha — e daí a emoção — trazer este livro depois de ter traduzido *A guerra das salamandras*, de Karel Čapek, que também será publicado pela Record. Em ambos os casos trabalhei a partir do original, mas me apoiando sempre em várias versões feitas para o inglês e o espanhol. E, é claro, em dicionários, sites de busca, especialistas em determinadas questões... Enfim, sabia que iria trair os leitores, mas queria ter as mãos deitadas sobre toda a extensão do rio.

O leitor deve daqui a segundos ler o magnífico prefácio de Ivan Klíma, que aborda com toda propriedade a difícil questão da construção de uma identidade nacional tcheca, um dos temas do sutil, leve, Jan Neruda. Franz Kafka, o tcheco a quem o mundo deve a explicitação de como é absurda a vida, escreveu em alemão. E não queria ser publicado, nunca. Eis aí duas traições — à nacionalidade e ao mundo — a serem avaliadas.

Para mim, radical defensor dos homens que caminham sem pisar em outros, não houve nenhuma. Mas essa é outra questão, e bastante complexa.

Perdi-me no bosque de pinheiros, abandonei-me ao rio, não ofereço minuciosas explicações de pé de página, seria besteira. Ao traduzir Neruda — não o magnífico Pablo, que se apossou Deus sabe por que do sobrenome de Jan —, senti o humor nem sempre delicado de Machado de Assis, Eça de Queirós, Tchecov, homens de uma mesma época de um mundo que só tinha como corrente de transmissão o vento e as pás, os cavalos, os ombros, o suor, a bússola, o astrolábio. E senti também o espírito de Otto Lara Resende e o de Rubem, o Rubem Braga que apontava em silêncio as Cagarras, flutuando ele mesmo ali ao largo de Ipanema. Sim, a nata dos cronistas, esses sujeitos capazes de ver a importância da lua na unha abandonada da manicure. Minuciosos como Neruda.

Volto a minha gávea, à rua Neruda, de onde podem ser vistas algumas das quinhentas torres de Praga. Faço ali pequenas estripulias desde que tinha não mais de 14 anos. E persistirei, sempre que puder, se é que cabe a confissão de um propósito.

A janela está lá, sempre aberta, e o piano também.

*Luís Carlos Cabral*

# PREFÁCIO

Eu estava em Londres em agosto de 1968, na época da invasão soviética — ou seja, encontrava-me na minha cidade favorita no exterior, e em um país que admiro muito —; mesmo assim, decidi não ficar. Lembro-me de justificar minha decisão de retornar a Praga com um comentário que deve ter soado absurdo: a maioria dos nomes das ruas de Londres não tem associações para mim.

Não era um absurdo. Visitamos várias cidades durante a vida. Andamos por centenas de ruas, vimos todo tipo de coisa. Somos turistas inveterados. No entanto, nossa casa ainda é o lugar onde ruas e prédios têm mais a nos dizer que o olhar de qualquer estrangeiro pode perceber.

A rua Neruda não é apenas a mais bonita de Praga; tem todas as razões do mundo para ostentar o nome do nosso autor. Todo o bairro da Malá Strana — na verdade, toda Praga, ou antes, sua forma e história em um passado nem tão distante, o espírito do local — chega a nós, em grande parte, por meio das palavras e imagens de Neruda.

Não que essas imagens sejam necessariamente positivas. Tendo retornado a Praga após a invasão, eu era com frequência chamado pela polícia para interrogatórios. Na primeira vez, fui com a frase de abertura de *Police Tableaux* na cabeça: "Acima, os fundos do Quartel-General da Polícia da rua Bartolomeu, em Praga, local dilapidado, pobre, sombrio." Um século após a morte de Neruda, o Quartel-General da Polícia ainda permanece na mesma rua dilapidada e sombria, e naquela primeira vez — e muitas outras mais tarde — senti uma espécie de conforto peculiar à ideia de que as instalações ainda retêm algo da antiga monarquia austríaca, ou seja, da época de Neruda.

Por que será que nós, tchecos, ao mesmo tempo em que enriquecemos a literatura mundial com uma variedade de grandes talentos, sabemos e falamos tão pouco sobre nossos escritores do século XIX?

A literatura tcheca desenvolveu-se, a partir de suas origens medievais, ao longo das mesmas linhas que a maioria das literaturas europeias e, por volta do século XVII, já tinha dado ao mundo um verdadeiro gênio, na pessoa de João Amós Comenius, autor de *Labirinto do mundo e o paraíso do coração,* um dos mais importantes filósofos europeus da educação. Entretanto, os acontecimentos políticos durante e depois da Guerra dos Trinta Anos provocaram uma parada brusca na evolução do Estado e da cultura tchecas. Comenius morreu no exílio, destino compartilhado por um grande número de intelectuais e nobres da época. Pelos 150 anos seguintes, o centro da vida política, social e, portanto, cultural tcheca transferiu-se de Praga para Viena, e os Territórios Tchecos passaram por um processo gradual de germanização. O elemento tcheco entrou em declínio, principalmente nas áreas urbanas, e a língua reduziu-se a ser falada apenas no campo.

Paradoxalmente, o renascimento da consciência nacional e linguística tcheca originou-se sob a influência da filosofia alemã e, em particular, a partir da teoria, de Johann Gottfried Herder, de fins do século XVIII, da nação como o construto social mais natural, e da língua como a manifestação mais natural do gênio de uma nação. A primeira geração de reformadores nacionais consistia predominantemente em estudiosos. Eles tentavam revigorar a língua, compilar gramáticas e dicionários e traduzir alguns clássicos da literatura mundial para o tcheco. A segunda geração, que data dos primórdios do século XIX, incluía escritores cujo objetivo era utilizar a língua recém-renascida como veículo para as próprias obras. Na verdade, eles eram mais patriotas diletantes que artistas criativos. Provinham, na maior parte, de ambientes provincianos e plebeus, foram os primeiros, em suas famílias, a receber educação formal. Além disso, ainda eram muito poucos em termos numéricos, da mesma forma como o público que esperavam pudesse ler seus textos.

Quem queria ler em tcheco naquela época? Na verdade, quem conhecia o idioma? Além de um punhado de entusiastas, professores, padres e o que havia sobrado da nobreza, o público leitor tcheco consistia, em geral, em camponeses muito simples, interessados em leitura popular, como almanaques, histórias edificantes, comédias e farsas. Qualquer poesia que pudessem ter lido possuía características folclóricas ou eram ataques de caráter político. Em outras palavras, tratava-se de uma época de escritores pouco talentosos e leitores menos exigentes ainda, que, na verdade, impediam o progresso dos primeiros, em vez de estimulá-los a atingir patamares mais altos de criatividade.

Como é natural, a literatura deu origem à crítica literária, mas os críticos, oriundos do mesmo círculo restrito que o dos

11

escritores, escreviam com um diletantismo desapaixonado semelhante ao da literatura que julgavam. Encantados com o simples fato de que um escritor usasse o tcheco — em especial para traduzir grandes obras como *Paraíso perdido* ou peças de Aristófanes e Shakespeare —, tendiam a ser generosos em seus elogios. Os críticos, portanto, fizeram tão pouco quanto os leitores para estimular o desenvolvimento de talentos e obras literárias genuínas. Quando o primeiro poeta de verdade apareceu, eles não souberam apreciá-lo; desancaram-no por completo. Assim, numa época em que Goethe, Balzac, Stendhal, Dickens, Shelley e Gogol encontravam-se todos em atividade, ou seja, duzentos anos depois de Shakespeare e cem depois de Swift — os críticos tchecos celebravam autores banais, dos gêneros populares mais rasteiros.

No entanto, as primeiras duas gerações de reformadores tchecos fizeram certos progressos. Primeiro, conseguiram trazer a moribunda língua tcheca de volta à vida, enriquecê-la com uma variedade de clássicos da literatura mundial e, dessa forma, fizeram ao menos uma afirmação indireta sobre o que constitui uma obra verdadeiramente criativa. Também conseguiram conscientizar uma parte da sociedade do que significava ser tcheco e aumentar muito o número de pessoas que desejavam falar e pensar em tcheco, e, portanto, ler e estudar a língua.

Uma das maiores ferramentas utilizadas no processo de crescimento dessa conscientização foi a imprensa, único veículo de comunicação de massa da época (se é que a circulação de uns poucos milhares de publicações pode ser chamada de "comunicação de massa"). Os reformadores davam-lhe atenção particular, esperando que propagasse as ideias que defen-

diam com tanto ardor e educasse um público que considera-
vam — com toda razão — atrasado, estagnado na periferia da
Europa. Uma vez que os tchecos não possuíam Estado próprio
e o parlamento se reunia em Viena (onde a vida política do
império estava praticamente concentrada), a imprensa repre-
sentava a única tribuna em que escritores, poetas e políticos
podiam expor suas opiniões, objetivos e exigências.

Assim, em meados do século XIX — mais precisamente,
nos primeiros anos da década de 1860 — assistiu-se ao surgi-
mento de uma série de periódicos políticos, culturais, literá-
rios e "para a família", e a maioria dos literatos reconhecidos
considerava um dever patriótico contribuir para eles. Essa foi
a época que estabeleceu a tradição tcheca de se ver escritores, e
até mesmo poetas, como personalidades mais que literárias; na
verdade, estadistas, formuladores da política nacional, líderes
em potencial. Que essa tradição adentrou o século XX fica
claro a partir da vida e da obra do maior escritor tcheco desse
período talvez, Karel Čapek, e a partir do fato de que, no final
desse mesmo século, um escritor Václav, Havel, foi considerado apto a servir como chefe de Estado.


Ninguém podia arriscar-se muito na sociedade tcheca de princípios do século XIX. Como prova disso, basta olhar para os
finais trágicos dos predecessores imediatos de Neruda. Karel
Hynek Mácha, poeta romântico, que se pode comparar aos
melhores da Europa, morreu aos 26 anos, só e sem ser reconhecido ou compreendido. Karel Havlíček Borovský passou
os últimos anos de vida no exílio, abandonado e esquecido,
retornando a casa só para morrer; tinha 35 anos. Božena

Němcová morreu aos 42 anos, marginalizada pela "alta sociedade" e reduzida a uma pobreza tão extrema que os historiadores da literatura especulam que sua morte tenha-se devido à pura exaustão.

Jan Neruda, nascido em 1834, pertencia à geração seguinte, e seu destino, como o de seus semelhantes, foi menos dramático e trágico. Seu pai era um ex-soldado viúvo, que se casara novamente. Neruda recordou-se, mais tarde, com seu sarcasmo característico:

> Meu pai *tinha* de se casar de novo porque seu primeiro matrimônio não produziu nada, como se diz, de particularmente interessante (...). Ele pode muito bem ter carregado uma bengala de marechal na sacola, não sei, mas com certeza nunca a mostrou. Por ter ajudado a derrotar Napoleão em Leipzig e a ocupar a França até a altura de Lyon (sim, de fato!), deram-lhe o cargo de carregador, ou fornecedor, em vários quartéis, posição tão compensadora para aquele homem honesto que minha empreendedora mãe tinha de trabalhar aqui e ali para manter as contas em dia.

Como a maioria dos escritores tchecos, portanto, ele tinha origens humildes, mas, ao contrário dos colegas (com exceção de Mácha), era natural de Praga. Além disso, nasceu na parte da cidade mais típica, magnífica e representativa, Malá Strana (literalmente, o Lado Pequeno), em meio às mansões imponentes da aristocracia e às sólidas habitações de artífices, comerciantes e exércitos de funcionários, sem os quais a administração da Boêmia e sua capital era impensável. Cresceu no que é agora a rua Neruda. Como ela sobe da praça Malá Strana até o Castelo, era rota dos reis tchecos em suas coroações e cenário de inúmeros cortejos. Neruda era, assim, um produto típico da cidade, patriota de Praga, imortalizando a amada Malá Strana e seus moradores no melhor de suas obras.

Embora a família fosse pobre, recebeu uma educação decente — nas escolas alemãs de Praga. Além disso, teve a primeira experiência como homem de imprensa no jornal alemão *Tagesbote aus Bömen*. Ironicamente, sua geração de escritores, que se impôs o objetivo de libertar a literatura e a sociedade tchecas do jugo alemão, encontrou a inspiração principal nos baluartes do *Junges Deutschland,* o movimento da Jovem Alemanha: Heinrich Heine, Ludwig Borne, Karl Gutzkow e Jean Paul eram os favoritos.

Aos 13 anos, começou a frequentar palestras em tcheco ("Sentávamos lá religiosamente, como se estivéssemos na igreja; ficávamos em êxtase, bem-aventurança") e foi para a melhor instituição educacional de língua tcheca da época, o liceu Akademické, centro de professores fabulosos — como o futuro mostraria em breve — e de alunos não menos lendários. Ali, Neruda principiou a escrever seus primeiros poemas e artigos.

Mais tarde, estudou direito a pedido do pai; depois o trocou pela filosofia. Embora não conseguisse terminar os estudos por falta de recursos, a filosofia talvez não se adequasse inteiramente a sua natureza ativa. Após tentar encontrar para si uma boa posição — primeiro como funcionário público e depois, professor —, começou a trabalhar no *Tagesbote* e logo pôde ganhar a vida como jornalista.

Tendo feito sua entrada no mundo das letras tcheco com um volume de poesia (ostentando o título sombrio de *Flores de cemitério*, cujo conteúdo era compatível ao texto) e publicado, mais tarde, um longo panfleto em verso e outras quatro coletâneas de poesia (com uma quinta aparecendo postumamente), Neruda — destacado escritor de folhetins e de ficção — ficou conhecido e celebrado basicamente como poeta. Porém, resquícios da tradição romântica também desempenharam seu papel: os românticos colocavam a poesia acima de todas as outras formas de literatura e auréolas sobre a cabeça dos poetas. Até mesmo os mais exímios escritores de prosa só conseguiam ascender ao Parnaso como poetas.

Uma forma de se compreender uma obra de arte é buscando as fontes que a inspiraram, e elas, por sua vez, estão ligadas à personalidade, aos traumas, interesses e ao destino do criador.

Anos atrás, fazendo um estudo sobre Karel Čapek, que usou Neruda como modelo, comparei sua vida com as, a princípio, incomparavelmente diferentes vidas de dois escritores que lhe foram mais ou menos contemporâneos: Franz Kafka e Jaroslav Hašek. O único elo que consegui encontrar, na verdade, foi o fato de nenhum deles haver tido uma companheira para toda a vida. A maioria das obras de Kafka foi propiciada por essa ausência; a mesma que empurrava Hašek de um bar de Praga para outro, ou impelia-o a infindáveis giros a pé pelo interior; e que foi também um dos motivos por que Čapek amarrou sua vida com tanta força à da Primeira República Tcheca.

O destino de Neruda foi muito semelhante, mas enquanto as causas da existência solitária dos outros escritores não são difíceis de apontar (o medo de mulheres experimentado por Kafka, combinado à apreensão de que o casamento o impediria de escrever; a enfermidade de Čapek; e a preferência de Hašek pelas companhias masculinas), a existência de solteirão levada por Neruda, que começou a pesar-lhe amargamente, em especial no fim da vida, não possui uma explicação óbvia. Ele teve várias mulheres e, embora haja experimentado o que se poderia chamar de dois amores trágicos (o primeiro e, com toda probabilidade, maior amor de sua vida foi a famosa romancista tcheca Karolina Světlá, que, no fim das contas, recusou-se a desafiar as convenções e deixar um marido que não amava; o segundo amor morreu antes de Neruda poder propor-lhe casamento), os outros pareceram frustrá-lo. Aos 40 anos, começou a culpar uma série de doenças por envelhecê-lo precocemente, em termos físicos e psíquicos. A única razão discernível para sua solidão era um relacionamento pegajoso com a mãe, a quem amava extremamente e que celebrou em alguns de seus melhores versos.

Seja como for, não há dúvida de que preencheu essa lacuna em sua vida emocional amando o povo tcheco como um todo. Foi mais ou menos o que disse em um discurso de agradecimento aos amigos, pelas belas palavras ditas na ocasião de seu aniversário de 50 anos:

> Com frequência lamentamos não ter amigos ou tê-los muito poucos. Por quê? Isso é completamente injustificado. Não precisamos de mais amigos que o trabalho e o amor pelo país. O trabalho é um amigo honesto: honre-o e ele nunca o deixará. Da mesma forma, o amor pelo país: não pode haver nação tão rasteira que esse amor não erga em direção à vitória. Assim, a nação tcheca, por meio do trabalho honesto e incansável, emergirá vitoriosa.

Aí vemos os valores aos quais Neruda atinha-se: trabalho honesto, o conceito de nação, os princípios básicos da democracia liberal (pelos quais lutou a vida toda) e, por fim, o ideal de uma coletividade socialmente justa (que o levava sempre a chamar a atenção de seus leitores para os destituídos e seus problemas, mas nunca permitiu que isso irrompesse em uma incitação revolucionária ou submergisse no *patos* sentimental de tantos de seus contemporâneos).

Contudo, para Neruda e o tempo em que viveu, o conceito de nação tinha prioridade. Ele o serviu com a própria obra. Partes de sua produção jornalística, e mesmo da poética, são marcadas por esse viés. No entanto, isso não ocorre no melhor de seu trabalho ficcional, as histórias traduzidas aqui como *Contos de Praga*.

Embora os contos sejam pura ficção, Neruda foi antes de tudo um jornalista ou, para ser mais exato, um praticante do gênero jornalístico singular, conhecido como crônica, que consiste em um pequeno esquete, refletindo experiências e preocupações cotidianas. Sua origem é francesa, de princípios do século XIX, mas logo desfrutou de enorme popularidade em toda a Europa. Neruda cultivou-o com grande tenacidade, aprimorando-o, refinando-o e expandindo suas fronteiras temáticas. Usava a crônica como veículo para relatórios parlamentares, livros, teatro, música, crítica teatral, anotações de viagem, reportagens, retratos em miniatura de pessoas famosas, vagabundos, criadas,

---

\* "Contos de Praga" é a tradução literal do título tcheco, Povídky Malostranské.

carreteiros, mendigos, frequentadores de bares; para colunas sociais, polêmicas, ensaios sobre acontecimentos do dia a dia ou sobre as últimas descobertas científicas.

Ao longo dos anos, cultivou a imagem de observador imparcial, reunindo os elementos mais disparatados, que tinham como ligação única seus comentários e o fato de considerá-los dignos de interesse. O resultado era uma colagem fascinante, ainda admirável pela diversidade, pelos *aperçus* cáusticos e justaposições inesperadas. E porque o objetivo era tanto instruir quanto entreter, ele exibia uma gama de conhecimento que ia muito além da norma jornalística. Uma série de crônicas sobre balé, por exemplo, incluía dezenas de referências à história da dança, desde o período clássico até o presente, embora ali figurassem, de forma proeminente, ironias muito aforísticas. Porém, ele permanece mais eficiente e vivaz para nós nas passagens em que é menos literário, onde descreve a cidade natal, as pessoas e os costumes de seu tempo, dando rédea solta ao olhar atento e à inteligência fina.

Observação atenta e formulação precisa eram obsessões para Neruda, das quais tinha plena consciência. "Quando meu pai estava morrendo", escreveu ele em uma carta à primeira noiva:

Eu estava deitado em uma cama ao lado da dele, dormindo, talvez um pouco profundamente demais para um filho. A certa altura, despertei e vi que se aproximava do fim. Debrucei-me sobre ele, que mal conseguia respirar. Achei que meu coração fosse explodir; minha garganta estava muito seca, apertada, eu tinha a impressão de que iria sufocar. Ainda assim, fiquei examinando como um homem morria. Era impossível ser feliz com um demônio como eu.

O que Neruda apresenta como confissão cínica é, na verdade, prova da obsessão do escritor — o desejo de saber e compartilhar, ou antes, de conhecer tudo, de forma a comunicar-se com o máximo de precisão.

O jornalismo fomenta estereótipos, e Neruda, que, em certos momentos de sua carreira, chegou a publicar até cinco crônicas por semana, não tinha escrúpulos em adotar a atitude ou opinião que seus leitores apreciavam, esperavam dele, mas essa postura ia contra seus princípios, sentimentos e caráter. Isso pode explicar por que, à medida que envelhecia e tornava-se mais isolado, sofrendo não só de enfermidades que o debilitavam fisicamente (aos 40 anos, fez uma cirurgia para extirpar um tumor maligno), mas também de depressões severas, tentava manter o bom humor nos artigos, não importa quão ferinas ou amargas fossem as críticas. Todavia, isso também demonstra como era forte e dedicado ao trabalho, sua verdadeira missão (no dia em que morreu, 22 de agosto de 1891, escreveu a um editor, desculpando-se pelo atraso em relação a um artigo — estava "sentindo-se mal" —, e apenas algumas horas antes de falecer preocupava-se com o que entregaria ao editor para preencher aquela lacuna).

Neruda foi, sem sombra de dúvida, uma das maiores personalidades da sociedade tcheca do século XIX. Tinha opiniões sobre todos os seus problemas mais básicos, que eram ansiosamente aguardadas pelo público leitor. No total, publicou 2.260 crônicas, cerca de 10 mil páginas manuscritas. Elas formam o segmento maior de suas obras completas, que enchem 41 grossos volumes. Em vista da vasta gama de assuntos coberta pelas crônicas, sua diversidade de gênero não é de surpreender. Elas vão do ensaio ou crítica até a reportagem e o conto. A fronteira entre certas delas, incluídas nos seus *Prague Tableaux* e, algumas, nos *Contos de Praga*, não é fácil de ser estabelecida e isso não é necessário. Basta dizer que, em meados da década de 1870, quando os *Contos de Praga* apareceram, Neruda era não só o principal colunista político tcheco como também um poeta muito admirado. Ele havia chegado à idade em que os escritores estão no auge de seus poderes criativos, apesar de a morte da mãe e o subsequente, autoimposto, isolamento causarem-lhe grande sofrimento, de sentir a necessidade de retornar aos dias felizes da infância — uma época em que tudo jazia aberto diante de si, em que os episódios mais sem importância podiam ser tomados como acontecimentos e cada encontro casual com pessoas e coisas da Malá Strana desse origem a novas descobertas — e de escrever um livro sobre elas, que acabou tornando-se seu único trabalho integrado.

No geral, *Contos de Praga* representa o auge da experiência de Neruda como escritor — experiência de um observador arguto de pessoas e detalhes da vida cotidiana, de um poeta e jornalista que sabe como rir, mas que padece com os sofrimentos daqueles a sua volta; na verdade, *Contos de Praga* ergue-se acima de toda a ficção tcheca que havia antes dele.

O jornalismo ensinou a Neruda a diversidade estilística e o valor de uma piada, mas também o fez perceber que o melhor jeito de chegar aos leitores não era por meio de discursos prolixos e pregações, mas contando uma história. E era a isso que se dedicava. Se demonstrava uma preferência por narradores na primeira pessoa, fazia-o para dar às suas histórias um sentido maior de autenticidade. Seja como for, esse narrador é quase sempre um espectador que apenas registra o que vê. Os incidentes que anota são invariavelmente anedotas, ou seja, fornecem apenas um relato imediato do que eram, na verdade, problemas antigos, profundamente enraizados. Assim, ele fala sobre dois homens que se sentam durante anos na mesma mesa, unidos apenas por um silêncio lúgubre, sobre uma moça traída por engraçadinhos, um rapaz enganado pela amada grávida, um lojista e um mendigo que lutam contra os preconceitos de seu ambiente conservador. A tensão entre a natureza aparentemente anedótica das histórias e aquela inegavelmente trágica das vidas que lhes servem de base é um dos pontos fortes da arte narrativa de Neruda.

O realismo era a escola preponderante na literatura tcheca da época e, apesar de toda a sua estilização, Neruda permanece um realista. O que há de novo em *Contos de Praga* é, por um lado, seu cenário urbano e, de outro, a recusa do autor em impor uma mensagem, uma moral. Os críticos ficaram tão perplexos que responderam com o silêncio; os leitores se deixaram imediatamente fascinar pela obra, que foi desde então reeditada dezenas de vezes. Até hoje, trata-se de uma das mais populares — e lidas — da literatura tcheca.

Durante minha primeira visita a Londres, procurei os locais que conhecia por meio do meu adorado Dickens, e quando encontrei a rua onde *Mr.* Pickwick havia morado, senti-me — nem que fosse por um momento — em casa. Leia Neruda e visite a Malá Strana, em Praga, e vocês também vão se sentir em casa.

*Ivan Klíma*

# Malá Strana

*Vestígios de Praga*

# SUMÁRIO

# UMA SEMANA
# EM UMA CASA TRANQUILA

1867

# I
## DE CAMISA

Sentimos que estamos em um aposento totalmente fechado. Reina em volta a mais completa e profunda escuridão. O crepúsculo não penetra nem pela mais ínfima das frestas. O negrume é tal em todos os lugares que quando imaginamos ter alguma coisa clara diante dos olhos é apenas o círculo vermelho de nossos próprios pensamentos.

Os sentidos, tensos, detectam os menores sinais de vida. Sabemos pelo olfato que o aposento é dominado por uma espécie de ar gorduroso, uma mistura vulgar de vapores. De repente, parece que sentimos, pairando acima de tudo, um cheiro da madeira de abeto ou pinheiro e, depois, como se fosse de sebo ou de banha e também de ameixas secas, de cominho, sim, e de aguardente, de alho etc. O tique-taque do relógio chega a nossos ouvidos. Deve ser um velho relógio de parede com um pêndulo longo em cuja extremidade há um fino disco de latão certamente um pouco amassado; de vez em quando, o pêndulo gagueja sua monótona narrativa e o disco treme suavemente. Esse gaguejar se repete a intervalos regulares, torna-se monocórdio.

Ao mesmo tempo, ouvimos a respiração dos adormecidos. Devem ser vários. Os suspiros se misturam, nunca coincidem inteiramente; às vezes parece que um deles ficou mais fraco e outro mais forte, que um gagueja com o pêndulo do relógio e o outro se acelera. E nisso, vindo de outro lugar, ouve-se uma respiração mais forte, repentina, como se fosse um parágrafo de um novo capítulo do sono.

Agora, assim sem mais, o relógio respira uma vez profundamente e bate. Parece que depois do preâmbulo murmurante o pêndulo oscila com mais suavidade. Um dos adormecidos se mexe e a colcha cicia. Sua cama de madeira estala.

A voz ressonante, metálica, do relógio chia mais uma vez: um, dois, numa sucessão rápida, seguida por dois sombrios gorjeios de cuco. Quem dormia volta a se mexer. É possível ouvi-lo erguendo-se no leito, afastando a colcha, esfregando os pés na borda da cama. Arrasta um chinelo pesado. Fica óbvio que calçou os dois chinelos. Movimenta o corpo. Tenta dar alguns passos com precaução. Para de novo. A mão tateia uma superfície de madeira. Alguma coisa soa sob sua palma. É evidente: são fósforos.

Risca o fósforo várias vezes, ilumina várias vezes a fumaça fosfórea. Volta a riscar. A madeirinha se parte. A pessoa grunhe. Risca de novo. Tremula, finalmente, uma chama, lançando um brilho que se espalha pela camisa da pessoa. A pequena chama volta a piscar, mas uma velha mão ossuda já a aproximou de um recipiente cheio d'água e de azeite em cuja superfície boia um pavio negro enfiado numa rolha. O pavio começa a brilhar como se fosse uma estrelinha. O fósforo cai no chão e a estrelinha se expande. A figura encamisada permanece em pé, inclinada sobre ela: é uma anciã de camisola que boceja e esfrega os olhos ainda cheios de sono.

A figura está em pé ao lado de uma mesinha próxima a uma espécie de biombo de madeira envernizada de escuro que divide o aposento em duas partes. A lamparina não tem força suficiente para iluminar o espaço que fica atrás do biombo. Vemos só uma parte do aposento. Nosso olfato não se equivocou: estamos no depósito de uma mercearia. É evidente que este único aposento é usado tanto para o comércio como para a habitação. A mercearia é ricamente abastecida. Há muitas sacas com mercadorias comuns, e acima das sacas estão penduradas cestas e alcofas cheias; das paredes pendem réstias e pencas de produtos.

A mulher treme devido ao frio da noite. Pega a lamparina na mesa e coloca-a no balcão repleto de recipientes com manteiga fresca e clarificada. Pendem sobre eles balanças e tranças de alho e de cebola. Ela senta-se atrás do balcão, encolhe-se e pega na gaveta uma caixa cheia de linhas, tesouras e outras quinquilharias. Tira as linhas e o resto e chega ao fundo da caixa, onde há papéis e livros. Não dá atenção aos papéis cheios de números; abre um dos livros. É um tratado de oniromancia, aquele chamado de "o Grande". Põe-se a folheá-lo com muito interesse, depois começa a ler e boceja, mas continua lendo.

Atrás da divisória só se ouve agora a respiração regular de um adormecido; a outra pessoa que estava dormindo, acordada pelos rangidos e pelo tremular da luz, mexe-se na cama.

— O que está acontecendo? — grunhe de repente, do lado de lá, uma velha e rouca voz masculina.

A mulher não responde.

— Velha, está acontecendo alguma coisa com você?

— Continue deitado — responde a mulher. — Não há nada comigo, só estou com frio. — E boceja.

— O que você tem nas mãos?

— Sonhei com meu falecido pai, de manhã já o terei esquecido. Era um sonho bonito. Nunca sonhei nada parecido na vida. Está muito frio! E ainda é junho.

Ela continua lendo e balançando a cabeça. O silêncio reina durante algum tempo.

— Que horas são? — ouve-se de novo atrás da divisória.

— Passa das 2.

A respiração do terceiro adormecido se torna irregular. Foi acordado pela conversa em tom de voz alto.

— Então se apresse para que possamos voltar a dormir. Você só pensa na loteria!

— Isso é verdade. Aqui ninguém pode ter um momento de tranquilidade. Durma e me deixe em paz.

A respiração que vinha de trás da divisória acabou em uma forte expiração. O adormecido do terceiro leito também já acordou. O velho continua resmungando:

— O sacana do meu filho só volta para casa à meia-noite, e depois da meia-noite sou acordado pela loteria. Isso é que é vida!

— Você não consegue ficar calado, não é mesmo? Vamos lá, mulher, mate-se de trabalhar, você ganha para isso. Quando o próprio marido não para de resmungar... Melhor seria se soubesse pôr o filho na linha! Seria ótimo. O que eu, uma mulher sacrificada, faço da minha vida é a última coisa que deveria preocupá-lo.

— Coloque-o você na linha. Ele está aqui, em suas mãos! Dê um jeito nesse sacana!

— O que está querendo agora de mim, pai? — pergunta uma jovem voz masculina.

— Cale-se, não dê nem um pio, você é a pessoa menos indicada.

— Mas não consigo entender...

— Ele não consegue entender... — ri o velho. — Que vigarista!

— Mas...

— Quer ficar calado?

— E ainda se atreve a responder. Que belo filho nós temos. E foi criado para ser puro deleite! — diz a mulher, e volta a bocejar.

— Filho? Isso não é filho, é um ladrão da nossa saúde!

— Mas se estou dormindo, como posso roubar?

— Você é um lúmpen!

— Nada, é uma florzinha!

— É um malandro!

— Malandro!

O filho começa a assoviar na cama "Oh, Mathilda!".

— Olhe para ele, ainda zomba da gente!

— Não vai conseguir evitar o castigo de Deus — diz a mulher, escrevendo com giz na divisória de madeira os números 16, 23 e 8. — Nós ainda veremos isso, mas não quero estar mais entre os vivos quando acontecer.

Ela guarda a caixa, apaga a luz com um sopro e se enfia de novo na cama.

— Ele vai se arrepender, mas será tarde. Vai ficar calado, então?

O filho se calou.

— Vão lhe faltar lágrimas para chorar pela gente; eu lhe garanto que tentará nos desenterrar com alfinetes, mas aí será muito tarde. Com alfinetes!

— Por favor, mulher, deixe os alfinetes para lá e durma. Eu quero dormir!

— Bem, eu tenho que carregar esse peso, dá para entender. Deus meu, por que você me atormenta?

— Vocês ainda vão me enlouquecer!

— As pessoas são assim, é assim que são as pessoas!

— À noite, todas as pessoas são más — observa o jovem.

— O que está dizendo?

— E quem pode saber? Ele sempre tem algum argumento, esse carente de Deus!

— Derrube o armário em cima dele, ou expulse-o, vamos expulsá-lo logo de casa!

— Por favor, fique quieto você também. Que inferno!

O velho resmunga, a velha resmunga em resposta e o jovem fica calado. Depois, ainda um grunhido ou outro, uma tosse e, finalmente, um silêncio absoluto. A velha adormece. O velho ainda se mexe outra vez na cama e depois pega no sono. Com um zumbido apagado, como o de um zangão, o jovem começa a assoviar mais uma vez "Oh, Mathilda!". Não acaba de zumbir; também adormece.

O pêndulo soa e gagueja como antes na atmosfera engordurada. Fora isso, só se ouve a respiração dos três adormecidos, que se mistura de mil maneiras e nunca coincide.

## II

# QUASE TODA A CASA ACORDOU

O sol matinal de junho já iluminava o pátio havia um bom tempo e os moradores ainda não tinham acordado. Apesar do rangido das carruagens pesadas que, vindo da rua, chegava ao pátio pela galeria e pelo telhado, os primeiros passos retumbavam com força, como se estivéssemos em uma abóbada ecoante. As mulheres, como se uma esperasse que a outra partisse antes, iam saindo uma a uma de diferentes apartamentos, ou com os cabelos soltos e despenteados ou com um lenço puxado bem para a frente, com o intuito de proteger do sol os olhos cheios de sono. Não eram muitas, e todas pareciam criadas desleixadas. Nem haviam abotoado direito as roupas; arrastavam chinelos gastos nos quais enfiaram os pés de qualquer jeito e levavam nas mãos recipientes vazios ou já cheios de leite.

Pouco a pouco tudo foi se enchendo de vida. Cortinas brancas desapareciam nas janelas, uma janela ou outra se abria, aparecia nela uma pessoa que fitava o céu e as colinas Petřín e depois se virava e dizia alguma coisa aos outros moradores a respeito da bela manhã. Nas escadarias e nas galerias internas as pessoas se encontravam e se desejavam bom-dia.

Na janela de canto do primeiro andar da casa que dava para a rua surgiu um homem alto de rosto avermelhado, cheio de espinhas e de cabelo grisalho despenteado. Apoiou-se pesadamente no parapeito e se inclinou tanto para fora que a camisa aberta deixou totalmente à mostra seu peito volumoso, ainda protegido por uma blusa de flanela, apesar de ser junho. Olhou para a janela do lado, que permanecia fechada, endireitou-se e disse, dirigindo-se a alguém lá dentro:

— Ainda não são nem 7 horas.

Nesse momento, a janela vizinha rangeu e foi aberta de par em par. Apareceu outro homem alto, da mesma estatura, embora mais jovem. Tinha cabelos negros, cuidadosamente penteados em estilo correto e firme, como se dissesse ao mundo que todos os dias fazia tudo igual. Seu rosto era redondo, suavemente barbeado, mas a expressão não tinha nada de especial. O corpo estava coberto por um elegante robe cinza, e as mãos seguravam um lenço de seda amarelo com o qual limpava as lentes de óculos de aros dourados. Bafejou mais uma vez nas lentes e novamente afastou o delicado vapor. Depois colocou os óculos e virou-se inteiramente para nós observadores. Suas feições, antes indefinidas, adquiriram, atrás das lentes, um caráter mais firme, como costuma acontecer com os míopes. Era um rosto bonachão, de olhar agora agradável e bastante alegre; apesar disso, em cada um de seus traços podia-se ler que ele contemplava o mundo havia já uns quarenta anos. E ao observá-lo um pouco com olhos experientes, quase poderíamos garantir que se tratava de um solteirão. Os rostos de padres e de solteirões podem ser reconhecidos até quando estão disfarçados.

O solteirão apoiou-se na janela segurando um travesseiro branco como a neve e belamente bordado. Observou o céu azul, lançou um olhar ao brilho verde das colinas Petřín, e a manhã risonha se refletiu também em sua face.

— Que beleza! Preciso acordar mais cedo! — suspirou ele.

Em seguida, seu olhar escorregou para o segundo andar da face traseira da casa. Via-se ali, atrás de uma janela fechada, limpa e transparente, um vestido de mulher. O sorriso do solteirão se abriu mais:

— Bem, dá para entender. Pepička, Josefinka, já está na cozinha — sussurrou novamente.

Então virou a mão direita e o grande brilhante que adornava um de seus dedos emitiu um raio brilhante de luz, atraindo a atenção do solteirão para si próprio. Girou um pouco o anel, para que o brilhante reinasse exatamente no centro do dedo; levantou ligeiramente os punhos e, com evidente satisfação, examinou as mãos gordas, que se destacavam pela brancura.

— Não importa que fiquem um pouco bronzeadas. É saudável. — E, com essas palavras, levou a mão direita ao nariz, como se quisesse que o olfato confirmasse a excelência de sua saúde.

A porta do segundo andar, que fica em frente e leva à galeria, rangeu e foi transposta por uma bela jovem de seus 18 anos. A corporificação da manhã!

A figura da menina era graciosamente esbelta; tinha cabelos escuros cacheados e espessos, ondulados da testa à nuca; estavam amarrados com uma faixa simples de veludo. Seu rosto era ovalado; os olhos, sinceros, azul-celeste; as faces, rosadas; a pele, suave, e os lábios, pequenos, vermelho-escuros. O conjunto produzia uma impressão muito graciosa, sem que isso excluísse a consciência secreta de que os traços não tinham uma regularidade acadêmica. Mas como encontrar alguma irregularidade naquele aspecto de uma maneira geral agradável? Sem dúvida, a irregularidade não estava naquela orelhinha deliciosa, pois era mesmo uma orelhinha de se beijar, apesar do fato de penderem dela brincos pequenos e modestos. Além daqueles brincos, nenhum outro enfeite. Ao redor de seu alvo pescoço, um fino cordão preto, mas a joia que talvez dele pendesse se escondia em algum lugar entre os seios a desabrochar. Seu vestido claro, suavemente listrado, era fechado até o pescoço; adorável simplicidade de cores e corte.

A moça tinha na mão uma caneca marrom esmaltada, com uma tampa.

— Bom dia, Josefinka — ouviu-se dizer uma sonora voz de tenor.

— Bom dia, doutor — respondeu Josefinka, fitando com um sorriso agradável a janela da frente.

— Aonde vai com o café da manhã?

— Lá para baixo, à casa da Srta. Žanýnka. Ela está doente, e levo aqui um pouco de caldo de carne. Sobrou de ontem.

— Žanýnka está doente? Não é de se estranhar. A casa dela parece um cárcere. Não abre a janela o ano inteiro e, além do mais, vive com aquele cachorro horrível. Hoje voltou a latir e a uivar a noite inteira. Precisamos chamar a carrocinha.

— Era só o que faltava! Ela ficaria desesperada! — irritou-se Josefinka.

— E o que ela tem?

— Velhice — respondeu Josefinka com tristeza, e se dirigiu à escada em caracol.

— Boa menina, essa Pepička, dita Josefinka — murmurou o doutor, e seu olhar se fixou em um ponto do primeiro andar onde a escada desembocava. Quando a moça passou por ali, seus olhos já esperavam por ela na galeria que levava ao pátio.

Josefinka atravessou o pátio e se dirigiu à porta do térreo. Pressionou a maçaneta; estava fechada. Tentou novamente, e deu uma batidinha na porta, mas foi em vão.

— Bata na janela — aconselhou-a o doutor, de sua própria janela.

— Não vai adiantar, é preciso bater com força, nada de gritar, e Pepička não sabe bater direito. Espere, eu vou bater! — ouviu-se na escadaria que dava para o pátio, e então apareceu um jovem de uns 20 anos correndo escada abaixo.

Em dois saltos estava ao lado de Josefinka. Vestia um terno cinza leve de verão e estava sem chapéu. Seus cabelos, puros cachos negros; seu rosto, afilado; o olhar, vivo.

— Então me ajude, Sr. Bavor — pediu Josefinka.

— Primeiro vamos ver o que há embaixo da tampa — brincou o jovem, e estendeu a mão a Josefinka.

— Vamos, vamos — grunhiu lá de cima o doutor, mas se calou quando viu que a moça evitava o jovem com habilidade.

— Eu mesma vou bater!

Mas o jovem já estava ao lado da janela, batendo com os nós dos dedos. Lá de dentro vieram respostas, latidos penetrantes de cachorro, depois se estabeleceu de novo o silêncio. Esperaram um pouco, mas como não se produziu nenhum outro sinal de vida, o jovem se aproximou da segunda janela e começou a golpear a moldura com toda a força. O cachorro respondeu latindo sem parar, com fúria, e acabou emitindo uivos lancinantes.

— Ela vai acabar com a gente!

— E daí? — disse o jovem, voltando a bater.

Depois grudou o ouvido na moldura da janela e ficou escutando. Só se ouviam os uivos lamurientos do cachorro.

Mas então o alvoroço armado já mexera com a casa toda. Ao lado da janela do doutor surgiu de novo o homem alto de rosto avermelhado e espinhento e, junto a ele, duas cabeças de mulher, uma mais velha e a outra mais jovem. No corredor do segundo andar apareceu a mãe de Josefinka, uma mulher alta; atrás dela, via-se o corpo miúdo ligeiramente encurvado e doentio da irmã mais velha de Josefinka. No corredor do primeiro andar surgiram três pessoas: um homem calvo semivestido, uma mulher mais velha também semivestida e, finalmente, uma jovenzinha de uns 20 anos só de anágua, com um lenço jogado com displicência nos ombros e a cabeça cheia de papelotes. Pela escada que levava ao balcão desciam outras duas mulheres totalmente vestidas, com roupas bastante simples. A mais jovem, viva e inquieta, ia dizendo enquanto descia em direção à galeria:

— Marinka, fique na taberna para o caso de alguém querer entrar.

Reconhecemos a segunda das mulheres: é a oniromante noturna do capítulo anterior. Talvez devido ao gorrinho branco e limpo que lhe cai bem, ou então pelo fato de que à luz do sol as pessoas são e parecem ser mais doces, seu aspecto, em poucas palavras, é agora mais agradável aos meus olhos.

— O que está acontecendo aqui, Václav? — indagou ao jovem.

— Tenho a impressão de que a Srta. Žanýnka morreu! Vou bater mais uma vez!

E bateu com toda a força.

— Não adianta. Temos que chamar o chaveiro, Sr. Bavor, e depressa! — gritava lá de cima o senhor doutor. — Logo eu mesmo estarei aí embaixo.

O jovem Bavor sumiu do pátio. Em todos os lugares se cruzavam perguntas e respostas, e todos falavam ao mesmo tempo, mas com voz abafada.

O doutor vestiu depressa terno e gravata, desceu e estava acabando de dizer à paralisada Josefinka que não tinha necessidade de ficar segurando a caneca quando o jovem Bavor apareceu com um aprendiz de chaveiro.

A fechadura cedeu rapidamente e a porta, agora aberta, já não impedia o acesso. No entanto, por alguns instantes ninguém quis entrar. Então Václav se decidiu e tomou a dianteira. Um macho. Foi seguido imediatamente pelo doutor. As mulheres se apertavam no umbral.

O grande quarto estava escuro, aterrorizante. As janelas que davam para o pátio e as colinas Petřín estavam cobertas por pesadas cortinas que impediam qualquer luz de transpor a penumbra. O ar era velho, cheirava a ranço, tudo estava cheio de mofo. Do teto pendiam pesadas teias de aranha, negras e empoeiradas. Nas nuas paredes cinzentas, alguns quadros sombrios e flores artificiais vetustas, também elas cobertas por uma espessa camada de pó que podia ser removida a dedo. Os móveis não eram poucos, mas tudo era obsoleto, fora de moda; exibiam sinais de que não haviam sido usados durante muitos, muitos anos. Sobre o leito baixo, coberto por um edredom sujo, amarelado, viam-se duas miseráveis mãos ossudas e uma cabeça seca e lisa. Os olhos abertos e sem luz pareciam de vidro e fitavam o teto. Um cachorro preto, feio e peludo corria na cama da cabeceira ao pé e latia desesperadamente para quem se aproximava.

— Calado, Azor! — disse Václav com voz abafada, como se temesse respirar aquele ar.

— Acho que ela está morta, se não o cachorro não uivaria assim — disse o doutor sombriamente.

— Sim, provavelmente já está na glória de Deus. Que Ele perdoe seus pecados e também todas as nossas culpas! Peça por nós, santa Mãe de Deus! — balbuciou a Sra. Bavorová; lágrimas abundantes banhavam-lhe o rosto.

— Quando, numa casa, logo depois de um enterro há um casamento, é sinal de que a noiva será feliz — comentou a mulher baixinha, dirigindo-se a Josefinka, que ainda estava paralisada.

Esta, mortalmente pálida, de repente se acendeu toda e voltou a se apagar. Deu meia-volta e saiu sem responder.

— Primeiro, temos que afastar o cachorro, para que não morda ninguém... Talvez já tenha nos dentes o veneno do cadáver — disse o doutor, e retrocedeu alguns passos.

— Logo vai estar lá fora — disse Václav, aproximando-se do selvagem guardião do cadáver.

Embora só tivesse rostos conhecidos diante de si, o cachorro estava cada vez mais furioso. Deu um pulo e voltou à cabeceira da cama, latindo de maneira ensurdecedora, até que, finalmente, Václav conseguiu se aproximar. Postou-se ao lado da cama, estendeu a mão esquerda para o edredom e, no instante em que o cachorro pulou para morder sua mão, agarrou sua nuca com a direita e levantou-o. O cachorro se sacudia raivosamente, mas Václav o sujeitava com firmeza.

— Onde o enfio? Mãe, dê-me a chave do depósito de lenha, vou enfiá-lo por enquanto ali, numa caixa. — E saiu com o cachorro, que continuava uivando.

— Quer dizer que a senhorita do cachorro está morta? — indagou uma voz potente vinda da porta.

Reconhecemos em quem falava o homem calvo que vimos no corredor do primeiro andar. A cabeça lisa está coberta por um cilindro alto e gasto, cuja forma é uma prova de que já está fora de moda há muito tempo. Os cabelos ralos e claros de suas têmporas estão penteados horizontalmente em relação aos olhos. Seu rosto é coberto por uma pele que se desdobra em camadas, coisa que costuma acontecer com pessoas que já foram muito gordas e emagreceram; cada um dos lados das faces parece um saco de viagem vazio. Seu corpo é anguloso, o peito é afundado e as mãos se movimentam sem controle ao lado do corpo.

— Sim, morta.

— Pois então vamos levá-la depressa à capela para não termos um cadáver em casa; vão acabar querendo que a gente assuma as despesas! — disse o senhorio.

— Não tema, caro senhorio — disse o doutor, examinando a caixa cheia de papéis que estava sobre a mesa ao lado da cama —, a própria falecida pagará tudo sozinha. É evidente que preparou tudo para a morte e que ontem mesmo estava conferindo os papéis. Encontrei aqui, embaixo desta peruca peluda e sebenta, este pedaço de papel que reconhece Žanýnka como membro da Associação Funerária de São Haštal e também um livro do Círculo de Amor de Strahov; essas instituições darão o dinheiro necessário ao enterro e também pagarão o réquiem.

— Pobre senhorita do cachorro, e só tinha uma pequena pensão anual de uns 80 florins; meu filho administrava seus proventos trimestrais! — espantou-se a Sra. Bavorová.

Era evidente que as cotas eram pagas pela "senhorita do cachorro", epíteto usado por razões históricas e não para ofendê-la.

— Receberá cerca de 50 florins, mais uma bela lápide e uma placa dourada benzida — disse a mulher do taberneiro.

— E o que há naqueles outros papéis? — perguntou com curiosidade Václav, que acabara de voltar.

— Nada de valor. Provavelmente cartas particulares, com décadas de idade — respondeu o investigativo doutor.

— Deixem esses papéis emprestados comigo. Pode ser interessante ler as recordações de uma velha senhora. Vou levá-los ao sótão para lê-los. Como hoje é segunda-feira, em todas as casas estarão lavando roupa e por causa do cheiro do sabão e das ervilhas (quando se lava roupa, em todos os lugares cozinham ervilhas) é impossível ficar em casa, a não ser no sótão. Um escritor precisa ler de tudo, e eu quero ser escritor. Tenho bastante tempo, no escritório me deram licença até quinta-feira. Não é mesmo, meu caro senhorio?

— Mas não perca nenhuma das cartas, e depois coloque todas de volta aqui.

— E quem cuidará de tudo isto? — perguntou o senhorio. — Você deveria fazê-lo, doutor. *Denn diese Leute kennen's nicht!*[1]

— Se meu filho não estivesse trabalhando em seu escritório, eu lhe diria quem *kennen's nicht*[2] — grunhiu a Sra. Bavorová para seus botões.

— Não há outro remédio — disse o doutor cordialmente. — Eu mesmo irei ao cartório, cuidarei da missa fúnebre e visitarei a paróquia. Mas, caro Bavor, o senhor tem que ir buscar o

---

[1] Em alemão no original: "Esta gente não sabe de nada." *(N. do T.)*
[2] Em alemão no original: "Não sabe de nada." *(N. do T.)*

médico-legista para que assine o atestado de óbito; depois leve o papel ao escritório.

Václav, subserviente, saiu imediatamente.

— E a mulher do taberneiro e eu lavaremos e vestiremos com a mortalha a falecida. Vamos lhe fazer esse último favor.

— Os senhores são muito amáveis — elogiou o doutor. — Mas agora tenho que ir.

— Eu vou com o senhor.

Os homens saíram.

— O que está fazendo, cara vizinha?

— Meditando sobre o mundo.

— E a que conclusão chegou, cara vizinha? — continuou perguntando a mulher do taberneiro. — A senhora queria me contar...

— É verdade, foi um sonho maravilhoso! Sonhei que meu falecido pai vinha me visitar, que Deus o tenha; agora já está apodrecendo há mais de vinte anos, mas, como minha mãe morreu antes dele, não encontrava a paz e ia todos os dias ao cemitério, até que também morreu. Teve uma morte fácil. Aqueles dois se gostavam como se fossem crianças. Parece que os estou vendo, como choravam sempre que nos viam quando éramos crianças. Foram tempos de miséria durante as guerras com a França, e não tinham nada para nos dar de comer.

— Como se chamava seu pai?

— Dezesseis... Chamava-se Nepomucký. Pois, de repente, foi como se estivesse plantado na minha frente... Na nossa loja. Eu quis perguntar: "O que está fazendo aqui, pai?", mas ele... estava completamente branco... ofereceu-me uma braçada de bolos... Vinte e três significa sorte... E disse: "Alistei-me no Exército, tenho de partir." O recrutamento militar é um 8 e significa alegria. Então ele deu meia-volta e foi embora...

— Isso deve ser 61, a meia-volta!

— É verdade, não havia me ocorrido. Ou seja, 61, 23 e 8.

— Então vamos apostar 50 *kreuzers*; foi um sonho muito vívido, não é mesmo?

— Poderíamos...

— Ganharemos muito mais, e depois... O Sr. Václav e minha Marinka se gostam tanto!

# III

# NA FAMÍLIA DO SENHORIO

É hora de definir mais precisamente o cenário e os personagens. Em relação aos últimos, entrego-me à sorte. Dependo de como cada um vai conquistando seu papel no decorrer de um dia que começa. Quanto ao cenário, posso dizer logo que se trata de uma das casas mais silenciosas do tranquilo bairro da Malá Strana.

A casa tinha uma distribuição particular; havia outras semelhantes na parte mais inclinada da rua Ostruhová.[3] Era uma casa de dimensões bastante consideráveis. Sua fachada simples dava para a rua Ostruhová e os fundos do edifício estavam voltados para o profundo e morto beco sem saída que era chamado de São João. Embora tivesse dois andares, a parte de trás ficava, devido à ladeira, abaixo da parte da frente, de um andar. Essas duas seções não eram interligadas por edifícios; entre elas, erguiam-se os muros cegos, sem janelas, das casas contíguas.

Quando da rua se olhava a fachada, via-se à esquerda uma mercearia e, à direita, uma pequena taberna. Para se chegar ao primeiro andar, não se usava a escada que nascia na sombria

---

[3] Atualmente Nerudová Ulice, ou rua Neruda, em homenagem ao autor, que viveu ali quase toda a vida. É um dos caminhos que levam a Hradčány, o Castelo de Praga, sede do governo da República Tcheca. *(N. do T.)*

galeria; era preciso usar a escada que levava ao pátio. Dali, seguindo pela direita por uma curta galeria, chegava-se a uma escada em caracol; subindo por essa, a outra galeria, e então, a um pequeno corredor. Esse pavimento, tanto pelo lado que dava para a rua como pelo que dava para o pátio, era ocupado por uma única habitação, onde vivia um funcionário aposentado com a mulher e a filha.

O doutor, na verdade Josef Loukota, que, de fato, era um amanuense prático sem doutorado, morava ali em um quarto alugado a que só podia chegar passando pela cozinha.

A escada em caracol subia mais um pouco, ia até o sótão.

À direita e à esquerda da escada ficavam os depósitos de lenha. O pátio era bastante inclinado. No andar térreo da parte traseira da casa vivera, como já sabemos, ao lado da escada que levava ao porão, a falecida Srta. Žanýnka; ao lado dessa havia outra escada em caracol que conduzia aos outros dois andares e, dali novamente, ao sótão. No segundo andar vivia Josefinka com a irmã mais velha, que era doente, e a mãe, viúva de um funcionário público. O apartamento também ocupava todo o andar e, embora bastante modesto, de suas janelas via-se o pátio e as colinas Petřín.

No primeiro andar vivia a família do senhorio, a quem vimos passar rapidamente pela galeria. Façamos-lhe agora uma visita de cortesia.

Atravessando a cozinha onde voltamos a encontrar a velha Bavorová, agora diante do tanque, pois serve de criada ao senhorio, entramos no primeiro quarto. O mobiliário é bastante simples e fora de moda. À esquerda, vemos camas feitas, cobertas com colchas tricotadas; à direita, uma cômoda e um armário alto; aqui e acolá alguns assentos, e, no centro, uma mesa redonda guarnecida por uma toalha um pouco desbotada e deteriorada; a uma das janelas, uma mesinha de costura, com assento e banquinho para as pernas; entre as janelas grandes, um grande espelho, e nas outras paredes, pintadas de verde, nada. Há poeira sobre a cômoda e na moldura do espelho. Isso não importa, porque a sala onde se recebe é a outra. Por isso a Sra. Bavorová só chama o primeiro aposento de "a pré-sala". As paredes do segundo aposento, a sala de estar, exibem algumas litografias cheias de enfeites, e o mobiliário é o seguinte: um piano, um canapé, uma mesa de centro, seis cadeiras forradas de branco dispostas ao redor da mesa e uma cama. A cama está desfeita e sobre ela está tombada uma jovem, a segunda filha do senhorio. O terceiro aposento é o quarto de dormir dos pais.

Ao lado de uma das janelas do primeiro quarto está sentada a senhoria, e, ao lado da outra janela, está, também sentada, a filha. A mãe até este momento ainda semivestida, e a filha só de combinação, apesar de já serem cerca de 11 horas.

A senhoria tem traços muito afilados, que terminam em um queixo pontudo. Está de óculos e costura com muita aplicação um pano grosseiro. Marcas negras impressas sobre o pano indicam que se trata de roupa militar. Vamos direto ao ponto: a filha é uma loura insignificante. Parece com a mãe, mas os traços agudos são um pouco mais suaves e o queixo pontudo preserva pelo menos um pouco do encanto próprio da juventude. Seus olhos são azul-celeste, os cabelos não parecem abundantes e continuam enrolados em papelotes. Acabamos de perceber que já tem muito mais de 20 anos.

A cestinha com os apetrechos de costura está na janela, e a roupa branca e fina, no assento ao lado da jovem. O novelo vermelho sobre a roupa indica que a filha quis começar a marcá-la ou pelo menos teve essa intenção. Na mesinha vazia, que cambaleia a cada movimento, há um pratinho com um tinteiro. Ao seu lado, um álbum aberto com lembretes escritos. Diante da filha, sobre um jornal velho, uma folha em branco, e na janela, à mão, um caderno aberto cheio de versos em alemão. A filha quer, sem dúvida, copiar algum verso na folha branca, mas é evidente que ainda não preparou a pena. Está testando-a na margem do jornal e para isso se socorre usando de vários recursos; prova disso é a tinta negra que tisna seus lábios.

A mãe levantou a cabeça, olhou para a filha e balançou-a.

— Para trabalhar é preciso ter vontade! Está me ouvindo?

— É claro que vou trabalhar!

— Matylda, você estava na cozinha quando Loukota olhou hoje de manhã aqui para casa? É sua reza matinal de todo dia.

— E o que me importa que olhe? — respondeu Matylda, com voz esganiçada.

— Olhe, acredite em mim: eu sempre gostei mais dele do que daquele tenente.

— Eu não.

— Também é mais jovem e uma boa pessoa. Depois, nós o conhecemos há anos. Há de ter economizado um belo dinheiro.

— Mas mamãe, como a senhora é enfadonha!

— E você, uma gansa!

— Será que eu sou uma toalha para você ficar se esfregando em mim o tempo todo? Deixe-me fazer o que eu quiser!

— Está bem, vou deixá-la. Se você valesse o aborrecimento! — disse a mãe, abandonando a costura e saindo para a cozinha.

Era evidente que a senhorita também achava que não valia a pena se aborrecer. Colocou, com cuidado, o caderno diante dela, molhou mais uma vez a pena e começou a perfilar na folha branca uma letra atrás da outra. Escrevia-as depressa e com evidente dificuldade. Finalmente, acabou a primeira linha, depois de uma pausa a segunda linha e, ao fim de um esforço de meia hora, toda a estrofe brilhava no papel. Dizia literalmente o seguinte:

*Rosen verwelken, Mirthe bricht*
*Aber wahre Freundschaft nicht;*
*Wahre Freundschaft soll nicht brechen*
*Bis man einst von mir wird sprechen:*
*"Sie ist nicht mehr."* [4]

Os quatro versos estavam escritos em letras góticas e a conclusão enfática, em letras latinas. A Srta. Matylda examinou a obra poética com grande satisfação, leu os versos duas vezes em voz alta e, na segunda, recitou o belo final com uma voz muito impressionante. Depois começou a escrever o próprio nome. Escreveu todo o *m* e a metade do *a* e, nesse momento, a pena falhou por falta de tinta. A jovem recomeçou, aproximou a mão da assinatura, e então, ao lado do iniciado, apareceu um grande borrão redondo. Ela levantou energicamente o papel e lambeu o borrão de uma vez só.

---

[4] Em alemão no original, em tradução livre: "Murcham as rosas, o mirto se quebra,/ e a amizade verdadeira perdura./ A amizade verdadeira não deve ser quebrada,/ até que chegue um dia em que se diga de mim:/ 'ela deixou de existir.'" *(N. do T.)*

Era evidente que aquele borrão não a havia constrangido e que não escreveria tudo de novo por causa dele; sustentou a folha contra a luz e esperou até a mancha úmida secar. Nesse instante, sua mãe entrou correndo no quarto, vindo da cozinha.

— As Baur estão subindo e você ainda nem se vestiu — disse, atravessando a porta. — Rápido, jogue alguma coisa no corpo.

— O que essas tagarelas vieram fazer aqui? — irritou-se a filha, e escondeu o bilhete inacabado sob os papéis.

Levantou-se e foi até a cama, onde havia um penhoar branco. A mãe recolheu depressa o pano rude que costurava e escondeu-o atrás da porta do outro quarto.

— Valinka, não se levante agora; há gente chegando — ordenou, e voltou a fechar a porta.

Na cozinha já se ouviam vozes femininas a fazer perguntas. A Srta. Matylda correu para seu lugar e pegou o novelo vermelho; a senhoria, também a toda pressa, dirigiu-se à janela e começou a remexer em sua cesta de costura.

Bateram à porta.

— Quem é? — perguntou a senhoria.

A porta foi aberta e surgiram duas mulheres, fingindo hesitar em entrar.

— Ah, Sra. Baurová! Matylda, olhe quem veio nos ver!

— Ora, ora, que alegria! — exclamou a boa Srta. Matylda, e bateu palmas de felicidade. — Marie, você é tão gentil, mas não espere tanto tempo para aparecer! — E abraçou cordialmente a visitante mais jovem.

— Só ficaremos um momento, Frau von Eber — esclareceu a mais velha. — Estávamos lá em cima com o tio cônego e Marie não me deixava em paz, pois queria ver a Srta. Matylda.

Por que ficaram tanto tempo sem nos visitar? Está claro quem liga para quem; nós sempre viemos com mais frequência, mas hoje estamos aqui só de passagem. Eu disse a Marie que talvez fossemos incomodar, pois é segunda-feira, dia de lavar roupa.

— Ora, ora — respondeu a senhoria —, qual é o problema? A roupa é lavada na cozinha! Mas não vão se sentar um pouco conosco? Olhe, as duas nem se largam, como elas se gostam! Matylda, não vá sufocar a menina!

A mãe ofereceu às damas as cadeiras que estavam perto da janela. A mais velha das visitantes, uma senhora elegantemente vestida, tinha perto de 50 anos, e a mais jovem, talvez 30; apesar do sorriso cortês, seu rosto enxuto, parecido com o da mãe, exibia um cansaço inenarrável. Seu olhar traía uma espécie de vivacidade mordaz e errava pelo aposento esquadrinhando os objetos.

A conversa se desenvolvia às vezes em tcheco e às vezes em alemão, de acordo com os caprichos de quem falava.

— Só lhe peço que não haja aqui uma corrente de ar — disse a velha dama ao se sentar —, meus dentes sofrem de reumatismo! Esse belo céu de hoje nos tentou a sair de casa. Srta. Matylda, hoje o céu lá fora está tão lindo!

— Sim, está mesmo muito bonito, até elegante.

— Muito elegante — assentiu a Srta. Marie.

— Vejo que já andou costurando hoje, Sra. Ebrová — disse a Sra. Baurová, e pegou do chão um retalho de pano. — Mas este tecido não é usado para fazer uniformes militares?

— Sim, é uma fazenda... Fazenda de uniforme militar — viu-se obrigada a dizer a senhoria, em um momento de perplexidade. — Nossa criada, uma mulher pobre, costura para o Exército, e quando vem lavar eu lhe dou uma pequena ajuda.

Acho uma pena que precise dar tantos pontos para ganhar 50 *krejcar*, meio florim, por semana. O que essa gente tem que suar!

— Sim, pobrezinhas.

— E você, Matylda, o que tem feito? Está bordando monogramas em roupa branca? Posso ver as letras que borda? — indagou a Srta. Marie, continuando a conversa. — M. K.? Estou me lembrando agora de que ouvi dizer que você tem um noivo. Preciso lhe desejar boa sorte. Ouvi dizer que é o tenente Kořínek. Estive com ele uma vez na casa de meu tio. Conheço-o um pouco... Gosta dele?

A Srta. Matylda nem sequer se ruborizou, não era necessário diante de uma amiga.

— Sim, eu me decidi. Para quê esperar? É boa pessoa e gosta de mim, por que ficar para titia?

— Não prestei muita atenção nele, parece que é louro... Ou será grisalho? — disse a Srta. Marie inocentemente, brincando com as páginas do álbum de recordações.

— Ah, Kořínek não é tão velho assim! — Matylda enrubesceu ligeiramente. — Explicou-me que tinha uma casa muito insalubre em Štýrský Hradec e ficava sempre deitado com a cabeça encostada em uma parede úmida. Não é tão velho!

— Então ele só finge, o espertinho! Não dá mesmo para confiar nos homens!

— Ah, ele é muito esperto! Ontem me fez rir. Eu estava implicando com ele porque fuma muito e perguntei por que o fazia. Ele respondeu que queria ter os lábios habituados ao trabalho para quando começasse a dar beijos de verdade. *Der ist witzig*! [5]

---

[5] Em alemão no original: "Que gracinha!" *(N. do T.)*

A Srta. Marie deixou claro, com uma risada inocente, que compartilhava a opinião de Matylda sobre a brincadeira do Sr. Kořínek.

— Mas por que foi transferido do regimento regular do Exército para a comissão de uniformes, se é tão corajoso?

— Queriam enviá-lo para a Dalmácia, e ele então pediu transferência do serviço regular... Começou a lhe falhar a memória...

— E aí, estando tão longe, não acertaria o caminho de casa, pobrezinho... — opinou a Srta. Marie, compreensivamente.

— Todo homem tem algum defeito, e Kořínek tem dinheiro — observou depressa a Srta. Matylda. — O pai dele faturou nas guerras francesas.

— Sim, ouvi dizer que na época comprava pernas quebradas ou qualquer coisa assim... Mas nós, moças, não entendemos disso — acrescentou a Srta. Marie, mais uma vez com total ingenuidade. — Olhe, olhe, belo bilhete que lhe escreveu!

E leu a meia-voz os versos do bilhete, que dizia:

*Dein treues Herz und Tugend Pracht*
*Hat mich in dich verlibt gemacht,*
*Mein Herz ist dir von mir gegeben*
*Vergissmeinnicht in Todt und Leben.*
*W. Kořzíneck*
*Oberleutnant* [6]

---

— Por que será que não escreveu seu nome completo? Como se chama: Wolfgang, Viktor ou algo parecido...?

— Não, chama-se Václav, mas não gosta do nome que tem. Diz que sempre que se celebra um evento eclesiástico tem vontade de se batizar de novo.

— E aqui você dispõe de todo um *cahier* de versos!

— Kořínek deixou-os para mim.

— Então você também copiou alguns? Que bonito! Mamãe, não está na hora de irmos embora?

As mães conversavam sobre assuntos domésticos.

— Está sim, você tem razão. Que pena que não pudemos ver o Sr. Eber; é claro, ele está no escritório. Mas onde está meu anjinho, a minha pequena Valburga? Não está em casa?

— Ainda está na cama. Deixo que passe a manhã deitada. Dizem que faz bem a sua voz. Valinka vai ser cantora; bem, ela deixa todo mundo impressionado. É louca por música, quando acaba de tocar e se levanta parece que sai fumaça do piano.

— Mas eu tenho que abraçar meu anjinho; só faltava eu voltar para casa sem lhe dar um beijo! Está aqui ao lado, não é mesmo?

E a Sra. Baurová se aproximou da porta do segundo quarto.

— Não tivemos tempo de fazer as camas... — desculpou-se a senhoria.

— Por favor, Sra. Ebrová, entre nós... Lá em casa é a mesma coisa — disse, e já estava no umbral.

As outras não tiveram outro remédio a não ser segui-la. A Sra. Baurová reparou em uma pilha de roupa militar no chão esperando para ser costurada. Um ligeiro sorriso cruzou seu rosto delgado, mas não disse nada e se dirigiu a passos rápidos para a cama.

— Deixe-me em paz, eu não quero — disse Valinka, tentando evitar o abraço.

— Comporte-se, o que está fazendo? — repreendeu-a a mãe. — Ah, estava esquecendo, na noite de quinta-feira promoveremos aqui um pequeno concerto. Venha também, Sra. Baurů! Matylda, diga à Srta. Marie que também não deixe de vir na quinta-feira.

— Viremos, viremos admirar nosso anjinho — prometeu amavelmente a Sra. Baurová.

O outro aposento, a sala de estar, era tão grande como a cozinha e o primeiro salão juntos. Tinha também duas janelas que davam para o pátio. As jovens se aproximaram de mãos dadas de uma delas. E viram então o jovem Bavor, que saía do apartamento da Srta. Žanýnka com uma pilha de papéis nas mãos e subia às pressas a primeira escada em caracol.

— Quem é este? — perguntou a Srta. Marie.

— Nosso tordo, filho de nossa criada, que é mulher do dono da mercearia. Mas é muito presunçoso. Até carrega o casaco no braço!

— Seu nome é Tordo?

— Não, é Bavor, mas o apelidamos de tordo. Uma vez um tordo fugiu e meu pai achou que o tinha visto no telhado, mas quando subiu lá não era o pássaro, e sim a ponta do casaco do jovem Bavor. Ele sempre estudava no telhado. Agora está indo para lá de novo... Vejam.

— Quer dizer que ele estuda?

— Não! Agora trabalha no escritório de meu pai, mas papai diz que nunca chegará a ser nada, que o melhor que poderia fazer era se jogar da ponte, como São João.

— Meninas, meninas, já estamos nos despedindo. Temos que ir, Marie — chamava a Sra. Baurová.

As meninas começaram a se abraçar. Levou um bom tempo até que se fartassem de trocar beijinhos, mais um bom tempo até que todas as mulheres acabassem de se cumprimentar, cruzando o quarto e a cozinha, e chegassem às escadas.

A senhoria e a Srta. Matylda ficaram na galeria.

— Você ouviu, Matylda, como ela tem medo do reumatismo? — perguntou a senhoria enquanto a Sra. e a Srta. Baurová iam do primeiro andar ao pátio. — E talvez não tenha um único dente verdadeiro!

— É claro que não. A criada delas lava a dentadura após as refeições junto com o resto da louça.

Ao entrar na galeria, a Sra. Baurová deu meia-volta e agitou o braço amavelmente em despedida. A Srta. Marie ainda mandou à Srta. Matylda vários beijinhos estalados. Depois desapareceram na galeria escura.

— Deus sabe quantas vezes essa Matylda já costurou as iniciais em seu enxoval para noivos diferentes e quantas vezes foi obrigada a descosturar tudo! — disse a Srta. Marie, vestindo a capa. — E talvez nunca pare de descosturar.

— E esse Kořínek? Não é verdade que seu tio lhe falou uma vez a respeito dele? O que você diz disso?

— Hum... Sim! — disse a Srta. Marie, e ganhou a rua.

# IV
## MONÓLOGO LÍRICO

Foi manhã e agora é a noite do primeiro dia. É noite, e nosso cenário se assemelha a uma antiga canção russa: "No céu a lua, e no quarto a lua." A lua cheia avança lá no alto do céu e é tão clara que a seu redor as estrelinhas se apagaram para só reaparecer timidamente na distância cósmica. A lua estende orgulhosamente sua capa luminosa sobre a terra, cobrindo as águas dos rios, o verde das margens, as extensas paisagens e a cidade ampla. Arrasta-a pelas praças e ruas, onde quer que encontre um espaço; e se, em algum lugar, vê a janela aberta de um quarto, também atira nela uma ponta de sua capa prateada.

Aproveita também as janelas abertas de par em par para penetrar no quarto do doutor. E, sentindo-se à vontade, toma conta, durante um bom tempo, desse aposento cuidadosamente arrumado, limpo e até elegante. Rega as plantas que estão em uma mesa cheia de flores perto da janela e parecem cobertas de orvalho prateado. Deita no leito branco, que fica ainda mais branco. Senta-se na confortável poltrona, ilumina diversos elementos da escrivaninha e até se estira ao longo de todo o tapete que cobre o chão.

Isso dura até tarde da noite. Finalmente o trinco faz clique, a porta sonolenta range e o proprietário do apartamento entra.

O doutor enfia a bengala no porta-guarda-chuvas ao lado da porta, pendura o chapéu no cabide e em seguida junta as mãos.

— Ora, ora — murmura com voz apagada —, temos visita! Bem-vinda, senhora lua, já veio para o Pentecostes? Em casa todos estão bem? Mas que coisa! Maldito joelho! — grunhe, levantando a voz. Abaixa-se e massageia o joelho.

Seu rosto, iluminado pela claridade da lua, exibe certo mal-estar e um meio sorriso.

Ergue-se e tira o casaco. Quando abre o guarda-roupa para pendurá-lo, grunhe de novo, mas cantarolando para si mesmo:

— Doutor Bartolo,[7] doutor Bartolo, doutor Bartolololo, doutor Bartolo, lolo, lolo... Foi um mi ou um fá, sim, foi um fá, Bartolo, lolo, lolo...

Cantando, ele pega do cabide seu robe cinza, veste-o, cinge-o com um cordão vermelho de seda e, despreocupado, continua cantarolando "lolo" enquanto vai até a janela aberta.

— Ah, Josefinka ainda deve estar dormindo... Gatinha, sonhe com uma coisa bem bonita! Você é uma gatinha adorável e tem um coração tão bom! — De repente ele se agacha e volta a massagear o joelho, mas desta vez não praguejoa. Fica em pé diante da janela. — Eles têm um apartamento de bom tamanho, nem precisam disso tudo agora. Ficaremos ali. Só alguns móveis novos... Teremos prazer em ficar com a mãe e a doente Katuška; gostamos delas, são boazinhas. Além delas, não há ninguém... Aquele primo da Baviéria será o padrinho, logicamente. Josefinka precisa ter um padrinho de casamento.

---

[7] Da ópera *O barbeiro de Sevilha*, de G. Rossini. *(N. do T.)*

É claro, minha gatinha. Faremos tudo com muita discrição... "Bartolololo..." Por que esse barbeiro de Sevilha não me sai hoje da cabeça? Que coisa!... "Bartolo, Bartolo..." Não sou tão velho e estou conservado, bem conservado. Em meu caso, ainda não há *periculum in Morea*.[8] Não preciso temer, "em toda a minha vida não serei mais belo do que agora". Levarei uma vida nova e serei feliz, e quando está em paz a pessoa rejuvenesce.

Fixa o olhar na lua redonda.

— Fico imaginando o que a gatinha poderá estar sonhando agora. Uma criança dessas dorme tão bem que até pode ser jogada na água. Eu sussurraria para ela o que deve sonhar.

Ele dá meia-volta e pega o violão pendurado na parede, acima da mesa de flores. Vai à janela e tenta tocar alguns acordes. Lá embaixo, no pátio, ouve-se o uivo abafado de um cachorro.

— Ah, Azor conseguiu se soltar — diz o doutor, debruçando-se na janela — Azor, fique bonzinho. Silêncio!

O cachorro não se manifesta.

— Não devo irritá-lo, pobrezinho — diz o doutor, falando para si próprio. Pendura o violão, fecha a janela e corre a cortina.

Aproxima-se da escrivaninha e acende uma vela. Depois se senta na poltrona. Quando o doutor está só, sempre fala a meia-voz para si mesmo. E agora retoma o fio de seus pensamentos:

— Já sou muito velho para fazer besteira. Na minha idade, um assunto desses tem que ser resolvido depressa, mas tam-

---

[8] Distorção da expressão em latim *periculum in mora*, perigo da demora. Morea é uma ilha da Polinésia. *(N. do T.)*

bém não tão depressa, não sem poesia. Meu plano é bom...
Maldito joelho! Eu tinha que tropeçar agora? — Ele abre o
robe e examina as ceroulas claras. Estão rasgadas na altura do
joelho direito.

— Ceroulas novas! — lamenta-se, irritado. — Quem
manda ser delicado?! Eles estavam à esquerda na galeria, tenho
certeza de que eram Václav e Marinka. Quem mais poderia
ser? Esquivei-me para a direita e me enganchei na grade de ferro. Maldito Václav! Tenho que dissuadi-lo dessa relação, é só
um estagiário, aonde isso vai levar? É uma pena, tem talento,
é necessário reconhecer. O melhor seria que pudesse concluir
os estudos. Mas quando não há recursos! Também tenho que
dissuadi-lo de escrever poesia, é uma coisa que não leva a nada;
que se concentre no escritório, já que começou. Se vier me pedir
conselho, direi que jogue os poemas no lixo. Não valem nada.

Pega um caderno grosso na escrivaninha e começa a folheá-lo. Marcou diversas páginas, e procura a primeira.

— Meu plano está pronto — continua seu monólogo.
— Preciso de poemas, eu mesmo não sou capaz de escrevê-
los, mas por acaso estes me servem. Se não tirá-los daqui, terei
que tirá-los de outro lugar, o que importa? Josefinka não ficará
sabendo, ele tampouco: aconselhado por mim, jogará tudo no
lixo. Então amanhã enviarei o primeiro, ainda anônimo, embora ela, sem dúvida, vá acabar percebendo. Será este.

E lê do caderno:

> Você, montanhosa cordilheira,
> É juvenil primavera!
> Seu cabelo, bosque obscuro de fábula;
> Seu olhar, vivo baile de águas rápidas.

Seus lábios, suas faces, pura flor.
Sua voz que tudo domina, rouxinol.
Você é para mim o mundo todo,
É como uma paisagem montanhosa,
Às vezes clara, às vezes nublada,
É como montanhosa cordilheira,
Bela só para o poeta!

Oh, diga-me se para meu canto,
Você tem um eco agradecido,
Ou se, qual altiva cordilheira,
Seu peito é uma rocha eterna.

— Que garoto! Parece que tenho as montanhas diante de mim, mas sei que Václav jamais viu uma paisagem montanhosa. De onde terá tirado isso? "Águas rápidas", bem, "sua voz que tudo domina, rouxinol", isso já é um pouco demais. Já sei o que farei... Sublinharei com um lápis grosso "bela *só* para o poeta"... Para mim é como se fosse bela apenas para mim, para uma única pessoa. Poemas podem virar a cabeça de uma jovem! E uma semana depois, outro impacto, talvez já assinado, conforme a necessidade. Este será o segundo!

E continua lendo:

Sua pele escura, seu cabelo escuro,
Semeiam meus dias de meditativo sonho.

Seu olhar cruel, sua jovem voz
Transformam minhas noites em ardente dia!

Oh, diga se queres, meu sol escuro,
Ser para mim a clara luz ardente
De meu crepúsculo noturno!

Oh, minha lua negra, diga se queres,
Nos dias de paixão,
Ser minha fiel e tranquila companheira.

— Esse sabe das coisas, he, he, he. Esse enganaria as moças! Mas talvez tenha escrito para alguma judia. Josefinka não é tão morena assim! Embora isso não importe, pois ela não perceberá esse detalhe, apenas verá que é como um sol e que faz sentido. O poema funcionará. Só ardor e chamas. E se for muito dura na queda, então ainda terei um terceiro, mas desta vez irei direto ao ataque, sem contemplações.

Vira algumas folhas e lê:

Como um tiro no coração,
Que importa, logo sentirei!
Mas sei que também a ti encontro morta
No morto coração.

Que importa o caminho escuro
E o instante de dor!
Virás comigo, eu juro,
Pois não desapareces de meu coração.

— Este tem algo de embriagador... Essa história de atirar no próprio peito... Uma moça não resiste quando o amado ameaça dar um tiro no peito. De qualquer maneira, daremos a

Josefinka a terceira pílula. Reforçar o amor, mas como se tivesse me atingido... Tenho que ir já para a cama... Preciso...

Boceja com prazer e começa a se despir.

— De qualquer forma, a parte mais bonita é "Virás comigo, eu juro, pois não desapareces de meu coração" — murmura, despindo-se e dobrando a roupa com meticulosidade pedante, deixando parte sobre uma poltrona e parte sobre a cadeira ao lado da cama. — Quer dizer algo assim como que a tenho em meu coração, e se atirasse nele também estaria atirando nela. He he... Como não o atingiria se ele está ali... Vamos dar o fora do coração!... Hoje faz calor, não preciso de chinelo — resmunga, e tira os sapatos.

Levanta a colcha, apaga a vela, deita-se e suspira com satisfação.

— "Bartolo", ah! Sai fora! Fora coração. Você não pode me... — E adormece.

Lá embaixo, no pátio, Azor uiva. Pouco depois, é ouvido arranhando a porta da Srta. Žanýnka, como se não pudesse superar a dor e, mesmo assim, tivesse medo de acordar alguém; uiva sem parar a noite inteira, sempre com a voz abafada.

# V

# FELICIDADE É SER SOLTEIRO

## (DITO POPULAR)

O nome do funcionário em cuja casa o doutor mora é Lakmus. Ele vive em Praga há apenas três anos e herdou o inquilino de seu antecessor no apartamento.

Pouco depois de terem se mudado para nossa tranquila casa, todos os demais inquilinos ficaram sabendo que os Lakmus tinham economizado dinheiro, dispunham de uma boa renda e por isso os respeitavam. Por esse mesmo motivo não têm muito contato com eles. A Sra. Lakmusová, a cabeça da família, não é muito acessível. De qualquer forma, ao menos nunca se recusa a fazer o que lhe pedem: está sempre disposta a pagar o aluguel adiantado ao senhorio, e aos demais empresta farinha e manteiga de suas reservas quando estes se dão conta, de repente, que faltam em sua cozinha; responde às saudações e até é a primeira a cumprimentar, mas não dá corda a conversas mais longas. No entanto, não é exatamente uma pessoa calada, e às vezes, pelas janelas abertas, espalham-se por todo o edifício alguns exemplos de sua retórica.

Embora já tenha mais de 40 anos, a Sra. Lakmusová ainda é cheia de vida. Sua figura arredondada conserva-se viçosa, em seu rosto resplandecente não há rugas, e seus olhos brilham de alegria; em resumo, parece uma jovem viúva guerreira. Sua filha, por sua vez, está já há muito tempo suficientemente madura para se casar. A Srta. Klara, de 20 e tantos anos, não se parece com a mãe. Magra como uma vara, carece daquelas agradáveis formas arredondadas; os olhos azul-claros combinam com o cabelo louro abundante e o rosto alongado ainda guarda a memória das tonalidades róseas da saudável vida campestre. A Srta. Klara é ainda mais inacessível que a mãe; por isso, a Srta. Matylda, a filha do senhorio, desistiu há tempos de tentar se tornar sua amiga.

Os vizinhos do Sr. Lakmus raramente conseguem vê-lo em outro lugar que não a janela. Ele tem uma perna doente que exige uma dedicação abnegada. Saiu apenas uma vez ao longo de muitos meses; passa todo o tempo em casa, observando a rua ou recebendo cuidados no sofá, sempre coberto por uma manta e panos úmidos. Diz-se que bebe muito vinho, e seu rosto cheio de espinhas não contribui para dissipar esses boatos.

Neste segundo dia da nossa narrativa, a manhã já avançou até o meio-dia quando o Sr. Lakmus se levanta com dificuldade da poltrona que fica junto à janela do aposento que dá para a rua, onde passou as primeiras horas da manhã, e se dirige lentamente ao sofá. Volta a se sentar, estira a perna no sofá e, com uma espécie de respiração impaciente, olha para o relógio grande e envidraçado que emite um tique-taque sonoro e é, assim como o resto do mobiliário, não novo, mas de certo valor. Os ponteiros marcam alguns minutos antes das 12.

Do relógio, sua vista passa a Klara, que está entretida com a costura ao lado da segunda janela.

— Hoje vocês nem me serviram a sopa — diz ele com um sorriso aborrecido, como se quisesse apenas lembrá-la e não reclamar.

A Srta. Klara levanta a cabeça, mas neste momento a porta se abre e entra no aposento a Sra. Lakmusová, com uma travessa fumegante em uma bandeja. O rosto do Sr. Lakmus se ilumina.

— Vá à cozinha, Klara, e prepare o suflê — ordena a mãe.

— E tome cuidado para que o doutor não zombe de você.

Klara sai.

— Hoje lhe preparei sopa de vinho, você já deve estar farto do eterno caldo de carne, não é mesmo? — diz a Sra. Lakmusová amavelmente, colocando o prato diante do marido.

O Sr. Lakmus levanta a cabeça e olha a esposa com desconfiança, como se suspeitasse de tanta gentileza. Mas é evidente que está sempre disposto a se submeter, pois em vez de continuar desconfiando, entrega-se rapidamente à degustação do manjar que lhe é oferecido.

A Sra. Lakmusová pega a cadeira e coloca-a ao lado da mesa, perto do sofá onde está seu marido. Senta-se, apoia as mãos na mesa e fita o esposo.

— Diga-me, o que vamos fazer com a Klara?

— Com a Klara? O que deveríamos fazer? — responde o Sr. Lakmus, sorvendo a sopa.

— Essa menina está inteiramente enlouquecida... Está inteiramente enlouquecida pelo Loukota.

— Ela não me disse nada!

— É claro que ela não vai contar a você, mas a mim conta tudo, é extremamente sincera. Essa noite fui obrigada a tirá-la da cozinha. Disse que ouviu o doutor dizer coisas tão bonitas no quarto que não conseguia nem sair do lugar. Como estou lhe dizendo, essa menina está inteiramente louca... E aonde isso a levará? Melhor seria que se casasse com ele, não é mesmo?

O Sr. Lakmus enxuga com as mãos o suor que brota em sua testa por causa da ingestão da sopa forte.

— É muito velho para ela — observa ele, passado um tempo.

— Velho? Você também já não era mais um jovem quando nos casamos.

O marido não dá nem um pio.

— Está bem conservado, é saudável e não tem aparência de velho... E nem tem tanta idade assim. Melhor ele, que conhecemos, do que esperar por um janota, sobretudo se levarmos em conta que não há ninguém que aguente Klara. Tem um bom capital e é capaz de sustentar uma mulher. Por que não iríamos lhe dar nossa filha? O que acha? Diga alguma coisa, homem...

— Mas quem sabe se ele a quer? — atreve-se a observar o Sr. Lakmus.

— É claro que não poderemos obrigá-lo, se não quiser — aborrece-se a mulher. — Era só o que faltava! Falarei com ele... Klara é bonita, ele sempre lhe sorri, ela sempre mantém o quarto dele em ordem e ele gosta de ter tudo organizado... Acho que sonha com ela, mas hesita porque não confia em si mesmo, pois já não é... Bem, não é dos mais jovens. O fato é que as coisas estão assim, mas eu vou esclarecer tudo. — E assente com satisfação.

De repente ela para e inclina a cabeça para a porta.

— Eu acho — diz ela de novo — que o doutor já está em casa, e chegou muito mais cedo do que habitualmente. Esteve conversando na cozinha com Klara, mas já foi para seu quarto. Tenho que ir à cozinha... Logo as coisas estarão acertadas.

A Sra. Lakmusová corre para a cozinha. A Srta. Klara está ao lado da mesa preparando em um recipiente a mistura do suflê. A mãe se aproxima, segura a cabeça da filha com as duas mãos e vira o rosto dela para o seu.

— Minha pequena, você ficou vermelha como uma rosa — diz ela amavelmente —, e está tremendo dos pés à cabeça. Não se preocupe, vai dar tudo certo.

A mãe olha-se em um pequeno espelho de parede, ajeita o chapéu, abaixa as mangas, dirige-se à porta do quarto do doutor e bate. Ninguém responde. Volta a bater, desta vez com mais força.

Hoje o doutor não suportou ficar muito tempo no escritório. Estava distraído, quase irritado, de tempos em tempos era invadido por uma espécie de inquietação, meio agradável, meio incômoda. Tremia por causa de certa sensação poética, e quem já experimentou uma coisa dessas na vida sabe que não adianta lidar com isso usando as regras da vida comum. Um pensamento vago serpenteia em nosso cérebro como uma minhoca, anda de um lado a outro, faz cócegas, arranha, atinge o primeiro sentido, o segundo, o terceiro, até que todo o sistema nervoso se vê afetado. Não vale a pena fazer nada, é preciso desistir do trabalho e concentrar toda a nossa atenção naquela ideia até que, por fim, ela pousa firmemente em algum lugar, enrosca-se lentamente sobre si mesma e se envolve em uma crisálida firme. Se o sol da fantasia tem calor suficiente, a crisálida explode e a mariposa sai voando pelo mundo: é o poema.

A mariposa havia escapado do doutor logo de manhã cedo. Exibia as cores da "paisagem montanhosa". O doutor fixou-a com uma pena sobre papel rosa, enfiou-a em um envelope, colou-o com uma massinha perfumada e confiou-o ao correio municipal. No entanto, aquela excitação só se manifestou plenamente mais tarde. Foi crescendo e, como sói acontecer com os amores tardios, atingiu proporções tais que o obrigaram a abandonar o escritório.

Vagabundeou lentamente até sua casa. Ao atravessar a galeria em direção ao pátio, esqueceu-se de olhar, como é seu hábito há muito tempo, para o alto, para as janelas de Josefinka. Quando entrou finalmente, com um passo estranhamente inseguro, na cozinha da casa dos Lakmus, sentia-se como se tivesse conseguido escapar de um grande perigo; respirou fundo, o sangue começou a circular mais livremente e dirigiu-se a Klara com um tremor na voz que soava tão agradável como jamais acontecera. Não se prendeu ali por muito tempo; entrou logo em seu quarto.

Fechou a porta. Sua cabeça inclinou-se sobre o peito. Sem perceber, despiu a manga direita do casaco e então parou para pensar. Foi empurrado, involuntariamente, para a janela. Não sabia quando a carta que enviara pela manhã seria entregue, se Josefinka já a recebera ou não. Como se temesse um castigo, ficou a cerca de três passos da janela, em pé, espiando pela fresta que havia entre a cortina e a moldura. De repente, deu um pulo; exatamente naquele momento um carteiro entrava na galeria fronteiriça. Retrocedeu um passo, mas neste instante ouve baterem à porta.

— Entre — diz ele com dificuldade, e enrubesce como um tomate.

A porta se abre e aparece a Sra. Lakmusová. O doutor agarra apressadamente a manga que havia tirado e seu rosto exibe um sorriso forçado, que vira uma careta.

— Será que eu o incomodo, doutor? — pergunta a Sra. Lakmusová, fechando a porta atrás de si.

— Ora, ora, minha cara senhora — balbucia o doutor, segurando a manga que se agita.

— O senhor voltou para casa tão cedo hoje, tão fora do habitual, será que está doente?

— Como assim, minha cara senhora? — pergunta ele tolamente, ainda com a alma cheia de insegurança.

— Oh, realmente... — continua ela, aproximando-se dele e pondo a mão em sua testa. — Permita-me. Bem, doutor, falta ao senhor alguma coisa... Está esfogueado como uma moça, talvez...

— Vim correndo, eu sempre corro, minha cara senhora, eu já... — balbucia o doutor.

— Talvez queira uma compressa...

— Não, não, não há nada comigo, absolutamente nada! Faça o favor de se sentar, querida senhora — convida-a o doutor, e oferece a poltrona à Sra. Lakmusová.

A Sra. Lakmusová se senta e o doutor ocupa um assento diante dela.

— Sempre me chama de "minha querida", como se de fato fosse sua querida. — Ela ri agora com tal faceirice que em outras circunstâncias o doutor teria se surpreendido. — Se eu já não tivesse marido... Meu marido é mesmo um bonachão... Quem sabe... Mas acho que devo deixar o senhor para outras, mais jovens — continua ela, brincando.

O doutor sorri levemente, mas não sabe o que dizer e fica calado.

— Doutor, o senhor não acha que é belo quando se tem alguém a quem se possa dizer "meu querido"?

— Bem, sim, como não? Quando dois corações se unem, sobretudo na primavera...

Ele se esforça para dizer alguma coisa.

— Ora, ora, as coisas que o senhor está dizendo hoje... O senhor é esperto. Quem se surpreenderia se soubesse que o senhor pensa em... Está em seus melhores anos, tem muita saúde e é um exemplo de frugalidade...

O doutor se sente como se tivesse sido pendurado em um prego. Acha que a Sra. Lakmusová já sabe de tudo a respeito de seu amor secreto, de Josefinka, do poema. Esse pensamento, de repente, encoraja-o.

— Pelo menos isso posso dizer a meu respeito, que eu soube economizar tanto saúde como dinheiro — diz ele com orgulho.

— Realmente — elogia-o a Sra. Lakmus. — O senhor pode até mesmo se permitir pensar em uma bem jovem.

— Bem, eu não carregaria uma velha nas costas, pois as velhas já estão prontas, não se pode ensiná-las a fazer as coisas de maneira diferente daquela que aprenderam com outros — opina o doutor com cuidado. — Eu só consideraria uma jovem que tivesse boa índole e fosse obediente, doce e capaz de se adaptar totalmente a alguém...

— Isso é compreensível — admite a Sra. Lakmusová. — Então vamos procurar uma que seja assim! Bem, diga-me, mas com sinceridade, com absoluta sinceridade, tão sinceramente como se estivesse falando com a mãe daquela que quer para esposa — diz ela, e segura a mão do doutor, olhando-o fixamente nos olhos. — Diga-me se já não começou a pensar nisso.

— O que está revelado, revelado está, por que vou me envergonhar? — confessa o doutor com sinceridade. — Sim!

— Eu já falei com meu esposo.

A Sra. Lakmusová bate palmas alegremente.

— Como, com o Sr. Lakmus?

— Agora mesmo. E ele disse: "Ninguém sabe se ele a quer." Imagine!

— E por que não haveria de querê-la?

— Mas eu já tinha percebido tudo. Que malandrinho que o senhor é! Às escondidas da mãe, para que não fique sabendo de nada...

— A mãe? O que a senhora está dizendo? Eu pensava que absolutamente ninguém sabia, nem mesmo a filha.

— A filha não sabia, mas as mães veem tudo. Como a menina estava infeliz! Toda confusa; de dia só falava do senhor e à noite falava sonhando. Vou lhe dizer uma coisa: eu também fui jovem, mas jamais vi coisa igual na vida.

O doutor abre a boca, espantado: seu olhar transluz ignorância e perplexidade e ele sorri levemente, satisfeito consigo mesmo.

— Mas assim está bem — opina a Sra. Lakmusová. — No princípio, não quis nenhum inquilino, mas agora estou contente, Klara será feliz.

— A Srta. Klara? — surpreende-se o doutor, levantando-se da cadeira.

— Como lhe disse, está completamente enlouquecida. Só uma coisa: o casamento tem que ser realizado depressa. O senhor vive em nossa casa, as pessoas comentariam, e para que esperar? Nós o conhecemos, o senhor nos conhece e sabe que contamos com a bênção de Deus. Será bom para todos.

— Mas me permita... — balbucia de novo o doutor, dando grandes passadas. — Eu sei que a Srta. Klara tem se encontrado com um oficial...

— Encontrava-se, mas não se encontra mais. Ele se casou com uma viúva dona de um moinho. Acha que ela lamentou? Deus me perdoe, mas Klara já gostava do senhor. E eu lhe dizia: "Não pense no oficial, o doutor não vai querer uma que já foi beijada." Mas ela não e não! Dá para entender: um único pretendente é o mesmo que nenhum pretendente!

O doutor não sabe o que fazer, mas a Sra. Lakmusová vai em frente sozinha:

— O senhor sabe que não podemos adiar, não é mesmo? O senhor tem todos os papéis prontos, não é mesmo, doutor? Um homem tão organizado!

O doutor sacode a cabeça. A Sra. Lakmusová interpreta o gesto a sua maneira.

— Providencie todos os papéis, pois o senhor sabe como fazer. E hoje vai jantar lá em casa, não é mesmo?

— Não, não — arranca o doutor lá de dentro. — Aqui mesmo, por favor!

— Ah, ele se comporta como um jovenzinho. — A sogra sorri com tranquilidade. — De qualquer forma, Klara não conseguirá colocar nada na boca depois que eu lhe contar tudo.

— Peço-lhe por Deus, não diga nada, absolutamente nada, eu lhe suplico — diz apressadamente o doutor.

A Sra. Lakmusová acha isso divertido.

— Se não houvesse gente mais sensata... — diz. — Eu gostaria de saber como teriam resolvido... Bem, providencie seus papéis, doutor. Quer mais alguma coisa?

— Não!

— Até mais, doutor!

— Minhas considerações.

O doutor fica durante um longo tempo no meio do quarto, como se petrificado.

Por fim, respira fundo e agita a cabeça.

— Ora, era só o que me faltava — murmura irado. — Sim, prepararei os papéis, inesperada sogra, mas não para sua filha. Você será uma sogra reserva. Não resta outro remédio senão acelerar tudo. Amanhã, o segundo poema, depois de amanhã, o terceiro, e no dia seguinte... Não, já será sexta-feira, quem sabe o que pode acontecer. Então, depois de amanhã, à tarde, o pedido de mão. Logo depois, outra casa, meu Deus, que caminho me espera de uma casa a outra... E depois...

Não termina o discurso. A porta se abre e, acompanhada da criada, entra de novo a Sra. Lakmusová com o serviço de mesa.

— Tirei para o senhor o faqueiro de prata, doutor — diz ela, colocando-o sobre a mesa —, para que serve a prata guardada?

Aproximando-se do doutor, ela coloca a mão em seu ombro e sussurra a meia-voz:

— De qualquer forma, já contei a Klara.

# VI
## MANUSCRITO E NÉVOA

O presente capítulo começa no mesmo instante em que o anterior acaba.

O Sr. Eber volta para casa. A senhoria, que estava entretida alimentando o forno da cozinha, quase se assusta ao ver o esposo chegar. Normalmente o homem chega por volta das 3 da tarde, mas hoje está ali um pouco depois do meio-dia, e, além disso, tem um aspecto muito estranho. Faz tempo que não o vê assim.

A começar pela cartola puída, afundada até quase as espessas sobrancelhas eriçadas, e as dobras murchas das bochechas outrora gordas ainda mais marcadas por sombras profundas, tudo nele é diferente do homem da manhã. O cabelo, antes lisamente penteado, foi jogado para cima e está escondido sob a cartola. É evidente que os olhos, em geral inexpressivos, querem dizer algo. Os lábios grossos estão firmemente fechados e o queixo, um pouco mais alto. O peito afundado está lançado para a frente e a mão direita segura, quase na horizontal, uma espécie de tubo de papel alongado; de vez em quando sacode a esquerda, como se fosse a mão de uma marionete quando o marionetista não sabe o que fazer com ela.

A senhoria olha para ele; uma ideia rápida passa-lhe pela cabeça, e seu rosto afilado se alonga.

— Não vá me dizer que foi demitido — diz ela de repente, com voz rouca.

O marido balança ligeiramente a cabeça, como se essas palavras tivessem atingido um ponto fraco seu.

— Por favor, vá chamar a Sra. Bavorová. Preciso falar com ela — diz ele, com a voz um pouco abafada.

Em outras ocasiões, a senhoria dificilmente teria admitido uma resposta tão esquiva, mas a aparência excepcional do marido fez efeito nela e o azedume não teve tempo de se desenvolver. Ela olha pela janela.

— Está vindo agora mesmo para cá — diz, ao ver a Sra. Bavorová descendo para o pátio.

O Sr. Eber entra no quarto. Avança até o centro, onde está a mesa, e fica parado em pé. Fixa o olhar na mesa só porque tem que olhar para algum lugar. Não tira o chapéu, não larga o tubo de papel, evidentemente está preparado para o encontro, que nem quer e nem pode evitar.

A Srta. Matylda olha para o pai, surpresa. Por fim, explode em um riso sonoro.

— Mas papai, o senhor está parecendo um pombo que engoliu um cabide.

O senhorio se mexe levemente, mas o movimento revela um enorme mal-estar.

Então a porta se abre e a senhoria entra no aposento; atrás dela vem a Sra. Bavorová.

— Aqui está, diga-lhe o que tem a dizer — ordena a senhoria.

O senhorio dá meia-volta em direção à recém-chegada. Seus olhos ficam ancorados no chão, a boca se abre e começa a falar com voz solene e monótona:

— Sinto muito, Sra. Bavorová, mas não posso ajudá-la, não depende mais de mim. Seu filho anda por um mau caminho. Sim, é verdade. É leviano, displicente e muitas coisas mais. Agora aconteceu uma coisa grave. Atreveu-se a escrever sobre nosso escritório, um texto infame sobre todos nós, inclusive sobre o próprio presidente. Sim, e fez isso no escritório e guardou-o na gaveta e, quando saiu sem permissão, deixou-o ali. Acabou sendo encontrado. É descuidado, nem sequer tirou a chave da gaveta. Começaram a lê-lo. Foi escrito em tcheco e é infame. O presidente sabe que eu sei tcheco e colocou o caso em minhas mãos. Ao que parece, contém coisas terríveis, não sei, não sei, pode acontecer o pior. A senhora é mãe dele, achei que era minha obrigação informá-la: fique preparada para tudo. Mulher, leve-me ao quarto uma bacia e água fresca para beber e não deixe ninguém entrar, a não ser que apareça alguém do escritório. Não me chame nem para comer. Eu irei sozinho. Vá com Deus, mãe!

A Sra. Bavorová está pálida como uma parede. Seus lábios tremem, os olhos brilham.

— Pelo amor de Deus! Estimado senhor, por favor, somos pobres! — exclama ela, com voz penetrante.

O senhorio a interrompe com um gesto de rejeição:

— Não posso e não devo. Já é tarde e tudo está perdido. O dever é o dever, e tem que haver justiça. Seria fantástico se os rapazes...! Agora não tenho mais tempo.

Ele dá alguns passos e desaparece no segundo quarto.

Fecha a porta atrás de si com cuidado, balança-se mais uma vez para a esquerda e a direita e só depois tira o chapéu. Aproxima-se da mesa de escrever e deposita nela, com cuidado, o tubo de papel, como se temesse que possa se quebrar.

Em outras ocasiões, ao chegar em casa, afrouxava a roupa; hoje aperta-a ainda mais, e com solenidade, diante do espelho. Depois examina todas as penas, tira o pó do papel pautado e mexe várias vezes no assento antes de se sentar.

Quando finalmente pega o tubo para desenrolá-lo, suas sobrancelhas se erguem até o limite da testa e seus olhos examinam cuidadosamente cada dobra do papel.

# VII

# NOTAS DE UM ESTAGIÁRIO

Terminei meu trabalho, e agora, o que devo fazer? Ainda não devo entregá-lo, não até amanhã; sempre me repreendem pelo fato de acabar antes todas as vezes; dizem que o trabalho não pode estar bem-feito, que, se terminei tão depressa, deve ser superficial.

Vou escrever historietas sobre o escritório, retratos da vida cotidiana, instantâneos e biografias desses senhores, senhores colegas e senhores superiores, flashes da vida burocrática e poemas de um auxiliar de escritório. Um satirista inglês escreveu o diário de uma viagem feita por sua mesa de escrever; eu irei mais longe, desviar-me-ei de todas as mesas vizinhas, viajarei por todo o império do nosso presidente, descreverei o país e o povo. Mas o povo me dará a oportunidade de fazer uma sátira mordaz? Por que não o faria? Para satirizar, não se deve se fixar em uma pessoa excessivamente séria nem em uma muito boba. Satirizar esta última levaria a algo lamentável; satirizar a outra implicaria abandonar o ponto de vista global e azedar-se, demonstrando que, do ponto de vista da eternidade e do universo, tudo o que fazemos é ridículo.

Não precisarei usar a filosofia global para examinar aquele estagiário bem-vestido; será suficiente um pequeno espelho, pois ele não para de se olhar. É agradável comigo. Logo no primeiro dia eu perguntei por ele: "Quem é aquele belo jovem?" E ele ouviu. Mas os outros... Como escrevem com aplicação! Como trabalham! Que rostos, que cabeças, que olhos! Não se encaixariam em ninguém que não fosse um auxiliar de escritório, tudo de acordo com as normas. Em seus rostos vê-se que o trabalho "espiritual" não os deixa esgotados e que não lhes ocorre nenhum pensamento próprio que se eleve acima das normas administrativas; aparentemente, para eles tanto faz se os expedientes tramitam ou servem para embrulhar peixe. Passo a passo, e sempre dentro dos limites. Talvez haja no meio desses esboços mentais algum semelhante ao cavalo de Troia: madeira por fora e lá dentro os gregos. Vamos abri-lo!

O chefe é o único a se permitir um descanso. Lê o jornal. Agora o abandonou...

Ele me lançou um olhar quando lhe pedi que me emprestasse o jornal pois eu também queria ler! Não me disse uma palavra, mas quando voltei a me sentar à minha mesa estava queimando e com os olhos úmidos de tanta vergonha. Não via mais nada, mas senti que as bocas de todos os presentes estavam abertas de espanto diante do atrevimento de um aprendiz de auxiliar de escritório.

Como seria bom se estivesse estudando de novo e tivesse aquela perspectiva otimista em relação a tudo e a nada! Aqui, meus horizontes se estreitam, e não sei, não sei até que altura poderei chegar.

Como se fosse uma prova de estilística, no primeiro dia me deram a tarefa de descrever os sentimentos gerados pela visão de uma locomotiva. Postei-me diante da locomotiva Pégaso e parti com ímpeto para o império do progresso humano. Disseram que o presidente abanou a cabeça e disse que eu era uma pessoa estranha.

Ainda não falei com ninguém e já ouvi dizer que me chamam de O Provocador. Será pesado, em todos os sentidos. Como seria bom se estivesse estudando de novo! Mas isso não é mais possível.

E o ar? Dizem que a argila de Prometeu cheirava a carne humana. Aqui, essa gente cheira a argila, embora não gordurosa.

Que gente terrível! As pessoas estão no ponto em que eu estava quando era uma criança, quando ainda chutava pedras e torturava ratinhos alemães. Naquela época, li *Robinson Crusoé* em alemão, e não sabia que "*Insel*" é o mesmo que "*Inslicht*", vela de sebo; apesar disso, o livro me agradava. Da mesma forma, as pessoas daqui não têm noções claras sobre o mundo e, apesar disso, gostam dele. Consideram as ideias um monopólio do Estado, assim como o são o sal e o tabaco. Tenho certeza que me enganei com a imagem do cavalo de Troia: há madeira por fora e por dentro; bata onde bater, é tudo madeira.

Ontem lhes disse que as mulheres de Paris usam peles de macacos brasileiros; anteontem, que a carruagem de gala do arcebispo é construída tendo como modelo o carro de São Elias; amanhã cortarei um pedaço da pele do rabo do Azor e lhes direi que é a madeixa que Isis arrancou do cabelo de Osíris para ficar com ela quando ele morreu.

Consideram-me imensamente culto e se entretêm conversando comigo, mas não se atrevem, sob hipótese alguma, a rir na presença do chefe, só quando ele conta uma piada. E então a risada é geral. Mas quando o chefe se afasta um pouquinho balançam imediatamente o esqueleto, seus rostos se alargam e as costas, antes humildemente encurvadas, aprumam-se. Isso faz parte do ritual diário, e olham dissimuladamente os relógios para ver se chegou a hora da rotineira saída do chefe.

A fama da minha sabedoria se espalha cada vez mais. Fui capaz de ler uma carta escrita em sérvio em alfabeto cirílico, o que os assombrou. O chefe do quinto departamento, ao passar, deu-me uma palmadinha no ombro e disse:

— Tudo pode ser bem-vindo uma vez, mas atenha-se ao que é prático.

Ele gosta de ter a fama de que sabe escrever. Dizem que até já publicou um livro, creio que sobre cataplasmologia, ou seja, um manual de tratamento das pernas com cataplasmas da forma mais prática.

Nunca voltarei a ver nada parecido na vida!

O senhor presidente veio procurar uma ata em nosso departamento. Pôs um pé na escada e quando desceu pisou no pé do Sr. Hlaváček. O velho asno, por respeito, não quis dizer ao presidente que ele estava pisando no seu pé. Parecia-me um segundo Laocoonte. Uma imensa dor estava estampada em seu rosto e apesar disso manteve o sorriso acadêmico obrigatório de um auxiliar de escritório de pouca importância. O presidente acabou percebendo que havia alguém logo atrás dele. Quis advertir o impertinente, mas se deu conta de que embaixo de seu pé havia não uma pilha de atas mas o humilde pé do outro.

— Ah, perdão! — disse com um sorriso amável.

O Sr. Hlaváček simplesmente foi mancando até a mesa e manteve o sorriso, apesar da dor intensa. Um verdadeiro modelo de nobre complacência. Os demais o invejaram: quem sabia que tipo de vantagem aquilo lhe traria um dia!

Um dia o presidente teve a bondade de me perguntar se eu tinha irmãs. Entendi qual era a intenção do solteirão — mas que espere: essa pergunta lhe custará muito! — Eu sei, senhor presidente, onde o senhor presta homenagem ao amor; o mais belo de todos os estagiários me contou: parece que sua amante é mesmo belíssima, mas talvez seja proporcionalmente mais bela para mim, que sou mais jovem que o senhor. Quando a virmos...! E se não for para nós, talvez seja para o estagiário, que se considera o próprio Narciso. Alguma coisa acontecerá!

O senhor presidente convocou todos a sua sala. Éramos muitos. Na nossa frente, formando um semicírculo, estavam os chefes, que conversavam entre eles. Nós, os outros, fizemos a devida reverência às costas do presidente e ficamos imóveis.

O presidente ficou sentado escrevendo por um bom tempo sem nos dar atenção. Ao meu lado estava em pé outro exemplar de minha provável miséria de estagiário, em uma versão bastante correta e humana. Contei-lhe uma piada ao ouvido; já não sei qual, mas certamente ruim, pois nem sorriu. Isso me enfureceu, repeti a piada e a acompanhei com cócegas. O acompanhamento surtiu efeito. O companheiro de batalha pulou como um foguete... Paralisação geral, sussurros por toda parte... O presidente se levantou.

Falou:

— Mandei-os chamar para dizer-lhes que seu estilo envergonha a nossa instituição em todas as instâncias superiores. Um escreve como elefante e o outro, como débil girino. Não leio há anos, na verdade não li nunca, uma coisa que ficasse no meio-termo, uma frase de tamanho exato, bem construída. Isso tem sua origem no fato de que vocês escrevem sem parar, sem se deter para pensar, ou então qualquer ideia logo os incomoda; nada de seriedade, nada de sinceridade. Além disso, é evidente que vocês não sabem alemão, e eu vou lhes dizer por que não sabem: porque vocês não param de falar tcheco. Diante disso, usando o poder que meu cargo me outorga, eu aviso a vocês que ninguém deve se atrever a pronunciar no escritório uma única palavra em tcheco. Mais: como amigo e superior, aconselho a todos que se comportem da mesma maneira também fora do escritório e que procurem, com uma leitura aplicada, melhorar seu estilo. Voltem ao trabalho, senhores, e recordem que aquele que não tiver estilo não será promovido!

Começou uma caça cruel no escritório: cada homem se esfalfava para encontrar produtos da culinária alemã. Quem tivesse em casa um velho exemplar do *Bohemia*[9] era bem visto. As conversas em tcheco cessaram, a não ser quando duas pessoas que confiavam plenamente uma na outra, que tinham a mais absoluta certeza de que não estava diante de um delator, trocavam rápidas palavras em tcheco no corredor ou no arquivo morto. Pareciam dois viciados em rapé compartilhando-o em segredo.

Eu continuo falando tcheco e em voz alta. Todos me evitam.

Termina o primeiro ato do drama administrativo. O chefe se retira como *Le malade imaginaire* de Molière no final do primeiro ato. Alvoroço no intervalo.

Conversa na mesa à minha direita:

— Hoje é sexta-feira, já estou imaginando o *knedlík*[10] que minha mulher prepara. Derrete na boca.

— Vocês não comem carne às sextas-feiras?

— É claro que sim, 250 gramas para todos, como sempre. O que cozinharíamos? Observamos os jejuns mais importantes e depois nos permitimos um pedacinho de peixe. Um pouco de peixe de vez em quando faz bem à saúde.

— Um pedaço de pato selvagem com *knedlík*, passado na manteiga! Para as crianças, embora vocês não tenham crianças,

---

9 Jornal publicado em Praga, em alemão, de 1829 até o final da ocupação da Tchecoslováquia pela Alemanha na Segunda Guerra Mundial. *(N. do T.)*

10 Massa típica feita de farinha e cozida na água, o prato cotidiano dos tchecos. *(N. do T.)*

é sempre necessário alguma coisa com farinha. Ano passado, minha cunhada me mandou duas dúzias de caracóis.

— Eu entendo que se consuma pato selvagem. Eles vivem na água. Mas caracóis? Os caracóis se arrastam pelos jardins!

— Deixei-me convencer de que no passado os caracóis viviam o tempo todo na água. Por outro lado, eles se movimentam como se estivessem nadando e são mudos como os peixes, é por isso. É estranho que os peixes não comam carne. Será que sabem que eles próprios servem de alimento nos dias de jejum?

Conversa na mesa à minha esquerda:

— O presidente tem razão. Só dá maluco! É preciso ver quanta besteira as pessoas dizem. O alemão é necessário, e basta. Se não fosse assim, como escreveríamos? E se alguém quiser que seus filhos aprendam um pouco de francês, tudo bem.

— Não pode lhes fazer mal.

— Minha filha não falaria tcheco na rua por nada deste mundo. Se alguma vez eu esqueço e lhe dirijo a palavra em tcheco, ela logo fica corada e me diz: "Mas papai, o senhor precisa ter modos!"

— Sim, é exatamente assim.

— Outro dia li no jornal que estão tentando encontrar uma língua universal. Que idiotice!

— Nosso Senhor não permitiria.

— Que cada um aprenda alemão e pronto.

— É claro!

A pessoa que está mais perto da porta diz: "Psiu!" Todo mundo volta à sua mesa.

Entra o chefe, com o paletó desabotoado.

— Acho que vou explodir se continuar engordando! — diz ele. — Tenho que ir ou ao médico ou à parteira.

Ginástica de gargalhada.

Onde existe tal pobreza espiritual há de haver também pobreza material. E ela existe! Fiquei surpreso ao ver a vida superficial e falsa que leva essa gente, miserável por dentro.

Talvez dois terços deles entreguem o saldo de seu contra-cheque ao judeu, que no próprio dia primeiro tem de fazer o favor de lhes vender de novo fiado — caso queira. Todos os dias aparece aqui uma vovó doceira: liquidam a dívida no dia primeiro e no dia seguinte voltam a comprar, e ficam devendo. Nunca ouvi dizer que um companheiro tivesse convidado outro a sua casa; o mais provável é que se envergonhem de seu lar.

Não dá para entender absolutamente nada.

Hoje recebi um memorando do presidente: devo cortar um pouco meus longos cabelos. Nem que eu estivesse louco!

Agora tenho aliados. Por sugestão minha, o mais belo dos estagiários começou a assinar como Wenzl *Narcis* Walter. Uma ata de tal forma embelezada chegou às mãos do presidente, que o colocou na alça de mira. Disse-lhe que deixasse de lado aquele tipo de besteira e que seria melhor se aplicar no tra-balho, pois, de qualquer forma, aquilo cheirava a preguiça. *Narcisus poeticus* fedorento!

Eu sei que aspecto do nosso dândi preocupa o presidente: é aquele corredor embaixo de certas janelas!

❋

Confiando em que o Sr. Eber não me descubra, menti para conseguir alguns dias de licença. Disse que minha avó, de quem sou herdeiro, está mortalmente enferma.

Embora o chefe tenha me dispensado com boa vontade, observou com severidade que um estagiário não deveria ter avó.

# VIII

## NO ENTERRO

Estamos na tarde do terceiro dia, quarta-feira, e a casa se prepara para acompanhar a falecida Srta. Žanýnka em sua última viagem.

No pátio em sombras, sobre um andor coberto com um pano preto, há uma urna mortuária simples mas muito bonita, pintada com tinta negra brilhante e enfeitada por quatro garras douradas de urso. Na tampa, uma cruz dourada, e ao seu redor uma coroa verde de mirto rematada por uma fita branca larga. Nas laterais do andor, duas tábuas negras quadradas de cerca de 60 centímetros de altura sobre as quais se destacam figuras de prata, os símbolos da irmandade funerária.

Exceto pelo Sr. Lakmus, que está olhando pela janela de cima, e a irmã doente de Josefinka, que, em pé num banquinho, olha por cima do parapeito do segundo andar, todos os habitantes da casa que já conhecemos estão embaixo, reunidos no pátio, vestidos com suas melhores roupas de domingo. Entre eles, há rostos de vários homens e mulheres que não conhecemos de nenhum lugar. Não é preciso ter muita perspicácia para reconhecer, em suas faces friamente autênticas e tensas, os parentes da Srta. Žanýnka. As mulheres e as crianças da vizinhança estão em pé no pátio e nas escadas.

O sacerdote, o sacristão e os coroinhas acabam de chegar e as rezas começam. Quase ao lado da porta da casa da Srta. Žanýnka estão a Sra. Bavorová e a mulher do taberneiro, uma ao lado da outra. As primeiras palavras do monótono responsório emocionaram a Sra. Bavorová de tal maneira que seus olhos se encheram de lágrimas e seu queixo subitamente vermelho começou a tremer. A mulher do taberneiro observa com frieza. Sem respeitar as lágrimas da vizinha, de repente se inclina em sua direção e começa a falar:

— Esses vieram depressa, como se fossem judeus indo a um leilão. Nunca cuidaram dela em vida e agora vieram correndo buscar a herança. Que Deus a ampare! Eles não tinham necessidade de trancar tudo nem de realizar os serviços funerários no pátio. Você recebeu alguma coisa pelos serviços prestados? Não lhe deram nada?

— Nem um pedaço de linha — sussurra a Sra. Bavorová, com voz trêmula.

— E nem vão dar!

— Eu também não estou pedindo nada. Que Deus a leve para o céu. Eu a servi por caridade cristã.

As orações são concluídas e o ataúde é aspergido com água benta. Um "irmão" vestido de preto recolhe os símbolos da funerária; os funcionários municipais levantam o ataúde e levam-no pela galeria até a rua.

Atrás da carruagem fúnebre há vários coches de aluguel. Nos primeiros sobem os parentes da Srta. Žanýnka. Nos demais, o senhorio, sua mulher e a Srta. Matylda, Josefinka e sua mãe, e, no último, a Sra. Lakmusová e a Srta. Klara. A Srta. Lakmusová chama o doutor para se sentar com elas, pois no carro ainda há espaço para mais uma pessoa. Olha ao redor para ver quem ainda estava procurando lugar.

Restam ainda, todos juntos, a mulher do taberneiro, a Sra. Bavorová e Václav.

— Minhas senhoras — chama a Sra. Lakmusová. — Alguma de vocês venha se sentar com a gente!

As duas se precipitam em direção ao coche. A mulher do taberneiro lança um olhar à Sra. Bavorová. As duas chegam ao mesmo tempo e começam a levantar o pé para o estribo. Isso é muito para a mulher do taberneiro, que agarra a maçaneta da portinhola e vira-se com uma surpresa cheia de cólera:

— Eu não sou, por acaso, a burguesa? — diz asperamente, e sobe no coche.

A Sra. Bavorová ficou em pé sem saber o que fazer. Não consegue nem pensar. Václav, que observou e ouviu tudo, aproxima-se da mãe.

— Mãe — diz, com voz forçadamente firme —, nós dois iremos juntos atrás da carruagem. Se não fosse assim, ninguém a acompanharia. E, se quisermos ir ao cemitério, podemos alugar um coche no portão.

Desde que recebeu, ontem, a comunicação oficial do senhorio, a mãe não se dirigiu ao filho. Agora as palavras não saem de sua boca, mas o conflito interno dura só um instante, e ela logo assente.

— É claro que iremos. Eu não gosto de andar de coche e por isso não alugaremos um. Se quiser vir comigo, pegaremos o atalho que leva do portão ao cemitério de Košíře pela trilha. Eu acompanharei a falecida a pé. Enquanto vivia, fiz muito por ela, e a honrarei também depois de morta. Por que não lhe dedicar uns passos por caridade cristã?

— Vamos — diz Václav com doçura, oferecendo-lhe o braço.

— Eu não quero andar como fazem os burgueses, nem sei fazer uma coisa dessas.

--— Mas isso não é coisa de burguês! Estou lhe oferecendo apoio. O caminho é longo e a senhora está cansada de todas as emoções. Segure meu braço, mãe!

Ele pega sua mão e engancha-a em seu cotovelo.

O coche fúnebre começa a andar. Atrás dele vão apenas Václav e a mãe. Václav anda orgulhoso como se estivesse ao lado de uma dama da nobreza. A Sra. Bavorová está tão emocionada que nem sequer consegue falar. Tem a impressão de que preparou sozinha o enterro da falecida Srta. Žanýnka.

# IX

# MAIS UMA CONFIRMAÇÃO
# DO VELHO DITADO

A hora noturna das tertúlias estivais se aproxima. Embora ainda haja luz, já parece uma claridade que leva, lenta e gradualmente, ao sono. As pessoas mal se mexem, é justamente aquele momento em que o trabalho já acabou e os desejos de conversar e de se divertir à noite ainda não se apresentaram.

O doutor está sentado a sua escrivaninha. Vê-se em seu rosto que está meditando profundamente. Pensa em algo sério e, evidentemente, quer levar a cabo algo igualmente sério; move o tinteiro de um lado a outro, muda de lugar as penas incrustadas em belos suportes de marfim, examina sem parar seus pontos flexíveis. Abre uma gaveta e tira dela um pequeno caderno de papel fino. Arranca uma folha, sustenta-a no ar por algum tempo diante de si e, por fim, sua boca entreaberta se abre por completo e ele emite um sonoro "sim" a plenos pulmões. O doutor dobra cuidadosamente a folha em duas no sentido do comprimento.

É indubitável que se trata de um fato sério e que lhe custa esforços, dado que o doutor, em seguida, levanta-se e começa, como se quisesse relaxar, a caminhar pelo quarto. Caminha de forma estranha, como se vacilasse, às vezes dois passos para a frente e um para trás, e com a cabeça reclinada sobre o peito; depois a ergue com um ímpeto forçado.

— Sim. — Suspira. — Já que as coisas devem e têm que ser, então vamos deixar que aconteçam o quanto antes. Estou acuado e preciso agir depressa. Ah, a velha Sra. Lakmusová não vai sair do meu pé e Klara tampouco. É uma boa moça, mas já decidi. Não posso continuar aqui e tudo tem que estar resolvido em alguns dias. Amanhã entregarei o terceiro poema pessoalmente a Josefinka. Iniciarei uma conversa, dar-lhe-ei o poema para que o leia e observarei cada reação da minha gatinha. Depois acertaremos tudo de uma vez e para sempre. Mas escreverei a autorização oficial hoje, agora mesmo. Estou com disposição.

O doutor se enrola no robe, apertando-o com o cordão, como se quisesse se proteger do frio. Senta-se decidido à mesa, umedece a pena, dá voltas com ela em cima do papel e deixa-a pousar; no papel aparece um belo I bem torneado. Ele continua a escrever, e as letras vão aparecendo e se organizando em uma bela sequência. Escreve o que segue:

Ilustre Prefeitura de Praga, capital do reino!
O signatário desta anuncia sua intenção de contrair matrimônio com a senhorita...

Ele olha e balança a cabeça.

— Não é só uma questão de óculos. Está escurecendo; fecharei as cortinas e acenderei a luz.

Nisso, ouviu umas batidinhas na porta. O doutor pega rapidamente uma folha de papel em branco e coloca-a sobre o texto iniciado.

Em seguida, obriga-se a dizer um débil:

— Entre.

É Václav.

— Não o interrompo, doutor? — pergunta, fechando a porta e entrando.

— Não, homem, entre — responde entre dentes o doutor, repentinamente confuso —, embora estivesse começando a fazer uma coisa... Sente-se. O que me traz?

Fez a pergunta por hábito, não pelo rolo de papel que Václav tem na mão, pois, devido à névoa que tem diante dos olhos, ainda não enxerga o visitante com clareza.

Václav se senta.

— Doutor, trago aqui uma coisa para momentos de perturbação, se quiser apaziguar os nervos. É um romance que pode servir como válvula de escape; talvez não mexa com sua alma, mas pode acalmar seus nervos. Trata-se de uma ideia simples, talvez até pobre, mas a execução é original. Eu não gosto de usar as formas e os temas ficcionais correntes, até agora em voga. Vejamos o que o senhor diz desta minha primeira tentativa literária — diz ele, colocando os papéis sobre a mesa do doutor.

Cada um dos movimentos de Václav tem o frescor da juventude.

— Você não para de brincar... Bem, é jovem. — O doutor sorri. — E como você está, Václav?

— Agora mal, e parece que piorarei. O mais provável é que me despeçam do trabalho... Encontraram umas anotações minhas nas quais eu satirizava o presidente. Minha demissão está nas mãos do senhorio.

— Você é um rapaz sem sorte e desatento — lamenta o doutor. — E o que pensa fazer?

— O que penso fazer? Nada. Serei escritor.

— Ora, ora...

— Serei mais cedo ou mais tarde, e acho que estou preparado para isso. Ou o doutor acha que não tenho talento suficiente?

— Para ser um grande escritor é necessário ter muito talento. Maus escritores não ajudam em nada nosso país. Os medíocres são apenas uma prova de nossa insuficiência espiritual, debilitam o pensamento do povo, de modo que quando existe a necessidade de algo substancioso se lança mão do que é feito fora. Só aquele que é capaz de ideias originais e novas tem o direito de abraçar a literatura. Temos mais jornalistas esforçados do que é saudável ter.

— Tem razão, doutor, e pelo fato de ter opiniões tão maduras é que confio totalmente no senhor. Estou de acordo e me meço por esse parâmetro. Deixemos agora de lado as palavras "grande" e "mau". Quero dizer, corajosamente, e talvez com impertinência, que conheço o tamanho do meu objetivo. E quem o conhece bem e mesmo assim se atreve, carrega alguma legitimidade e ao menos sabe alguma coisa. Não me dedicarei a preencher lacunas literárias, não seguirei modelos. O ponto de vista da literatura europeia em geral será o meu ponto de vista. Terei um estilo moderno, quer dizer, escreverei com autenticidade, procurarei os personagens na vida, pintarei a vida sem retoques, direi diretamente o que penso e o que sinto. Como poderei não ter sucesso?

— Hum... Você tem algum capital?

— Quer dizer se tenho algum comigo?... Só 2 florins. Não posso ajudá-lo.

— Não, não, estou perguntando se você tem algum capital.

— Mas o senhor sabe...

— Então não vai conseguir. Sim, se tivesse capital suficiente para se manter e publicar por conta própria textos devidamente amadurecidos... em dez anos seria reconhecido e suas obras seriam editadas por outros em seu lugar. Mas desta maneira não chegará a lugar algum. Para publicar seu primeiro texto inteiramente independente, terá que se endividar, e não conseguirá vender nada. E o segundo nem será publicado. Você será atacado, em primeiro lugar, pela sua independência, que não é tolerada nem em famílias pequenas nem em nações pequenas. E, em segundo lugar, pelo fato de que, relatando a verdade, estará dando um pontapé no universo e nas pessoas insignificantes. Os mais sarcásticos dirão que é desprovido de talento ou, diretamente, que é um idiota; e os de bom coração o chamarão de louco. Você não terá publicidade.

— E a quem importa a publicidade?

— É necessária no começo. Nosso povo acredita na palavra impressa, não se interessa pelo que não é elogiado nas resenhas. Ao mesmo tempo, para se opor a você, eles farão publicidade de outros. Estes crescerão e você será desprezado, ficará desiludido, talvez cometa besteiras de escritor, talvez sua pena congele, e, além do mais, haverá sempre a questão material, sempre opressiva. Não haverá remédio, terá que procurar um trabalho qualquer. E isso levará mais uma vez à falta de vontade de escrever. Ficará envolvido no trabalho imprescindível, se tornará amargo ou preguiçoso e aí estará acabado. Começar de novo é impossível.

— Não será exatamente assim. Prometo-me resultados desde a primeira aparição. Ouça, o senhor leu os poemas que lhe deixei?

— Li.

— E o que achou?

— Bem, são de fácil leitura, alguns poemas são bonitos, mas, por Deus, o que a pessoa vai fazer com poemas! Faria melhor se os queimasse.

Václav se levanta de um pulo; o doutor também se levanta instintivamente e se apoia com a mão na mesa. Há um momento de silêncio. Václav se aproxima da janela, gruda a testa no vidro e em seguida fala de novo, com um tom que expressa mal-estar:

— O senhor irá ao casamento no domingo, doutor?

— Casamento? Que casamento?

— Josefinka me disse que o senhor vai ser testemunha. Eu terei a honra de ser padrinho.

— E quem está se casando?

— O senhor não sabe? Não sabe que Josefinka vai se casar no domingo com o maquinista Bavorák?

A vista do doutor fica nublada, sua cabeça gira e ele desaba na poltrona. Václav dá um pulo e se inclina sobre ele.

— Está se sentindo mal? O que está acontecendo?

Nenhuma resposta... Mas o doutor não para de gemer, o que indica a Václav que precisa de ajuda. Václav corre até a porta e grita:

— Sra. Lakmusová, Srta. Klara, depressa, tragam água e luz, o doutor está passando mal.

Em seguida se aproxima do doutor, que está caído, e começa a afrouxar-lhe o lenço do pescoço e a abrir-lhe o robe. A Sra. Lakmusová chega correndo com uma lamparina acesa. Atrás dela, a Srta. Klara.

— Água, tragam água, depressa — ordena Václav.

O doutor, que já voltou a si, ouve as palavras de Václav.

— Não, não, nada de água — começa a sussurrar com esforço. — Já estou bem. Foi só por causa do mormaço de hoje, também costuma me acontecer no verão.

— Corra! — ordena a Sra. Lakmusová. — Traga logo água de litinas e um pouco de refresco de framboesa... Você encontrará tudo em casa... Corra, Klara!

A Srta. Klara saiu correndo.

— Já está melhor — diz Václav —, mas me deu um bom susto. E hoje, na verdade, não fez tanto mormaço. Mas você agora já passa bem e está em boas mãos. Posso ir embora. Até logo, doutor; até logo, senhora.

— Até logo. — O doutor sorri forçadamente. — E tudo o que lhe disse era com boa intenção.

Václav desaparece.

A Srta. Klara traz em uma bandeja o refresco e alguns pós. O doutor resiste, mas tem de tomar um pouco da bebida refrescante.

— Beba, meu querido genro — obriga-o a Sra. Lakmusová. — Ficaremos um tempo aqui com o senhor. De qualquer forma, queria lhe fazer hoje uma surpresa e visitá-lo com Klara. Vocês parecem crianças tímidas e sem iniciativa. Se não fosse por mim, nem chegariam a se casar... Ai, com o susto coloquei a lamparina sobre o papel branco do doutor, nem prestei atenção onde a colocava.

Ele levanta a lamparina e afasta os papéis. A folha de cima cai e a Sra. Lakmusová lê o texto. O doutor não consegue articular palavra, está de novo consternado.

O rosto da Sra. Lakmusová se ilumina como o sol.

— Que belo, que belo! — ela começa a dizer. — Olhe, Klara, o doutor está redigindo o pedido de autorização para se casar. Veja, você chegou justamente quando estava escrevendo seu nome... Mas tem que dar esse prazer a Klara, escrever seu nome em sua presença... Pegue a pena, peço-lhe!

O doutor está paralisado.

— Não se faça de rogado.

A Sra. Lakmusová molha a pena e coloca-a na mão do doutor.

— Klarinka, venha ver.

O relâmpago de uma decisão repentina atravessa o doutor. Ele aperta a pena, aproxima a poltrona ruidosamente, coloca a pena sobre o papel e escreve: "Klara Lakmusová."

A Sra. Lakmusová bate palmas de alegria.

— E agora, um beijinho. Agora já podem. Não se melindre, ande, tonta.

# X
## TEMPO DE EMOÇÕES

A lua, clara e brilhante, está parada sobre as colinas Petřín. A ladeira florestada das colinas é inundada por uma luz tênue e compõe uma visão poética e sonhadora. É como se olhássemos um bosque subaquático através de transparente água-marinha. Muitos olhares vagam ou se detêm em algum lugar dessa ladeira, certamente mergulhados em uma meditação profunda ou extremamente emocionados.

Debruçada na janela do segundo andar dos fundos do edifício, Josefinka observa as colinas Petřín iluminadas. Seu noivo está a seu lado. O claro luar nos permite distinguir nitidamente os belos traços do jovem; o rosto ovalado está enfeitado por um espesso bigode louro; seus olhos brilham com uma força vital. Josefinka olha fixa e silenciosamente o banho de luz. O noivo volta frequentemente seu olhar para a jovem; abraça seu corpo com a mão direita, e a cada um desses olhares puxa-a levemente, muito levemente, como se temesse que o pólen desse belo instante se desvanecesse.

Ele inclina-se e roça seus lábios nos cachos da jovem. Josefinka se vira para ele, segura sua mão e aperta-a contra seus lábios. Depois estende a mão e roça um belo e espesso mirto que está ao lado da parede da janela.

— Quantos anos sua irmã teria agora? — pergunta com voz abafada.

— Estaria florescendo, como você.

— Sua mãe não imagina a alegria que me deu ao me enviar esse mirto para o casamento, e de tão longe.

— Ela sabe disso. Lá na nossa terra, todo mundo tem certeza de que plantar um mirto que foi tocado pela mão de uma morta e conservá-lo até o casamento é garantia de felicidade. Minha mãe certamente rezou sobre esse mirto todos os dias, regando-o com suas lágrimas, desde o instante em que o tirei da mão de minha irmã deitada no caixão e fui plantá-lo. Minha mãe é uma pessoa boníssima.

— Como você. — A moça suspira e aperta o corpo ainda mais contra o do noivo.

Os dois voltam a ficar em silêncio, olhando o céu limpo como se ali estivessem os sonhos de seu futuro.

— Hoje você está mais silencioso do que de costume — sussurra finalmente a moça.

— Não é possível expressar o que se sente de verdade... Estou muito feliz, tão feliz que nem mais tarde conseguirei encontrar palavras para explicar minha felicidade. Não acontece o mesmo com você?

— Nem sei como estou. Parece-me que sou outra, mais elevada. Se este sentimento não for durar, gostaria de morrer agora mesmo com ele.

— E o doutor choraria sobre seu túmulo com seus poemas — provoca-a o noivo. — Quer saber de uma coisa? — continua ele, com voz sincera —, seja como for, eu acredito que quem ama de verdade não é capaz de escrever uma coisa daquelas. Eu também jamais seria capaz, mas acho que o doutor está zombando de você.

— Não, ele é uma boa pessoa.

— Ora, vem você defendê-lo! Diga o que disser; você, no fundo, gosta desses poemas.

— Bem...

— Ah! Eu sabia! As mulheres são todas iguais. Vocês sempre têm que ter suas guloseimas de reserva. Gostaria de saber o que fiz para merecer isto.

— Karel! — exclama Josefinka, assustada, e olha fixamente nos olhos dele, como se não o reconhecesse.

— É verdade — continua o jovem, irritado. — Se você não tivesse se comportado com ele e comigo tão ambiguamente, ele não teria se atrevido.

Ele afasta um pouco Josefinka. Sua mão direita, que a abraçava, volta a cair ao lado de seu corpo e apenas a mão esquerda permanece, embora inerte, entre as mãos da moça.

Os dois fitam o vazio em silêncio. Ficam um longo tempo com o olhar perdido na distância e em tal silêncio que mal respiram. De repente ele percebe na mão uma lágrima ardente que deslizou dos olhos de Josefinka. Sobressalta-se e aproxima-a de seu corpo.

— Perdoe-me, Josefinka, perdoe-me por favor.

A moça soluça.

— Por favor, não chore! Pode ficar com raiva de mim, mas não chore. Pare! Eu me enganei. Sei muito bem que você não é capaz de uma falsidade, que me ama sinceramente, assim como eu a amo.

— Mas no instante em que se afastou de mim certamente não me amava.

— É verdade, foi um mau momento. Não tinha ideia de que o ciúme poderia me dominar tão loucamente. Que coisa estranha. Senti de verdade como se, de repente, o amor tivesse sido esmagado! Esqueci que você é jovem e bonita. Como sou louco! Sei perfeitamente que qualquer moça com um corpo saudável, sem defeitos e que não é uma aberração...

Nesse instante, ouve-se um ruído atrás dos namorados e os dois se viram imediatamente.

Katuška, a irmã doente, estava todo o tempo no quarto, sentada atrás deles. Não se mexeu em momento algum, e os namorados esqueceram da pobrezinha. Ao ouvir as palavras de Karel, ela ergueu-se de repente e desabou na poltrona mais próxima, desatando a chorar desconsoladamente.

— Katuška, por Deus, Katuška — implora Josefinka.

Os dois namorados estão com o coração apertado ao lado da enferma, que chora. Seus olhos estão inundados de lágrimas, seus lábios tremem, mas eles não se atrevem a dizer uma palavra para consolá-la.

# XI

# UM PRIMEIRO RELATO
# QUE PEDE INDULGÊNCIA

O Dr. Josef Loukota se sente estranho quando, no dia seguinte, é despertado pelo beijo do sol mais belo do mundo. Sua cabeça gira, ele percebe que seu cérebro está a ponto de explodir e seus sentidos são percorridos por calafrios espasmódicos. Personagens estranhos se misturam em sua imaginação: Josefinka, Bavor, Klara, a Sra. Lakmusová, Václav... Vão de um lado a outro, e entre eles há gente diferente, totalmente desconhecida, inclusive animais etc.

De repente, surge a ideia mais coerente e clara: lembra-se de que está noivo. É percorrido por um calafrio; o doutor se ergue na cama. Nesse mesmo instante, seu olhar pousa na mesinha de cabeceira, onde há uns papéis desordenados. O pensamento do doutor se ilumina totalmente. Lembra-se de sua agitação na noite passada e da consequente insônia que o fez ler o pequeno romance levado por Václav.

Não é minha intenção fazer uma descrição detalhada do estado mental do doutor. Meus leitores são suficientemente inteligentes para imaginá-lo sem minha ajuda, baseando-se no caráter do doutor e nos acontecimentos. Não obstante, para dar uma pequena contribuição, considero meu dever expor aqui a leitura do doutor: depois o leitor terá todas as ferramentas nas mãos e poderá até mesmo imaginar seu sonho policromático. Aqui está o relato.

## DE ALGUNS ANIMAIS DOMÉSTICOS
Idílio semioficial de Václav Bavor

*Da página 17 do caderno de Ondřej Dílec*
(...) descontarei algo do mestre, de qualquer forma descontarei, embora também deva levar em consideração o que pagou pelo reboco, mas, além do mais, nem paga muito ao único pedreiro. Se soubesse antes, não teria encomendado nada. Eu sei que se pode, eventualmente, pagar por fora, mas ela não tem nada, exceto a taberna e uma criança, e a taberna não rende muito. Eu saberia fazê-la render muito mais. Mas o menino dela e o meu menino são duas crianças e ninguém sabe quantos mais poderão vir, e quando alguém se casa com uma viúva tem de olhar para o futuro. Minha casa é suficientemente grande e quem sabe o que eu faria mais adiante, mas agora não farei nada e não consegui pregar o olho a noite toda, embora não tivesse mesmo vontade, é verdade. Ela está usando esse fedelho para me forçar, mas não vai funcionar. Uma mulher de sua idade deveria ter um pouco mais de juízo. O que importa que tenha terminado os estudos? O que vai ser: doutor, professor ou escritor? É uma pena que o contrato estabeleça um aviso prévio de desocupação de seis meses, pois senão teria de se mudar agora mesmo; ele, sem dúvida, não se casará com ela, e isso também ela sabe, mas quer encrencar. Espere só: eu acertarei as contas com ela! Quando um senhorio quer, sempre encontra um caminho... Além do mais, sei

o que vou fazer ainda hoje. Depois você poderá ficar fazendo piu-piu para os passarinhos quando eu estiver atravessando o pátio, para fingir que não me vê e não ter de gaguejar um bom-dia. Hoje mesmo...

*Carta particular de Jan Střepeníčko, estagiário da prefeitura, a Josef Písček, advogado estagiário da idem.*

Querido amigo, estimado protetor!

Espero que me perdoe o fato de me dirigir ao senhor com esta súplica. O senhor teve a amabilidade de me prometer que me apoiaria em minha carreira administrativa com sua influência e sua valiosa experiência. Perdoe-me, no entanto, não lhe apresentar esse assunto cara a cara; o senhor sabe que os chefes não gostam que estagiários de escritório frequentem outras salas em vez de ficarem sentados a suas mesas.

Mas agora, para não importuná-lo em vão, irei diretamente ao ponto. O senhor secretário me pediu para classificar todos os textos recebidos até ontem de acordo com os processos aos quais pertencem. Creio que considera isso uma espécie de exame, e eu, devido à minha inexperiência, estou verdadeiramente desconcertado diante de uma dessas mensagens. Permita-me levar a seu conhecimento o conteúdo desse texto misterioso.

Um senhorio de Praga chamado Ondřej Dílec, do imóvel de número 1.213-1, queixa-se da mulher do taberneiro, Helena Velebová. Afirma que a mencionada senhora mantém por mera diversão uma grande quantidade de galinhas, capões e galos, e, sendo assim, que os últimos cacarejam exageradamente cedo todas as manhãs, interrompendo o sono dos inquilinos da casa acima mencionada. O queixoso reclama, pois, que a demandada seja proibida de manter aves cativas.

Este é o conteúdo do escrito que não sei a que processo destinar. Teria lhe mandado a queixa em questão para que a examinasse pessoalmente, mas o senhor mesmo sabe perfeitamente que não posso me atrever a pegar emprestado um documento oficial. Rogo de sua excelência o conselho que achar oportuno, mesmo que breve, e peço-lhe também que não se espante se lhe suplico que me envie sua resposta lacrada.

Seu mais humilde servidor,

*Jan Střepeníčko*

*Memorando oficial N.C. 13.211, destinado à atenção do Dr. Edvard Jungmann, de Med. & Cir.*

Por determinação da presidência, faz-se saber que no dia 4 de agosto o senhor deve se apresentar no escritório 35 da prefeitura, para que, como membro de uma comissão, parta dali, ao lado de outro funcionário posto a sua disposição, ao imóvel de número 1.231-1 para averiguar assunto pertinente ao setor sanitário.

Praga, 2 de agosto de 1858,

*de próprio punho*

*Carta particular da Sra. Helenka Veleb, mulher do taberneiro, a sua irmã casada, Aloisie Trousil, professora em Chrudim.*

Querida irmã,

Cumprimento-a e a beijo mil vezes e também meu Toníček lhe manda muitos beijos para que você lhe envie algo. Pergunte a seu marido se ainda se lembra de Jeník, o menor dos Kalhotka. Esse, agora, já terminou os estudos e também quer ser professor. Talvez se lembre, pois frequentava nossa casa nas férias. Eu já não me lembrava dele e você tampouco o teria reconhecido. Como cresceu, como ficou forte! Apareceu para comer em minha taberna ao longo de mais de dois meses até ficar sem dinheiro, mas nós nos acertamos. Você sabe como são os estudantes, sobretudo aqueles que não valem nada, mas ele não é um malandro, e já havia terminado os estudos e manda lembranças a você e a seu marido. Kalhotka é muito alegre e rio muito com ele porque é sincero. Publicou alguns poemas que me dedicou, você conhece essas loucuras; você, como professora, entende essas coisas. Escreveu que sou sua noite estrelada e outras besteiras do gênero. Fiquei tão estupefata que achei que explodiria de rir, mas tudo estava muito bem impresso em uma revista, e sobre os versos estava escrito com letras gordas PARA ELA, e ela era eu.

Diga a seu marido que não deve se preocupar nem um pouco se estou casando de novo. Que não me recrimine. Está claro que sou ainda jovem para continuar sozinha e meu filho também precisa de um pai; por outro lado, não me faltam pretendentes. Meu senhorio Dílec também está me cortejando, mas é tolo em todos os sentidos e, além do mais, gostaria de um bom dote que eu não tenho, só tenho o necessário para viver. Esse Dílec não é muito esperto e tem ciúmes de Kalhotka, e por isso se queixou de mim à prefeitura porque crio uma porção de galinhas e galos que, quando amanhece, aparentemente incomodam os vizinhos com seu canto. Os homens da prefeitura vieram aqui e eu ri bastante quando quiseram ver meu rebanho de galos e eu não tinha nada para mostrar. Só tenho aves para as necessidades domésticas e para meus clientes. O senhorio vai ficar enfurecido, mas que fique, porque é assim, não estou interessada nele. Não é mais um jovenzinho atraente.

Estou mandando um chapeuzinho para Fany. No lugar das rosas coloquei umas cerejas, talvez não seja tão chamativo. E faça-me o favor de escrever dizendo quando vai poder me conseguir a manteiga, talvez me saia mais barata do que em Praga. Não fique aborrecida porque lhe conto tantas coisas, mas a quem vou contá-las se não tenho ninguém? Estou contente. Não se esqueça de sua eterna irmã.

*Helenka*

P.S.: Na correria.


*Quarta página da ata da reunião do Senado celebrada em 15 de agosto de 1858.*

(...) adoção da ordem do dia proposta pelo conselheiro Veřej, dado que a mesa só trata de assuntos importantes.

Sétimo item. O conselheiro Veřej reporta a reclamação do proprietário do imóvel 1.213-1 contra a Sra. Helenka Velebová, mulher do taberneiro e inquilina idem. O Sr. Dílec se queixa de que a mulher do taberneiro Veleb cria muitas aves de cativeiro; e que, devido a seu cacarejar matutino, estas constituem um incômodo para os demais inquilinos. Leitura do relatório da comissão formada pelos senhores Edvard

Jungmann, doutor em medicina, e Josef Píščík, agente administrativo. Do relatório se depreende que a citada comissão investigou *in situ* e a fundo esse assunto e constatou que a reclamada mulher do taberneiro tinha em seu pátio apenas algumas galinhas, um galo e um capão, e tudo isso apenas para sua clientela, para o caso de apetecer a alguém uma ave de cativeiro.

O conselheiro municipal que preside a mesa opina que não se pode fazer nada em particular devido ao fato de as aves cativas demandadas serem poucas, e que não se pode ordenar à mulher do taberneiro que mantenha todas em estado de óbito.

O conselheiro encarregado Veřej observa que o reclamante, Sr. Dílec, não ouve muito bem, de modo que o referido cacarejo não deve ser tão grave. Propõe que a reclamação seja indeferida.

A proposta foi aceita por unanimidade. Em seguida foi tratada a questão de número...

*Carta particular da Sra. Helenka Veleb, mulher do taberneiro, a sua irmã casada, Aloisie Trousil, professora em Chrudim.*

Irmã!
Saúdo-a e a beijo mil vezes e Toníček também lhe manda muitos beijos. Estou aborrecida de verdade com você porque se comporta como uma velha quando, na realidade, é mais jovem. E se fosse cem vezes professora não teria a menor importância. Não é isso que a faz ser mais sensata do que eu, então não faça de conta que é. A gente se conhece e eu nem

sei o que você faria se fosse viúva. Eu não gosto e não gosto de Dílec e ninguém vai me obrigar. Você também não gostaria de um homem que tenta prejudicá-la. O que lhe importa se sou gorda ou magra, e não precisa dizer que poderia usar meu corpo para fazer três cadetes. Se não gosta de mim como sou, então que não fique me perseguindo. Eu não gosto dele, estou dizendo isso a você. E foi obrigado a me processar só pelo fato de me querer? De qualquer forma, perdeu a causa e agora não pode nem olhar para mim. Mas eu me vingarei. Tudo já está tramado. Um senhor — e você não deve se preocupar com o fato de ser mais uma vez Kalhotka; eu não sou uma jovem leviana para ter relações com estudantes, embora isso não diga respeito a ninguém, sou dona do meu nariz e não permito que me manipulem, além do mais Kalhotka é melhor do que você imagina — lembrou que parece que em Praga é proibido por lei criar suínos, e Dílec tem dois leitões no jardim; eles ficam correndo o dia inteiro no jardim. Toníček costuma brincar com eles, mas isso não importa, e já apresentamos a queixa. Dílec vai ficar muito aborrecido, mas é muito bem feito. Você se escandaliza com tudo e isso me martiriza, e diz que acha o chapéu muito gritante. Então grite com ele! Mas não fique nervosa comigo. Você sabe, o que está no coração acaba indo para a língua e eu sou assim mesmo, mas entre irmãs não deve haver cerimônia.

*Helenka*

P. S.: Na correria.


*Memorando particular do corregedor da capital do Reino, Praga, destinado à atenção do Sr. Veřej, conselheiro municipal.*

Ilustre conselheiro,

Uma vez que hoje não posso mais me encontrar com o senhor para tratar pessoalmente de certo assunto e amanhã ficarei em minha residência, escrevo estas linhas. Trata-se da queixa da mulher do taberneiro Helenka Velebová contra Ondřej Dílec, proprietário do imóvel de número 1.213-1, a quem acusa de criar suínos ao arrepio da lei. *Ad manus inclitissimi praesiddi* chegou essa queixa também escrita pelo advogado Zajíček, que, como o senhor sabe, faz parte da oposição à atual administração municipal. Ou seja, segundo me informam, esse tema já foi tratado uma vez, embora não a fundo. Ao que parece, foi constatado pelo policial do distrito e pelo médico municipal que o Sr. Dílec cria apenas dois leitões para seu próprio consumo; depois não se fez nada. Não foi apropriado, senhor conselheiro, que o senhor se dignasse a solucionar *brevi manu* uma questão tão importante por iniciativa própria e sem reunir a mesa. Não há dúvida de que os leitões se enquadram na categoria "rebanho suíno", cuja criação está estritamente proibida em Praga. Estamos no outono, quando costuma se manifestar a peste suína, e por isso poderíamos ter de responder perante o advogado Zajíček, que poderia nos responsabilizar por isso. Pela premência e periculosidade da questão, faça o favor, senhor conselheiro, de ordenar imediatamente um novo exame e investigação e, ato contínuo, reúna a mesa para tratar da questão na minha presença. E redija sua proposta de tal forma que, *ex senato concluso*, seja ordenada a eliminação daquele gado prejudicial em um prazo de oito dias.

Praga, 17 de agosto de 1858.

*Carta particular de Jan Kalhotka, candidato a professor, a seu amigo Emil Blažíček, mestre adjunto em Písek.*

*In nomine domino* participo-lhe uma notícia muito alegre: fui nomeado suplente em Hradec Kralové, fortaleza e cidade que abriga um notável ginásio. Bem, então irei e cuidarei do futuro tcheco e trabalharei como você "na terra herdada pelo povo", uma citação que talvez já tenha lido em algum lugar. Espero com impaciência o momento de desempenhar minha nobre profissão, minha nova carreira, em especial porque se comenta que em Hradec Kralové as moças, das quais gosto muito, são extremamente bonitas. Tenho muita sorte com as mulheres. Creio que poderia ficar apenas amando. O resto viria sozinho. E me sairia bem. Nos últimos tempos não tive nem um tostão, o que costuma me acontecer de vez em quando, mas, apesar disso, vivi como um barão, ou melhor, como um tranquilo taberneiro. Você sabe: uma mulher do taberneiro jovem (viúva), e ainda por cima de origem camponesa, e eu um rapaz na flor da juventude... Em poucas palavras, vivi muito barato, muito mesmo. Mas as coisas não vão indo muito bem para minha camponesa, seu senhorio quis se casar com ela, ela não quis porque me amava, e agora ele está rescindindo seu contrato e ela não sabe onde se enfiar. Tenho um coração no corpo, e dado que ganhei algum dinheiro, não a frequento mais, para não ser um obstáculo em seu caminho à felicidade. As mulheres são hábeis, em particular as viúvas, então ela encontrará uma saída. Ao fim e ao cabo, também não posso dizer que não forme um belo casal com o senhorio; será um belo casalzinho e eu já os imagino aos domingos comendo juntos rim com salada. Você sabe que minha relação com a mulher do taberneiro não era brincadeira e que não me é indiferente, senão não escreveria tanto sobre ela. Mas o que fazer com ela? Essa é a questão.

Termino minha carta desejando-lhe cordialmente que as coisas também estejam indo bem para você. Seu

*Resolução governamental dirigida ao Sr. Ondřej Dílec, proprietário do imóvel de número 1.213-1, como resposta a seu recurso contra resolução da prefeitura*

[...] as razões citadas são dignas de consideração, dado que a criação de gado suíno em Praga está terminantemente proibida por lei, e o fato de que o senhor corregedor criar dois cavalos, que também produzem esterco e moléstias, não tem qualquer relação com este assunto. O Sr. Ondřej Dílec é condenado a uma multa de 5 florins imperiais, e ao mesmo tempo ordena-se que ou bem sacrifique em um prazo de três dias esses leitões ou bem os retire de Praga. E, se não for assim, terão de ser sacrificados ou então trasladados oficialmente. Praga, 14 de outubro de 1858.

*Carta particular da Sra. Helenka Veleb, mulher do taberneiro, a sua irmã casada, Aloisie Trousil, professora em Chrudim.*

Querida irmã,

Você tem razão, sabe? Eu reconheço. E isso se deve ao fato de que você é sensata e foi ensinada por seu marido, e eu apenas uma mulher que ficou tonta depois do falecido. Mas não me reprove mais a história de Kalhotka. Acabou tudo. Fugiu. Você sabe. Toda a família dele era assim. Mamãe nunca gostou deles. Mas não é culpa minha. Ele falava e falava. E você sabe como nós, mulheres, somos. Eu tenho um bom coração. Você também tem razão em relação a Dílec. Se eu quisesse... Mas agora não sei como abordá-lo. Ele se consumiu, sabe? Nota-se que está sofrendo, mas é cabeça-dura e vive pensando, mas quem sabe o que ele pensa? Depois, ele é o senhorio, e é verdade que não tem dívidas e é, de fato, um bom homem. Outro dia brinquei com seu filho, é um menino encantador, tem olhos azuis e bochechas imensas, boas de beliscar. É só meio ano mais moço que meu Toníček. Voltaram a brincar juntos e Toníček costuma subir a sua casa. E no momento em que eu brincava com seu filho, Dílec voltou para casa, mas fingi não vê-lo e beijei o menino. Ele ficou em pé, não disse nada, seguiu seu caminho, mas não mandou buscar o menino, como das outras vezes. Obrigada pela manteiga, mas não me saiu barata. Em Praga, no mercado, teria pagado o mesmo por ela. Não obstante, é um bom produto. Faltam cinco semanas para o Dia de Santa Catalina e amanhã eu mesma levarei o aluguel a Dílec, mas tenho de lhe dizer que sinto vergonha. Veja que bonito de sua parte: nem tem me cobrado. Toníček manda muitos beijos e diz que quer que você também lhe mande algo bem bonito.

Um beijo para você e outro para seu marido. Para sempre sua irmã,

*Helenka*

P.S.: Sempre na correria.

... nunca passei festas de Natal tão tranquilas. Helenka é uma boa dona de casa, uma boa cozinheira e me ama muito. Não é tão má como eu pensava. Obedece de primeira e é quase melhor que minha falecida mulher, que Deus a tenha. Agora já quase acredito inteiramente que não amava tanto aquele estudantezinho. Pois é, as mulheres ficam muito estranhas quando querem enraivecer alguém que amam de verdade. Se tudo continuar assim, e continuará, como é óbvio, não se arrependerá e verá que serei um bom pai para seu filho e que não me esqueceria deles mesmo que morresse hoje ou amanhã. Na primavera mandarei pintar a casa de branco e transformaremos o jardim num restaurante com música. O negócio já está andando de outro jeito. Quando a pessoa não tem dinheiro, nada funciona. E tudo leva a crer que os processos também serão arquivados. Hoje apareceram dois senhores que me disseram que, por causa de minha apelação a Viena — eu já havia esquecido, fiquei olhando para eles por um longo tempo sem entender o que estava acontecendo —, chegou uma ordem para que tudo voltasse a ser investigado novamente a fundo. Mas como vão investigar se acabei de comer o último chouriço no café da manhã de hoje? Helenka ria como louca. Há uma grande quantidade de banha na cozinha; agora não sei mais quem ganharia...

## XII

# CINCO MINUTOS DEPOIS
# DO CONCERTO

Uma voz débil, infantil, de soprano, perde-se em alturas ine-
narráveis, a Srta. Valinka fecha a partitura, o músico acompa-
nhante ainda toca alguns acordes ao piano e um sorriso bem
estudado, acompanhado da reverência correspondente, anuncia que o concerto terminou.

— Mas que alegria, será uma artista, Sr. Eber, o senhor
será um homem afortunado! — exclama a Sra. Baurová, que
para de aplaudir e se levanta de seu assento para abraçar Valinka com sincero entusiasmo e muita energia.

Depois dela levantam-se os outros presentes — uma vin-
tena de pessoas se reuniu e ocupa duas filas do salão —, que
enchem Valinka de beijos, e esta, louvada, só tem ânimo suficiente para dizer:

— Ai, mamãe, meu cabelo!

O Sr. Eber, que durante todo o concerto permaneceu em
pé imóvel entre a janela e a coluna, engole saliva, emocionado,
pisca e diz, trêmulo:

— Bem, ainda precisamos deixá-la estudar uns dois anos e
depois que cuidem dela. Terá apenas 14 anos e as pessoas ficarão abismadas, mas o que importa, se o talento é tão evidente!
Não sei se conseguirá acreditar, Sra. Baurová, mas quando es-

tudava francês, com apenas vinte aulas fez tantos avanços que conseguia se entender bastante bem com o professor.

A Sra. Baurová bate palmas, espantada.

— Não é possível! Valinka, é verdade?

— Ah, *oui, madame*! — confirma Valinka.

— Pois vocês viram, eu também fiquei espantado, mas também contribui para isso o fato de ter bons professores, especialmente o de canto, que é excelente, tem um método muito bom, cuida de cada detalhe e chega a enfiar o polegar em sua boca quando a abre mal. Mas não ficarei com ela em Praga!

— Isso seria um verdadeiro pecado — diz a Sra. Baurová, e volta a se sentar ao lado da filha.

Uma vez concluído o concerto, a Srta. Marie, que está sentada ao lado do tenente Kořínek, o noivo de sua amiga, tirou propositalmente as luvas para poder aplaudir com mais força. Kořínek, homem desmazelado e de expressão doentia, embora com um sorriso pétreo ao redor da boca desdentada, aplaude com ela.

— Estou com calor — diz docemente a jovem, após parar de aplaudir, a seu vizinho, que continua aplaudindo. — Nós, meninas, não temos força alguma. Canta bem essa criança, não é mesmo?

— Claro que sim — assente o tenente. — O final foi particularmente muito bonito.

— Mas não se tratava apenas de um fá? — observa a jovem.

— Não, era um dó, e antes também foi dó! Quando a nota é muito alta é sempre um dó.

O rosto da Srta. Marie se contrai em uma careta e fica petrificado.

— Então você entende de música? — pergunta, talvez para dizer alguma coisa.

— Eu? Não, dizem que nunca tive talento, mas meu irmão lia partitura. Ele tocava tudo, cada pedacinho, uma nota depois da outra.

— Também tive um irmão assim — a senhorita suspira —, o pobre já foi para uma vida melhor. Era um tenor maravilhoso. Ia do dó altíssimo, como você acaba de dizer, até o lá mais baixo, eu lhe garanto.

— Devia ser maravilhoso.

— Você é um melômano?

— É claro.

— Então frequenta a ópera?

— Eu? Não, não. É muito caro e as pessoas só têm dois ouvidos. Uma vez ouvi uma ópera da qual gostei, como se chamava? São águas passadas, mas gostei. Normalmente não gosto de ópera, sou muito marcial e fico chateado quando vejo um homem forte, que podia estar batendo num tambor turco, tocar violino. E também não gosto quando a cantora faz circunflexos ou seja lá como se chama aquilo.

A Srta. Marie se vira de repente para a mãe.

— Como você está se dando com ele? — sussurra-lhe a mãe.

— Bem, acho que ele é incapaz de reconhecer um fósforo quando está de cabeça para baixo.

— Isso não tem importância.

— É claro que não — sussurra Marie, e vira-se de novo para seu vizinho. — Acho legal que ponham a filha para estudar. Ainda mais se levarmos em conta que, na verdade, eles não têm nada. Estão terrivelmente endividados. Nós também investimos nesta casa e eu sempre digo a minha mãe que seja precavida, mas ela é tão boa!

Ao ouvir isso, Kořínek se assusta. Quer dizer algo, formular uma pergunta, mas neste momento corre o rumor de que os presentes têm a intenção de se despedir. A Srta. Marie e a Sra. Baurová também se levantam.

— Moramos tão longe e estamos sozinhas... — queixa-se a Srta. Marie ao tenente. — Eu nunca tive muitos conhecidos, e os homens galantes são raros.

— Se vocês me permitissem... — O tenente sorri, cortês e disposto.

— Ah, que bom, mamãe, o tenente Kořínek vai nos acompanhar.

— É um caminho muito longo, mas, tenente, depois você poderia ficar para jantar, não é mesmo? Então poderíamos conversar à vontade.

A senhoria Ebrová já está se despedindo da fila de convidados; a Srta. Matylda, que teve de abandonar Kořínek por uns instantes para dar, educadamente, atenção aos convidados, está distribuindo beijos quando a Sra. Ebrová lhe sussurra algo. A Srta. Matylda se aproxima do tenente e cochicha:

— Você vai ficar aqui, não vai? Minha mãe está o convidando para um aperitivo.

— Eu, eu...

— Ah, querida Matylda — a Srta. Marie aproxima-se e começa a abraçá-la efusivamente —, que noite agradável esta que vocês nos propiciaram! Pena que não tenha durado mais! Não vamos para casa sozinhas, não temos nada a temer. O Sr. Kořínek acaba de nos prometer que nos acompanhará, já que moramos tão longe daqui. Anjinho, coração meu, dê-me mais um beijo. Sua criada, senhora.

A Srta. Matylda enrijece e fica pálida.

— Acompanhe a Srta. Marie — força a senhoria —, o que está acontecendo com você?... Ah... — Ela suspira sem querer ao ver o tenente se preparando para sair com as Baurová.

— Adeus, querida. — A Srta. Marie lhe dirige um gesto de despedida e se encaminha para a porta.

A Srta. Matylda fica petrificada.

# XIII

## DEPOIS DO SORTEIO

A Sra. Bavorová está sentada comodamente atrás do balcão. Nas tardes de sexta-feira quase nunca há trabalho na mercearia, até que chegam os clientes que costumam comprar alguma coisa para o jantar. Seu marido está fazendo negócios em algum lugar da cidade. Além disso, Václav raramente fica em casa e a Sra. Bavorová, ali sozinha, entretém-se com seus livros de oniromancia e seus papéis repletos de cifras. Sente-se bem, embora de vez em quando boceje, mas sem dúvida de satisfação. Suas faces estão acesas; os olhos brilham atrás das lentes dos óculos remendados.

De repente ela olha para a entrada. Alguém surgiu no umbral. É a mulher do taberneiro. A Sra. Bavorová finge não ter percebido sua chegada e continua entretendo-se com os números. Não podemos ter a menor dúvida de que a cena do enterro da falecida Srta. Žanýnka ainda lança suas sombras.

A mulher do taberneiro vai até o balcão.

— Louvado seja o nome do Senhor — diz.

— Eternamente — responde a Sra. Bavorová, sem erguer a cabeça.

— Então, ganhamos alguma coisa? — pergunta a mulher do taberneiro, para iniciar a conversa.

— Juntas não ganhamos muito — responde, de novo friamente, a Sra. Bavorová, sublinhando a primeira palavra.

— Juntas... Hum, isso é verdade, mas um cliente meu me disse que você fez outra aposta naqueles números que mencionou, e que ganhou.

Cada palavra é cortante, inquisitiva.

— Sim, sempre acerto quando levo em conta minha velha cabeça.

— E também me cabe uma parte desse terno?

— Gostaria de saber por quê!

— Trapaceira!

A Sra. Bavorová fica pálida como uma parede, mas não levanta a cabeça e responde lentamente, com voz gélida:

— Você apostou algum dinheiro nesses números? Você sugeriu uma troca de números, apostou nos novos e ganhou com eles, com a dupla. Com isso liquidamos tudo.

A frieza da Sra. Bavorová, embora forçada, funciona.

— Não precisamos brigar — diz a mulher do taberneiro, com uma mesura igualmente forçada —, eu desejo a todo mundo o que Deus lhe concede, por que não o desejaria a você? Seu Václav e minha Marinka se dão tão bem...

— Não há pressa... São jovens e não é preciso forçar as coisas... Além do quê, não sou arrogante. Meu filho é filho de um simples comerciante, e o que tiver que ser, será. Assim são as coisas.

— Espere aí. Você não está achando que vim lhe fazer uma proposta, está? Não é necessário. Minha filha é de boa família, e isso não se tira de ninguém.

— Então coma sua boa família com batatas! — diz a Sra. Bavorová com sarcasmo, tirando os óculos.

— Honra é honra e quem não a tem nunca a terá — sibila a boca da mulher do taberneiro. — Eu posso ir a todos os lugares e entrar onde quiser. Não se pode transformar um pedaço de pau num homem. Adeus.

E a mulher do taberneiro sai apressadamente.

— Sempre às ordens — grita a Sra. Bavorová, e só então levanta a cabeça.

Ela fica um tempo olhando para fora; pouco a pouco suas faces vão recuperando a cor e seus olhos voltam a brilhar. Diz em voz alta:

— Você vai ver.

Está, aparentemente, satisfeita consigo mesma por não se ter deixado levar por um arrebatamento desnecessário.

Depois volta a colocar os óculos e a examinar seus livros de oniromancia e seus números. A Sra. Bavorová é uma jogadora de loteria dos pés à cabeça, uma jogadora de primeira classe; só se baseia na ciência e é famosa em todo o bairro. Mas uma jogadora de loteria nunca está satisfeita com seu trabalho; se quiser permanecer no mesmo nível, tem de aproveitar qualquer momento livre.

Ninguém poderia acreditar que é necessário se preparar tão longamente para poder apostar uma única vez com *segurança* na loteria. Você não pode chegar a um número correto com a cabeça fria; ele tampouco aparece de repente, como se fosse um relâmpago, só por uma grande casualidade, coisa que nenhuma pessoa sensata pode levar em conta. Um número correto não é um valor matemático, nem mesmo uma espécie de visão imaterial, não surge nem da razão nem da fantasia. É comparável a uma flor, ou, ainda melhor, a um cristal: precisa de tempo para florescer ou se formar, e precisa também ter terra firme embaixo dele. E para o número essa terra é o *coração* humano. Sim, o coração é a pátria do número, e como o coração humano tem a ver com todo o universo, e dado que o coração é impactado até mesmo pela força magnética da estrela mais distante, um número tem relação com todo o universo. Por outro lado, por sua origem, o número é patrimônio indiscutível do sexo feminino, e quando um homem se mete no meio, chega depressa ao caminho errado, afunda e se afoga no lodo do cálculo racional.

A Sra. Bavorová sabe perfeitamente de tudo isso, embora não saiba se expressar com a mesma beleza da gente. Cultiva os números como um jardineiro cultiva suas flores a partir de uma semente. Vive longe dos jogos de azar exibidos em envelopinhos fechados nas paredes das lojas e não se envolve com cálculos confusos. A base de suas extensas operações é um livro de oniromancia conhecido como *Kumbrlik*.

Trata-se, sem dúvida, de um nome místico, e místico por sua simples relação com a tradição, presente, aliás, em todo o texto desse raro tratado, cujo subtítulo reza: "Interpretação da suposta aparência de sonhos de certa natureza que são interpretados de acordo com diferentes estirpes de sonhos, e números que, conforme o significado do sonho, podem ser usados em apostas lotéricas." A introdução cita alguns sábios antigos, fala de Aristóteles, da esposa de Heitor, da mãe de Virgílio, da escada de Jacob, das vacas do faraó, dos sonhos dos três reis magos e da Babilônia de Nabucodonosor. Sempre com clareza, como o da citação anterior, um estilo que a mera razão não entende, mas o sentimento sim.

A base da loteria é a interpretação correta dos sonhos, e o *Kumbrlik* serve a essa interpretação. No entanto, não vale a pena interpretar todos os sonhos. Há, sem dúvida, meses com poucos dias de sorte; qualquer intérprete experiente os conhece bem, pois são "suspeitas de velhos astrólogos confirmadas pelo diretor superior de todos os planetas". Um dia de sorte não oferece sua pérola imediatamente, mas só um inexperiente ignora que existem oito diferentes estirpes de sonhos e que só a quinta estirpe é a autêntica. Em primeiro lugar, é necessário afastar da interpretação da loteria todos aqueles sonhos que procedem do espírito maligno (oitava estirpe), bem como aqueles que aparecem aos crédulos como uma revelação direta (sétima estirpe). Os sonhos que procedem da "raiz de uma enfermidade", do fervor do sangue e do pensamento, da água no fígado ou do pulmão, tampouco têm valor. Os sonhos da quinta estirpe são gerados por "aqueles que à noite ingerem poucos alimentos ou absolutamente nenhum e, ao mesmo tempo, costumam ter pensamentos alegres e felizes". Uma jogadora de loteria correta deve adotar uma forma de vida especial de acordo com as estirpes dos sonhos, e é isso o que a Sra. Bavorová faz.

É o *Kumbrlik* que dá as interpretações numéricas necessárias para um sonho bem concebido (embora existam muitos outros livros de oniromancia, alguns com imagens, e cada um tenha seu valor, o *Kumbrlik* é uma espécie de Sněžka, o pico que se destaca sobre todas as montanhas do Krkonoše). No entanto, os números assim escolhidos não estão acima de qualquer dúvida, mas são apostados no sorteio mais próximo, para ir preparando o terreno. Quando são sorteados, bem; quando não, não importa; a cópia da combinação não é jogada fora, é guardada. É que as jogadoras de loteria têm o tempo dos sonhos dividido em quatro intervalos, cada um de três horas;

a sétima da noite é para elas a primeira, o que tem um caráter um pouco antigo. Não obstante, sabe-se com toda segurança quando se pode esperar que se cumpra, se será em oito dias ou no terceiro sorteio ou até transcorridos três meses, três anos ou mesmo 12 anos. É, pois, muito importante que a jogadora de loteria organize cuidadosamente sua coleção de recibos das combinações testadas.

Ainda assim não se esgotam aí os recursos da jogadora de loteria. No entanto, a Sra. Bavorová não leva em conta besteiras como, por exemplo, a de colocar em um copo noventa números recortados e fazer com que uma aranha grande os retire com sua teia. A Sra. Bavorová é muito sensata. Apesar disso, tem uma bolsinha comprida de lona com noventa bolinhas e diariamente tira dela três bolinhas com a mão direita e outras três com a esquerda. Os números assim extraídos são anotados e guardados cuidadosamente em folhas de papel especial, onde acrescenta a palavra "eu", pois também todos os dias faz o marido, o filho e pessoas que acha simpáticas tirarem seus próprios números. Anota tudo e acrescenta a cada linha o nome da pessoa em questão. Ao mesmo tempo, anota em outra folha os números que foram sorteados pela loteria pública, pois uma relação com essas características tem sua importância. Embora não se possa formular com segurança uma lei que determine a ordem de repetição dos números sorteados, depois de algum tempo, ao examinar essas relações, de repente percebe-se algo ao verem-se determinadas linhas — isso é a intuição.

E, finalmente, quando chega o momento em que o sonho interpretado de um bom dia e de uma boa estirpe deve ser realizado, bem, se nesse momento os números escolhidos ao mesmo tempo com a mão direita e a mão esquerda coincidirem, e a isso se somar a intuição, então é necessário apostar, porque aí não há mais dúvida de que a sorte a tocará. A Sra. Bavorová age conforme o que acaba de ser exposto; seguindo seu instinto, apostou em uma linha e, ao modificá-la, apostou com fé absoluta em sua combinação de dois números — e ganhou.

Eu disse que uma verdadeira jogadora de loteria nunca acredita que seu trabalho terminou, e que se quiser manter o mesmo nível tem de aproveitar todos os momentos livres. Dado que teve sorte uma vez, a Sra. Bavorová não pensa em mudar de rotina. A loteria é para ela uma necessidade. É sua forma de aguçar suas habilidades, um consolo para seu coração, e por isso a encontramos, novamente, entregue a esses afazeres.

Está escrevendo, copiando e comparando quando Václav entra, cumprimenta e fica parado na parte externa do balcão. A Sra. Bavorová lhe responde com um movimento de cabeça e continua trabalhando tranquilamente. Passado um tempo, pega a bolsa de lona que contém as bolinhas maiores, sacode-a para misturá-las e depois a estende a Václav.

— Hoje você ainda não tirou... Primeiro com a direita. Já sabe que foi afastado do escritório? — pergunta a Sra. Bavorová, com um tom de voz totalmente relaxado.

— O quê? — responde ele sem ânimo, e crava os olhos na mãe, cuja voz serena o confundia.

— Na primeira vez tirou o mesmo número que eu... Que coisa estranha, estou sempre tirando o 30. Sim, o senhorio esteve aqui para lhe comunicar. Diga-me, por favor, o que aconteceu ontem com o cabeleireiro? A louca da mulher do senhorio esteve aqui ao meio-dia para lhe agradecer. Disse que você a ajudou muito.

— Não foi nada! Ontem à noite organizaram uma noitada musical e o cabeleireiro, que tinha que fazer cachinhos no cabelo da senhorita, caiu no corredor escuro que fica atrás do secador rotativo e não conseguia sair. Arregacei as mangas e consegui puxá-lo. Marinka viu tudo.

— Tenho lhe dito para deixar em paz essa Marinka... Não pergunte por quê. Não quero e basta. A mãe não é uma boa pessoa, não é sincera — ordena a Sra. Bavorová com um tom de voz um pouco agitado, anotando os números que Václav tirou. — Bem, e agora com a esquerda. A filha dos senhorios também esteve rondando por aqui, que a perdoe por não tê-lo convidado ontem; diz que está envergonhada... Que maneira de se envergonhar! Aparentemente, a velha esqueceu de você e depois elas se arrependeram. Mas eu sei o que querem: as dívidas não os deixam respirar e hoje ficaram sabendo pelo boquirroto do lojista... Sim, você ainda não sabe que hoje acertei o terno.

— Um terno! — exclama Václav.

— Sim, um terno simples de cinquenta... Vamos receber alguns milhares...

— É verdade, mamãe? — diz Václav batendo palmas de alegria.

— Por acaso sua mãe já lhe mentiu alguma vez?

Václav passa de um salto para trás do balcão e começa a abraçar e a beijar a mãe.

— Está bem, está bem, você está louco, nunca vai ter juízo? — defende-se a Sra. Bavorová. — Eu sabia que um dia a sorte iria nos alcançar, mas você, você agora se comporte e termine os estudos!

Os olhos de Václav brilham. Ele dá um pulo e pega um chaveiro que está pendurado na parede.

— Aonde você vai?

— Ao sótão.

— Para quê?

— Fazer planos para o futuro.

# XIV

## UM LAR TERNO

O Sr. Eber, o senhorio, passeia de um lado a outro do aposento. Usa roupas bem matinais: ceroulas sem suspensórios. Tem o peito descoberto e o cabelo despenteado, selvagemente alvoroçado. Uma confusão se reflete em seu rosto anguloso e decidido e, ao andar, suas mãos balançam com independência ao longo do corpo.

A senhoria, também vestida com roupa muito íntima, está ao lado da cômoda com um trapo na mão. Finge que tira a poeira, mas cada um de seus movimentos é uma prova de que está confusa.

O motivo desse transtorno é uma terceira pessoa, sentada na cadeira ao lado da mesa. Um especialista teria diagnosticado em um instante essa situação. O formato do rosto do desconhecido pertence àquele povo que, pelo que sabemos, só teve um único membro a devolver dinheiro adquirido: um personagem bíblico, Judas. Aparentemente, o lar do Sr. Eber não é alheio ao desconhecido. Como se estivesse em sua casa, ele coloca e tira incessantemente da cabeça lisa, que exibe ralos cabelos grisalhos, um chapéu bastante gasto; tamborila na mesa e, sem o menor respeito, cospe no chão. Em seus olhos se percebe uma superioridade consciente; o sorriso impertinente não altera suas feições.

De repente se apruma, apoia-se na mesa e se levanta.

— Bem, estou vendo que aqui também malbarataram meu dinheiro — afirma com voz vibrante. — Mas vou acertar isso. Não soltarei nem mais um *krejcar*.

A senhoria se vira para ele e, esforçando-se para sorrir e mostrando-se compassiva, diz:

— Só mais 50 florins, Sr. Menke... Assim nos ajudará e lhe agradeceremos, logo verá.

— O que quer dizer com "lhe agradeceremos"? Como é isso? — O judeu faz uma careta. — Eu também ficaria agradecido se alguém me desse 50 florins de presente.

— Mas vale a pena, Sr. Menke, temos nossa casa...

— Casa! Eu sei que em Praga há muitas casas e também muitos senhorios, mas vocês sabem quem é o senhorio desta? Tenho a relação de seus inquilinos, diabos, mas de que me valem se não ganho um tostão com eles? Se não me pagarem os juros até terça-feira, irei ao presidente. — E se encaminha à porta.

— Mas Sr. Menke...

— Não. Eu tenho filhos e não posso continuar perdendo dinheiro. Despeço-me.

Ele sai, deixando a porta escancarada.

O senhorio faz um gesto com as mãos e mexe a boca como se quisesse dizer algo. A senhoria, com raiva, aproxima-se da porta e fecha-a com violência.

A porta do outro quarto, até então encostada, é aberta e surge a Srta. Matylda. Está de camisola, boceja e examina com apatia o aposento.

— Não sei por que vocês conversam com um homem desses — observa com displicência. — Eu o teria botado para correr.

O Sr. Eber está em pé diante do espelho se penteando. Ficou irritado com as palavras da filha e vira-se depressa em sua direção:

— Cale-se, você não entende disso — responde-lhe, taxativo.

— É claro — diz a Srta. Matylda, sem abandonar a tranquilidade. Ela vai até a janela e boceja com satisfação ao contemplar a bela manhã.

A senhoria está ostensivamente calada. Tira o pó da cômoda com tal ímpeto que a cômoda geme.

Faz-se um silêncio prolongado. O Sr. Eber começa a se vestir e sua esposa, a correr de um lado a outro pelo quarto, mudando as coisas de lugar. O Sr. Eber, que sabe que uma situação dessas não se sustentaria por muito tempo, começa, com um tom razoavelmente tranquilo:

— Mulher, sirva-me um café, você sabe que tenho que ir ao escritório.

— Mas ainda não o esquentei — responde secamente a senhoria, e abre as portas do grande guarda-roupa.

— Requentado... Você seria capaz de me servir um café de ontem requentado? Ah, não...

— Por acaso você ganha o suficiente para que a gente possa passar o dia inteiro na cozinha? Ganhe para um café fresco.

A Srta. Matylda afasta-se da janela, senta-se e cruza as mãos sobre o colo. Olha alternadamente para o pai e para a mãe e é evidente que começa a se divertir. O Sr. Eber conhece sua esposa e recomeça de outra maneira, pois ainda não está a fim de brigar:

— E o que teremos no jantar? — diz, como se não tivesse perguntado pelo café da manhã.

— *Knedlík* com raiz-forte — responde ela, com tom ferino.

O Sr. Eber não pode nem ver *knedlík* com raiz-forte. Entende, portanto, que a mulher está agindo de má-fé e fica de mau humor.

— E por que essa comida exatamente hoje? Se é que posso perguntar a sua senhoria — diz, com contida ironia.

— Porque sim. Hoje é dia de faxina geral, e quando é dia de limpeza não se cozinha outra coisa.

A senhoria procura alguma coisa no guarda-roupa e, não encontrando, começa a tirar as coisas violentamente e a jogá-las no chão.

— Então vai ficar o dia inteiro fazendo faxina? E eu, onde me enfio?

— Onde tiver vontade. Além do mais, você é um pai exemplar! Passa o ano inteiro sem levar nossa criança para passear. Então, pegue Valinka, leve-a a algum lugar e só volte ao meio-dia.

— Só isso? — responde o Sr. Eber, extremamente irritado.

— Bem, você pode ir até a esquina e ficar pedindo esmola — retruca ela. E, como não consegue encontrar o que procura, enfia-se no guarda-roupa. — Com seu cérebro, dentro de pouco tempo não nos restará alternativa; você vai ver, eu vou me envenenar, nem que seja mastigando vidro. E agora temos que acertar as coisas com Matylda, se Matylda for capaz de fazer alguém amá-la. Você precisava deixar que afastassem o rapaz dos Bavor do trabalho? Brinca de ser um chefe importante e é um joão-ninguém...

Ela não consegue acabar a frase: o Sr. Eber não é capaz de continuar se controlando. Empurra a mulher, enfiando-a no guarda-roupa, e vira a chave.

A senhorita Matylda bate palmas de alegria.

Do guarda-roupa saem ruídos e batidas. O móvel chega a balançar. O Sr. Eber agarra um copo e atira-o contra o guarda-roupa, transformando-o em cacos. A Srta. Matylda volta a bater palmas.

O ruído ainda é forte. O Sr. Eber veste o casaco a toda pressa, pega o chapéu e, de repente, fica imóvel. Não sabe se deve abrir o guarda-roupa. A Srta. Matylda, ao perceber que ele está confuso, diz rapidamente:

— Deixe-a aí dentro. Não podia ter ficado calada?

— Você tem razão — assente o pai —, abra quando eu já estiver na rua. Estou indo.

E se vai. Nesse instante uma coisa ocorre à Srta. Matylda. Ela vai até o guarda-roupa, abre a porta e diz à mãe, que, a ponto de explodir de raiva, está pálida como uma morta:

— Ele está fugindo, apresse-se.

Não era necessário instigar a senhoria, que se precipita à porta quase voando. Sua filha a segue de perto para não perder nada. A senhoria pega uma vassoura na cozinha e se precipita na galeria. O Sr. Eber desce a escada. Está passando ao lado da mulher da limpeza, que esfrega os degraus.

— Jogue a água do balde em cima dele! — grita a senhoria.

O marido acelera o passo a ponto de se arriscar a cair. Quando já está entrando no pátio, a vassoura passa zumbindo ao lado de sua cabeça e por sorte não o atinge. Ao ver isso, a senhoria tira o gorrinho da cabeça e atira-o com raiva no esposo fugitivo. Começa a gritar de tal modo que a casa retumba.

— Assassino, ladrão! Você vai ver! Que aparência! Eu queria ver como seria se não estivesse vestido com essa fina flanela. Seu miserável! Vejam o marido que tenho! Isso lá é marido?

Ganha 300 moedas de ouro por ano e diz que é senhor. Que colosso de homem! Não se atreva a aparecer em casa na próxima semana!

Mas o Sr. Eber não consegue ouvir o bom conselho. Já desapareceu no corredor.

Toda a cena se desenvolveu a tal velocidade que os inquilinos que botaram as caras nas janelas só viram a Srta. Matylda, que assistiu a tudo atrás da porta, abraçando com alegria a mãe, que agora entra em casa.

## XV

# FINAL DA SEMANA

O casamento de Josefinka está marcado para a primeira hora da manhã do domingo, mas mesmo assim o pátio e o corredor estão repletos de vizinhos curiosos. Uma multidão considerável se espreme diante da casa, observando tudo com os cinco sentidos, e seu veredicto é: "Um casamento pálido."

Não se referem, com a expressão, à simplicidade. O noivo de Josefinka não poupou dinheiro e presenteou a noiva com um bonito vestido de seda. Além do mais, são muitos os coches. Não obstante, os vizinhos têm razão.

Os rostos dos convidados, conhecidos dos vizinhos, estão impressionantemente pálidos, como se houvesse acontecido algo na hora da saída do cortejo. O fato de a noiva ter uma palidez mortífera não os surpreende — não se diz que "noiva pálida, mulher alegre"? —, mas atrás dela vai o noivo, pálido de emoção, acompanhado pela sempre pálida Srta. Klara, a dama de honra; o acaso também quis que os demais rostos se caracterizassem pela mesma palidez. Até mesmo as sempre rosadas bochechas redondas do doutor, testemunha do casamento, agora chamam a atenção exatamente pelo contrário. Só Václav, o padrinho, ri e brinca como de costume, mas todo mundo já sabe que para ele nada é sagrado.

Bem mais tarde, o doutor está diante da casa colocando as luvas e observando o passadiço como se esperasse alguém. Nesse instante, Václav sai da loja, elegantemente vestido, e se aproxima dele.

— Passeando, doutor?

— Sim, vou a Stromovka.

— Sozinho?

— Sim, bem, também virá a Sra. Lakmusová.

— Entendo. Hoje a Srta. Klara está muito bonita.

O doutor lança um olhar rápido para mais adiante na rua.

— E você, Václav, aonde vai?

— A Šarka.

— Com alguém, suponho; talvez com Marinka?

— Bem, na verdade não — sorri Václav —; com os Eber, os senhorios.

Ouvem-se vozes femininas. Vêm da galeria. Os Lakmus e os Eber surgiram no pátio.

— Com os senhorios? — surpreende-se o doutor. — Homem, você está querendo se envolver de verdade?

— Bem, bem, doutor, eu sei o que faço. Estou apenas vingando o sexo masculino. Talvez o senhor faça o mesmo, doutor.

Os olhos do doutor cintilam por causa da confusão. Abre a boca como se fosse responder, mas não emite nenhum som e volta a fechá-la. Tosse ligeiramente e depois diz:

— Silêncio, eles estão vindo.

# O SR. RYŠÁNEK
# E O SR. SCHLEGEL

1875

# I

Seria ridículo imaginar que algum de meus leitores não conheça o restaurante Štajnic, da Malá Strana. É um estabelecimento de prestígio: ocupa a primeira casa atrás da torre Mostecká, na rua Mostecká esquina com a Lázeňká. Tem janelas imensas e uma grande porta de vidro. É o único restaurante que se alça com ousadia na rua principal e dá diretamente à calçada, sempre movimentada. Os outros ficam em ruas secundárias ou suas portas de entrada localizam-se dentro de edifícios, ou são protegidos por arcadas, como é próprio da modesta Malá Strana. Por isso, um autêntico morador da Malá Strana, filho dessas ruas tranquilas e silenciosas, cheias de recantos poéticos, não frequenta o Štajnic. Ali vão funcionários de certo nível, catedráticos e oficiais do Exército, levados algum dia pelo acaso à Malá Strana; e é provável que o acaso leve-os logo a outro lugar. Aparecem também alguns aposentados, uns quantos proprietários velhos e ricos que transferiram há muito tempo seus negócios para terceiros e isso é tudo. Um ambiente burocrático e aristocrático.

Há alguns anos, quando eu ainda era um ginasiano em flor, a clientela da Casa Štajnic já tinha esse caráter exclusivo, embora fosse de certo ponto de vista diferente da de hoje. Para ser sucinto, era o olimpo da Malá Strana, o lugar onde se reuniam os deuses do bairro. É um fato comprovado da história que os deuses surgem diretamente de seu povo. Jeová foi um deus mal-humorado, mau e vingativo, cruel e sedento de sangue, como de resto todo o povo judeu. Os deuses gregos eram elegantes, espirituosos, belos e alegres, helênicos pelos quatro costados. Os deuses eslavos — perdão, nós, os eslavos, não tivemos imaginação suficiente para construir grandes Estados nem para criar deuses concretos —; nossos deuses de antanho, digam o que digam Erben e Kostomarov,[11] continuam sendo um grupo nebuloso, pura brandura, pura indefinição. Mas algum dia talvez escreva um artigo especial, é claro que particularmente espirituoso, sobre esse paralelismo deus-homem. Com isso quero dizer que os deuses que se reuniam na Casa Štajnic eram, sem dúvida alguma, os verdadeiros deuses da Malá Strana. Esse bairro — e incluo nele suas casas e sua gente — tem algo de silencioso, digno, antigo e, digamos, também sonolento que se trata de ver a si mesmo; e toda essa sonolência também envolvia aqueles senhores. Embora também fossem, como hoje, funcionários, soldados, catedráticos e aposentados, naquela época os funcionários e os militares de alta patente ainda não eram transferidos de uma terra a outra; um pai levava o filho para estudar em Praga, ajudava-o a encontrar um emprego em alguma repartição e, mediante apadrinhamentos, o mantinha ali para sempre. Quando algum dos clientes da Casa Štajnic ficava parado por alguns instantes do lado de fora, na calçada, todos os transeuntes o saudavam, porque o conheciam.

---

[11]  Erben, poeta e historiador tcheco (1811-1870), defensor do pan-eslavismo na Boêmia. Kostomarov, historiador pan-eslavista russo (1817-1855). *(N. do T.)*

Para nós, os ginasianos, o olimpo da Casa Štajnic era tão mais olimpo porque nele se encontravam também todos os nossos velhos professores. Velhos! Para que dizer velhos! Conheci bem a todos, aqueles deuses na nossa querida Malá Strana, e sempre tive a impressão de que nenhum deles foi jovem um dia; na realidade, já quando meninos tinham o mesmo aspecto de velhos, mas em tamanho reduzido.

Vejo todos eles diante de mim como se fosse hoje. Em particular o conselheiro do Tribunal de Apelação. Alto, enxuto e extremamente sério. Continuava ativo, mas nunca consegui imaginar em que consistia sua atividade. Quando voltávamos do colégio às 10 da manhã, ele estava saindo de sua casa na rua Karmelitská e se dirigia com ar sério à rua Ostruhová, à adega de Čarda. Quando tínhamos as tardes de quinta-feira livres e brincávamos perto das muralhas, ele passeava em seus jardins. Às 5 entrava na Casa Štajnic. Assumi o firme propósito de ser aplicado e me converter também em conselheiro do Tribunal de Apelação, mas depois, não sei como, esqueci-me.

Depois vinha o conde caolho. Na Malá Strana nunca faltavam condes, mas esse zarolho devia ser o único conde que frequentava tal estalagem do bairro, pelo menos na época. Grande, ossudo e de semblante rubicundo, com cabelo branco e curtinho e uma venda negra no olho esquerdo, ficava parado diante da Casa Štajnic, na calçada, às vezes até durante duas horas, e eu, quando tinha de passar a seu lado, acabava dando uma volta. É que a natureza outorgou aos nobres certo perfil que se diz aristocrático e os torna muito parecidos com as aves de rapina. O conde me recordava, decididamente, aquele falcão que, com feroz perseverança, todos os dias, sempre ao meio-dia, instalava-se na cúpula da torre de São Miguel com uma pomba entre as garras e ali destroçava sua presa, cujas penas desciam revoluteando até a praça. Eu passava ao lado do conde tentando evitá-lo; temia vagamente que me desse uma bicada.

Depois vinha o gordo médico militar, que ainda não era velho de todo, mas já fora transferido para a reserva. Contava-se que certa vez, por ocasião da visita aos hospitais de Praga de uma importante personalidade que criticava muitas coisas, o médico militar disse a tal personalidade que ela não entendia de absolutamente nada. Isso lhe valeu a aposentadoria e, ao mesmo tempo, nossa veneração, pois nós, meninos, considerávamos aquele homem gordo um autêntico revolucionário. Além do mais, era agradável e tagarela. Quando simpatizava com um menino — que também podia ser uma menina —, parava-o, acariciava seu rosto e depois lhe dizia: "Dê lembranças a seu pai quando chegar em casa", embora talvez nem o conhecesse.

Depois... Mas não quero continuar! Todos aqueles velhos ficaram ainda mais velhos e depois morreram. Vamos deixá-los descansar em paz. Recordo com satisfação os bons momentos que passei entre eles, aquela sensação de independência, de hombridade, sim, de grandeza, quando, ao me converter em universitário, pela primeira vez e sem temor me vi diante dos catedráticos da Casa Štajnic, entre aqueles seres sublimes. Não me deram muita atenção, é verdade. Quase nenhuma, aliás. Apenas uma vez, depois de várias semanas, o médico militar, ao passar ao lado de minha mesa, já a caminho de sua casa, disse:

— Sim, sim, jovem, a cerveja hoje em dia não vale nada, digam o que digam aqueles ali.

E o disse com um gesto de desprezo, jogando a cabeça para trás, em direção àqueles com quem antes estava sentado.

Um Brutus da cabeça aos pés! Atrevo-me a afirmar que seria capaz de atirar na cara do próprio César a ofensa de que não entendia nada de cerveja.

Eu, pelo contrário, confiava bastante neles. Não porque ouvisse muito o que diziam, mas porque os observava atentamente. Considero-me apenas uma pobre cópia daqueles seres, mas devo a eles o que tenho de sublime. Entre todos, no entanto, serão inesquecíveis para mim dois homens que ficaram gravados em meu coração: o Sr. Ryšánek e o Sr. Schlegel.

Esses dois não podiam nem se ver. Devo pedir mais uma vez desculpas, mas prefiro começar a falar deles de outra forma.

Quando se entra na Casa Štajnic pela rua Mostecká, na primeira sala, onde estão as mesas de bilhar, há à direita três janelas que dão para a rua Lázeňská. No vão de cada janela há uma mesa e, junto a ela, um banco curvo em forma de ferradura no qual cabem três pessoas: uma de costas para a janela e as outras duas nos extremos da ferradura, cara a cara, ou, se quisessem se sentar de costas para a janela, os três sujeitos ficariam de frente para o bilhar e passariam o tempo observando o jogo.

À mesa correspondente à terceira janela, a partir da entrada da direita, sentavam-se, dia após dia, entre as 18 e as 20 horas, os cidadãos Ryšánek e Schlegel, muito respeitados por todos. O lugar dos dois estava sempre livre para eles; pensar que alguém tivesse a ousadia de ocupar o lugar em que outro era habituado a se instalar era algo que um verdadeiro morador da Malá Strana teria classificado com firmeza como impossível, dado que era inimaginável. O lugar que ficava exatamente ao lado da janela estava sempre vazio, o Sr. Schlegel se sentava na ponta da ferradura que fica mais próxima da entrada e o

Sr. Ryšánek na oposta, a meio metro um do outro. Os dois permaneciam sempre de costas para a janela, quer dizer, com metade das costas virada para a janela e a outra metade para a mesa. Observavam o jogo de bilhar e se viravam para a mesa só quando queriam beber ou abastecer o cachimbo. Sentaram-se assim durante 11 anos dia após dia e, ao longo desses 11 anos, não se dirigiram nem uma palavra, nem sequer se olharam.

Na Malá Strana era conhecido o rancor cruel que um nutria pelo outro. Sua inimizade era antiga e irreconciliável. Sabia-se também o que dera origem a todos os males: uma mulher. Ambos haviam amado a mesma. Primeiro, ela preferira o Sr. Ryšánek, que era comerciante havia mais tempo e tinha seu próprio estabelecimento; depois, de repente, em uma reviravolta inexplicável, acabara nos braços do Sr. Schlegel, talvez porque este fosse cerca de dez anos mais jovem. E acabara se casando com ele.

Ignoro se a Sra. Schleglová era tão bela a ponto de justificar a dor permanente do Sr. Ryšánek e seu posterior e eterno celibato. Já faz tempo que ela passou para uma melhor: morreu quase imediatamente após seu primeiro parto, quando nasceu sua filhinha, que talvez fosse sua imagem viva. Na época que menciono, a Srta. Schleglová havia completado 22 anos. Eu a conhecia. Vinha amiúde visitar Poldýnka, a filha do capitão que vivia no apartamento de cima, aquela que, na rua, tropeçava a cada vinte passos. Dizia-se que a Srta. Schleglová era de uma beleza imensa; talvez, mas para um arquiteto. Tudo estava em seu lugar, todas as proporções corretas, cada parte tinha sua razão de ser. Mas, para uma pessoa que não fosse arquiteta, era de desesperar. Seu rosto estava sempre tão imutável como a fachada de um palácio; seus olhos tinham o brilho insignificante de uma janela recém-lavada; sua boca, tão bela como um pequeno arabesco, abria-se lentamente como um portão ou ficava aberta de par em par, para logo se fechar com a mesma parcimônia. E, além do mais, sua pele parecia recém-caiada. Talvez agora, se ainda estiver viva, já não seja tão bela, ou talvez seja ainda mais: tais edifícios se embelezam com o passar do tempo.

Lamento não poder contar ao leitor como o Sr. Ryšánek e o Sr. Schlegel se encontraram naquela mesa da terceira janela. Uma maldita casualidade que quis amargurar aqueles velhos dia após dia devia ser a culpada. Quando aquela desconhecida casualidade os reuniu pela primeira vez, mantiveram-se no lugar devido ao orgulho masculino. Na segunda vez, sentaram-se juntos por despeito. E depois se sentavam como mostra ou prova de serem imperturbáveis, para que ninguém dissesse que um deles havia cedido. E agora, faz já muito tempo, todos na Casa Štajnic sabiam que aquilo era, para ambos, mera questão de honra viril e que nenhum dos dois podia claudicar.

Chegavam por volta das 18 horas, hoje um deles um minuto antes, amanhã o outro. Saudavam cortesmente todos os clientes, menos um ao outro. No verão o garçom ajudava-os a tirar o chapéu e a se livrar da bengala; no inverno fazia o mesmo com o gorro de pele e o abrigo, pendurando-os num prego atrás de seu assento. Depois cada um, já desembaraçado, movia, como uma pomba, a parte superior do corpo — as pessoas mais velhas costumam se balançar assim quando vão se sentar —, apoiavam-se com a mão na esquina da mesa (o Sr. Ryšánek com a mão esquerda e o Sr. Schlegel com a direita), sentavam-se lentamente de costas para a janela e ficavam observando o bilhar. Quando o gordo taberneiro se aproximava, sempre sorridente e falante, para oferecer os primeiros rapés a título de cortesia, tinha que dar umas batidinhas na caixinha diante de cada um deles e, diante de cada um deles também, repetir a observação de que fazia bom tempo. Caso contrário o outro não aceitaria o rapé e ignoraria as palavras. Nunca ninguém conseguiu falar com os dois ao mesmo tempo. Nunca dirigiram uma pitada de atenção ao outro. O companheiro da outra ponta da mesa não existia para nenhum dos dois.

O taberneiro colocava a cerveja diante deles. Um tempo depois colocava a cerveja do outro, nunca na mesma ocasião, porque, apesar de tanta indiferença, observavam-se, viravam-se para a mesa, tiravam do paletó um grande cachimbo de espuma do mar decorado com prata, do bolso interno uma bolsinha com tabaco, enchiam o cachimbo, acendiam-no e se viravam deixando a janela novamente a suas costas. Ficavam sentados durante duas horas, bebiam três cervejas e depois se levantavam, hoje um deles um minuto antes do outro, amanhã o outro, e então guardavam o cachimbo, guardavam a bolsinha, o garçom os ajudava a vestir o abrigo, e, com o abrigo vestido, despediam-se de todos, menos do vizinho.

Eu me sentava de propósito na mesa situada ao lado da estufa. Desse modo, podia olhar o Sr. Ryšánek e o Sr. Schlegel diretamente no rosto e podia observá-los cômoda e dissimuladamente.

O Sr. Ryšánek havia se dedicado ao comércio de canhamaço e o Sr. Schlegel tinha uma loja de ferragens. Agora ambos já haviam deixado o negócio e eram ricos proprietários de imóveis, mas seus rostos recordavam, de algum modo, suas ocupações anteriores. O rosto do Sr. Ryšánek me fazia pensar sempre no canhamaço de listras brancas e vermelhas, e o Sr. Schlegel parecia um velho morteiro gasto.

O Sr. Ryšánek era mais alto, mais enxuto e, como já foi dito, mais velho. Já não estava de todo bem, com frequência se sentia débil; a mandíbula inferior se afastava e se soltava involuntariamente. Seus olhos eram cinzentos e usava lentes em armação de osso preto. Sua cabeça era coberta por uma pelugem clara e, a julgar pelas sobrancelhas não de todo encanecidas, poder-se-ia pensar que era louro. Suas faces estavam afundadas e pálidas, tão pálidas que ressaltavam seu longo nariz avermelhado, carmesim. Também quase pendia de sua ponta uma gota, espécie de lágrima que brotava de suas entranhas. Como biógrafo consciencioso, devo observar que o Sr. Ryšánek às vezes não chegava a tempo de afastar a gotinha, o que acabava se precipitando em seu compassivo colo.

O Sr. Schlegel era atarracado, acho que nem tinha pescoço. Sua cabeça parecia uma bomba; seu cabelo negro já era bem grisalho. O rosto, nas partes barbeadas, era entre azul e negro, e onde não tinha barba, rosáceo: um pedaço de carne reluzente e depois um fragmento em penumbra, como um retrato de Rembrandt baseado no claro-escuro.

Eu sentia verdadeiro respeito por esses dois heróis; mais: admiração. Sentados ali, dia após dia, travavam uma batalha imensa, cruel, inexorável. Lutavam com suas armas: silêncio empapado de veneno e o mais profundo desprezo. E a batalha ficava sempre empatada. Qual dos dois pisaria, finalmente, na nuca do desafiante vencido? O Sr. Schlegel era fisicamente mais forte. Tudo nele era curto, conciso; quando falava, tinha-se a impressão de que soavam golpes. O Sr. Ryšánek falava suavemente, sem pressa, era débil, mas guardava silêncio e odiava com o mesmo heroísmo.

# II

Um dia aconteceu algo.

Era a quarta-feira anterior ao terceiro domingo depois da Páscoa. O Sr. Schlegel chegou e ocupou seu lugar habitual. Sentou-se, encheu o cachimbo e soltou uma nuvem de fumaça como se fosse uma chaminé. Então chegou o taberneiro e se dirigiu diretamente a ele. Deu umas batidas na caixinha de rapé e a ofereceu. Quando voltou a fechar a caixa e a sacudiu, disse, olhando para a porta:

— Hoje não veremos o Sr. Ryšánek.

O Sr. Schlegel não respondeu. Olhava para a frente com uma indiferença pétrea.

— Quem me disse foi o médico militar — continuou o taberneiro, que deu a volta e deixou a porta às suas costas. Ao se virar, seu olhar escrutou o rosto do Sr. Schlegel. — Levantou-se da cama pela manhã como sempre faz e de repente sentiu tal calafrio que teve que se acostar imediatamente e chamar o médico depressa. Pneumonia. O médico militar já foi vê-lo três vezes hoje; é uma pessoa mais velha, sim, mas está em boas mãos. Não devemos perder as esperanças!

O Sr. Schlegel emitiu um grunhido com os lábios apertados. Não disse nada, não mexeu os olhos. O taberneiro foi à mesa seguinte.

Fixei meu olhar no rosto do Sr. Schlegel. Permaneceu imóvel durante muito tempo, seus lábios só se abriam para deixar passar a fumaça e, às vezes, levava a boquilha do cachimbo de uma ponta a outra da boca. Depois chegou um conhecido. Conversaram, e o Sr. Schlegel riu várias vezes sonoramente. Esse seu riso me dava asco.

Sem dúvida, hoje o Sr. Schlegel se comportava de maneira diferente. Em outras ocasiões permanecia cravado em seu lugar como um militar em sua guarita; hoje estava distraído, inquieto. Foi até jogar bilhar com o Sr. Köhler, um comerciante. A sorte o acompanhou em todas as partidas sempre até chegar ao *dublé*, e confesso que quase me alegrei de que não o conseguisse nem uma única vez na tacada final; nesse ponto o Sr. Köhler sempre o alcançava.

Depois voltou a se sentar, e continuou fumando e bebendo. Quando alguém se aproximava, o Sr. Schlegel falava mais alto e com frases mais longas do que em qualquer outra ocasião. Não me escapou nem o menor de seus movimentos, vi claramente que experimentava uma alegria interior, que não sentia a menor compaixão por seu inimigo enfermo, e o achei odioso.

Lançou várias vezes um olhar furtivo ao balcão, junto ao qual estava sentado o médico militar. Sem dúvida, teria apertado sua mão só para que não desse muita atenção ao enfermo. Decididamente, era má pessoa.

Depois de 8 da noite, o médico militar, que se dispunha a partir, parou ao lado da terceira mesa:

— Boa noite — disse —, tenho que voltar a ver Ryšánek. Precauções nunca são demais.

— Boa noite — respondeu o Sr. Schlegel com frieza.

Os dias passaram, passaram as semanas. Depois de um abril frio e desagradável, chegou o cálido maio. Naquele ano tivemos uma primavera maravilhosa. Quando maio é belo, a Malá Strana é um paraíso. Como se o leite se derramasse por toda parte, as colinas Petřín ficam cobertas de flores brancas. O cheiro de lilases brancos impregna todo o bairro da Malá Strana.

O Sr. Ryšánek já não corria perigo. A primavera agia sobre ele como um bálsamo. Eu o encontrava passeando pelos jardins. Andava lentamente, apoiado na bengala. Se antes era seco, agora o era muito mais e tinha a mandíbula inferior definitivamente caída. Só faltava segurar o queixo com um lenço, fechar os olhos inexpressivos e colocá-lo em um ataúde. Mas, de repente, recuperou-se.

Mesmo assim, não ia à Casa Štajnic. Ali, na terceira mesa, reinava o Sr. Schlegel, sempre sozinho, sentado no lugar que lhe apetecia.

Chegaram os últimos dias de junho e precisamente no Dia de São Pedro e São Paulo vi de repente na estalagem o Sr. Ryšánek e o Sr. Schlegel, de novo juntos. Como sempre, o Sr. Schlegel estava em seu lugar. Parecia petrificado. Ambos estavam de costas para a janela.

Os vizinhos e amigos correram para saudar o Sr. Ryšánek. Todo mundo lhe dava sinceras boas-vindas e o velho tremia, agitado pela emoção, sorria e falava com delicadeza, todo ternura. O Sr. Schlegel olhava para o bilhar e fumava.

Quando ficava sozinho em algum momento, o Sr. Ryšánek dava uma breve olhada em direção ao aparador, ao lado do qual estava seu médico. Uma alma agradecida!

Eu estava exatamente olhando para lá quando o Sr. Schlegel, de repente, mexeu a cabeça para um lado. Seus olhos percorreram lentamente, dos pés à cabeça, o Sr. Ryšánek, passando pelos joelhos proeminentes e indo até a mão que descansava na extremidade da mesa, semelhante à de um esqueleto recoberto de pele. Durante alguns instantes pousou o olhar naquela mão e, em seguida, dirigiu-o furtivamente para cima, até encontrar a mandíbula caída, o rosto abatido... Limitou-se a roçá-lo e de repente afastou o olhar e voltou a endireitar a cabeça.

— Mas parece um novo homem! Que alegria! — começou a dizer o taberneiro, que chegava da cozinha ou da adega. Quando entrou e viu o Sr. Ryšánek, precipitou-se em sua direção. — Então, de novo são e salvo, e nosso! Louvado seja Deus!

— Graças a Deus, graças a Deus! — O Sr. Ryšánek sorria. — Desta vez consegui escapar, e já me sinto como é devido.

— Mas não está fumando, Sr. Ryšánek? Ainda não sente falta do tabaco?

— Exatamente hoje tive vontade de fumar pela primeira vez. Sim, vou fumar.

— Bem, isso é um bom sinal.

O taberneiro fechou a tabaqueira, deu-lhe umas batidinhas, voltou a oferecê-la ao Sr. Schlegel dizendo alguma coisa e se foi.

O Sr. Ryšánek pegou o cachimbo e fez um gesto como se fosse pegar a bolsinha no bolso interno. Balançou a cabeça, voltou a fazer o mesmo movimento pela segunda, pela terceira vez, e depois fez um sinal ao garçom para que se aproximasse.

— Vá à minha casa. Sabe onde moro? Ali na esquina. Diga para que lhe entreguem a bolsinha de tabaco, deve estar em cima da mesa.

O garçom deu um pulo e saiu correndo.

Então o Sr. Schlegel se mexeu. Levou lentamente a mão direita a sua bolsinha de tabaco aberta e quase a aproximou do Sr. Ryšánek:

— Se o senhor gosta... Três Reis, selo vermelho — disse de forma cortante, e depois emitiu um grunhido.

O Sr. Ryšánek não respondeu, não levantou o olhar. Sua cabeça continuava virada para o outro lado, com uma indiferença pétrea, como durante aqueles 11 anos.

Sua mão tremeu várias vezes, a boca se fechou.

A mão direita do Sr. Schlegel ficou petrificada sobre a bolsinha. Seus olhos se cravaram no chão, ele deu uma baforada e limpou a garganta.

Então o garçom voltou.

— Obrigado, eu tenho a minha bolsinha, veja — exclamou o Sr. Ryšánek, agradecendo ao Sr. Schlegel, mas sem fitá-lo. — Também fumo Três Reis, vermelho — acrescentou um instante depois, como se sentisse que era obrigado a dizer mais alguma coisa.

Abasteceu o cachimbo, acendeu-o e fumou.

— Gostou? — disse grunhindo o Sr. Schlegel, com a voz cem vezes mais áspera que de costume.

— Sim, gostei, graças a Deus.

— Bem, graças a Deus — repetiu o Sr. Schlegel.

Ao redor de sua boca, os músculos se contraíam em uma curiosa dança, como raios em um céu tenebroso, e de repente acrescentou:

— Já estávamos temendo pelo senhor.

Só então o Sr. Ryšánek virou a cabeça para ele. Os olhos dos dois homens se encontraram.

E desde aquele instante o Sr. Ryšánek e o Sr. Schlegel passaram a conversar, sentados à terceira mesa.

# A QUE LEVOU O MENDIGO À MISÉRIA

1875

Queria descrever um acontecimento triste, mas vejo diante de mim, como se fosse uma inicial maiúscula caprichosamente desenhada, o rosto sorridente do Sr. Vojtíšek. Um rosto saudável, radiante, tostado como um assado dominical besuntado de manteiga fresca. Quando chegavam os sábados — o Sr. Vojtíšek só se barbeava aos domingos —, sua barba branca voltara a crescer em seu queixo redondo, enfeitando-o como se fosse um espesso creme de leite, e ele me parecia ainda mais bonito. Gostava também de seus cabelos. Não eram muitos; começavam nas têmporas, sob a calva arredondada, e já estavam prateados — não propriamente prateados, mas ligeiramente amarelados. Eram sedosos e suavemente ondulados em torno da cabeça. O Sr. Vojtíšek tinha sempre um gorro na mão e só o usava quando precisava caminhar sob um sol muito forte. De fato, o Sr. Vojtíšek me agradava muito. Seus olhos azuis brilhavam com grande sinceridade e todo o seu rosto era como um olho redondo e sincero.

O Sr. Vojtíšek era mendigo. Não sei o que havia sido antes, mas devia ser mendigo havia bastante tempo, pois era muito conhecido na Malá Strana. E sua saúde de touro indicava que ainda poderia ficar por ali por muito tempo. Creio que sei quantos anos tinha na época. Uma vez o vi subir com seus característicos passos curtos a Colina de São João até a rua

Ostruhová e aproximar-se do policial Šimr, que, apoiado no corrimão, tomava sol tranquilamente. Šimr era o típico policial gordo. Era tão gordo que o paletó cinza de seu uniforme parecia sempre a ponto de explodir. Sua cabeça, vista por trás, assemelhava-se a vários chouriços escoando gordura, se me perdoam. A cada movimento, seu capacete reluzente balançava em sua cabeça enorme e, quando se punha a correr atrás de um aprendiz que, com descaramento e contra todas as regras, atravessasse a rua com um cachimbo aceso na boca, Šimr era obrigado a tirar o capacete depressa e carregá-lo na mão. Então os meninos riam e pulavam em uma perna só, mas quando nos olhava fingíamos que nada estava acontecendo. Šimr era alemão de Šluknov. Se ainda estiver vivo — espero em Deus que sim —, aposto que continua falando tcheco tão mal como naquela época. Costumava dizer: "Vejam vocês, aprendi a falar em um ano."

Naquela ocasião, o Sr. Vojtíšek levava o gorro azul embaixo do braço esquerdo. Afundou a mão direita no bolso de seu longo casaco cinza e saudou Šimr, que bocejava, com estas palavras:

— Que Deus o acompanhe!

Šimr respondeu com a mão. Em seguida, o Sr. Vojtíšek pegou sua modesta caixinha de rapé feita de cortiça de bétula, abriu-a puxando uma tirinha de couro e ofereceu-a a Šimr. Šimr cafungou e disse:

— Você já deve ter seus aninhos, hein? Quantos?

— Bem — o Sr. Vojtíšek sorriu —, já faz perto de 80 anos que meu pai me trouxe à luz para entreter seu espírito.

Um leitor atento ficará, sem dúvida, surpreso com o fato de que o mendigo Vojtíšek pudesse falar com o policial com tanta familiaridade e que o policial nem sequer se dirigisse a ele com o tom que estava habituado a usar com um forasteiro ou uma pessoa subordinada. É necessário também levar em conta o que significava ser policial naqueles tempos. Um policial não era um número qualquer que poderia ir de um a seiscentos. Todos eram conhecidos pelos nomes: o Sr. Novák, o Sr. Šimr, o Sr. Kedlický e o Sr. Weisse se revezavam durante o dia no policiamento de nossa rua. O baixinho Novák, de Slabec, gostava de parar diante das lojas devido a sua afeição pela *slivovice*, a aguardente de ameixas; depois tínhamos Kedlický, mal-humorado mas de bom coração, e, finalmente, Weisse, de Rožmital, grandalhão, com dentes amarelos e extraordinariamente longos. Sabia-se onde cada um havia nascido, quanto tempo passara no Exército e quantos filhos tinha; e os meninos da vizinhança se penduravam neles. Os policiais conheciam todos os vizinhos, homens e mulheres, e sempre podiam dizer às mães onde estavam seus filhos. E quando Weisse faleceu, em 1844, em consequência do incêndio do Renthaus, toda a rua Ostruhová foi ao seu enterro.

Mas o Sr. Vojtíšek não era de maneira alguma um mendigo comum. Ele nem parecia exatamente um mendigo. Parecia bastante limpo, pelo menos no começo da semana. Usava um lenço no pescoço sempre bem atado. É verdade que seu casaco tinha aqui e ali um remendo, mas nunca feito com um pedaço de pano muito contrastante. Ao longo de uma semana percorria mendigando todo o bairro da Malá Strana. Tinha acesso a todos os lugares. Quando uma dona de casa ouvia sua voz suave, logo lhe levava amavelmente uma moeda de 3 cêntimos. Três cêntimos ou meio *kreuzer* era bastante na época. Mendigava até o último momento da manhã e então se encaminhava à Igreja de São Nicolau, para assistir à missa das 11h30. Nunca pedia à porta da igreja, nem sequer prestava atenção nas mendigas que ficavam ali de joelhos. Depois ia comer alguma coisa. Sabia onde tinham lhe guardado uma vasilha com sobras do almoço. Havia algo de livre e sereno em todo o seu ser e em seus procedimentos, coisa que levou Storm a pronunciar aquela frase ao mesmo tempo cômica e comovente:

— *Ach könnt' ich betteln geh'n über die braune Haid!* [12]

O zelador de nossa casa, o Sr. Herzl, era o único que nunca lhe dava uma moeda de 3 cêntimos. Era um homem de certa altura e um pouco avaro, mas de resto suportável. Em vez de dinheiro, oferecia-lhe um pouco de rapé de sua caixinha. E depois — isso acontecia todos os sábados —, mantinham a mesma conversa:

— Oh, Sr. Vojtíšek, correm maus tempos.

— É mesmo, e não serão melhores até que o leão do castelo se sente no balanço de Vyšehrad.[13]

Referia-se ao leão da Torre de São Vito.[14] Tenho de reconhecer que essa afirmação do Sr. Vojtíšek me dava muito o que pensar. Como jovenzinho educado e sério — tinha na época 8 anos —, eu não podia duvidar nem por um instante de que o citado leão podia, assim como eu durante as festas, cruzar a ponte de pedra até Vyšehrad e se sentar ali no famoso carrossel. Mas não entendia como aquilo poderia levar a tempos melhores.

---

12 Em alemão no original: "Ah, se eu pudesse ir mendigando pelas planícies da terra." *(N. do T.)*

13 Castelo e cidade que foi residência dos soberanos tchecos; atualmente, um dos bairros de Praga. *(N. do T.)*

14 Catedral do Castelo de Praga; o leão está no brasão da Boêmia. *(N. do T.)*

Era um belo dia de junho. O Sr. Vojtíšek saiu da Igreja de São Nicolau, colocou o gorro na cabeça para se proteger do sol radiante e avançou lentamente pela atual Praça de São Estevão. Parou ao lado da estátua da Santíssima Trindade e se sentou num degrau. A fonte que ficava atrás deixava ouvir seu canto e o sol aquecia agradavelmente. Provavelmente nesse dia ia comer em um lugar onde se servia depois das 12.

Mal havia se sentado, uma das mendigas da porta da Igreja de São Nicolau se levantou e caminhou em sua direção. Era chamada de "a vovó dos milhões". As outras pedintes prometiam que Deus devolveria a esmola recebida 100 mil vezes, mas ela logo chegava a "milhões e milhões". Por isso a mulher do oficial Hermann, que frequentava todos os leilões de Praga, só dava esmola a ela. Milhões andava direito quando tinha vontade e mancava quando queria. Agora caminhava sem mancar, diretamente ao Sr. Vojtíšek, que estava ao lado da estátua. As fraldas das saias se agitavam em movimentos ondulantes sobre seus membros ressecados. Não faziam nenhum ruído. O lenço azul, muito colado na testa, movia-se para cima e para baixo. Eu sempre achara seu rosto extremamente antipático. Era cheio de rugas que pareciam macarrões finos e se encontravam no nariz pontiagudo e na boca. Os olhos eram de uma cor verde-dourada, como os de um gato.

Chegou ao Sr. Vojtíšek.

— Louvado seja Deus! — E torceu a boca.

O Sr. Vojtíšek assentiu com a cabeça.

Milhões se sentou no outro lado da escadaria e espirrou.

— Ufa! — observou —, eu não gosto do sol; quando aparece, sempre espirro.

O Sr. Vojtíšek nem se mexeu.

Milhões puxou o lenço para trás, descobrindo inteiramente o rosto. Seus olhos se contraíam como os de um gato ao sol; às vezes se fechavam, às vezes se iluminavam como se fossem dois pontos verdes sob a testa. Sua boca se torcia em um tique contínuo; quando a abria, mostrava, na parte superior, um único dente, inteiramente preto.

— Sr. Vojtíšek — começou de novo —, Sr. Vojtíšek, sempre digo que se o senhor quisesse...

O Sr. Vojtíšek guardava silêncio. Limitou-se a virar o rosto para ela e fitar sua boca.

— Sim, sempre digo que se o Sr. Vojtíšek quisesse, poderia nos indicar onde está a boa gente.

O Sr. Vojtíšek nem se mexeu.

— Por que o senhor me olha assim, tão fixamente? — perguntou Milhões após um instante. — Está acontecendo alguma coisa?

— O dente! Espanta-me que possa ter esse único dente.

— Ah, este dente! — suspirou ela, e acrescentou: — O senhor sabe perfeitamente que a perda de um dente significa sempre a perda de um bom amigo. Já estão todos no túmulo, todos os que me queriam bem e tinham boas intenções. Só me resta um, mas não sei quem é ele. Não sei onde está esse bom amigo que Deus misericordioso ainda colocou no caminho da minha vida. Ah, meu Deus, estou tão abandonada!

O Sr. Vojtíšek olhava para o chão e guardava silêncio.

Agora um sorriso, uma espécie de relâmpago de alegria, cruzou o rosto da mendiga, mas era horroroso. Franziu ainda mais a boca, e, de certo modo, todo o seu rosto se esticou até os lábios, como se fossem uma cauda.

— Sr. Vojtíšek! Sr. Vojtíšek, nós ainda podemos ser felizes. Outro dia sonhei com o senhor, creio que Deus lhe tem apreço. O senhor está tão só, Sr. Vojtíšek, ninguém cuida do senhor! O senhor goza de favores em todas as partes, conhece muita gente boa. Eu poderia me mudar para sua casa. Tenho alguma roupa de cama.

Nesse meio-tempo o Sr. Vojtíšek havia se levantado lentamente. Aprumou-se de todo e ajustou a viseira de couro de seu gorro com a mão direita.

— Preferiria tomar arsênico — disse grosseiramente, e deu meia-volta sem se despedir.

Ele caminhou lentamente até a rua Ostruhová. Duas bolas de gude fulguraram atrás dele, até que desapareceu ao dobrar a esquina.

Milhões desceu o lenço até o queixo e ficou quieta durante um bom tempo. Talvez tivesse adormecido.

Começaram a circular pela Malá Strana notícias estranhas. E quem as ouvia não lhes dava crédito. "O Sr. Vojtíšek...", dizia-se frequentemente nas conversas, e pouco depois ouvia-se de novo: "O Sr. Vojtíšek..."

Logo fiquei sabendo de tudo. Parecia que o Sr. Vojtíšek não era nem pobre. O Sr. Vojtíšek, dizia-se, tinha duas casas em František, no outro lado do rio. Pelo visto, nem era verdade que vivera sob o castelo em algum lugar de Bruska.

Havia zombado dos moradores crédulos da Malá Strana! E durante muito tempo!

Espalhou-se a indignação. Os homens estavam aborrecidos, sentiam-se ultrajados, tinham vergonha de terem sido tão ingênuos.

— Canalha! — disse um.

— É verdade — acentuou outro. — Alguém o viu mendigar aos domingos? O mais provável é que estivesse em casa, em seus palácios, fartando-se com um bom assado.

As mulheres tinham lá suas dúvidas. O rosto do bom Sr. Vojtíšek lhes parecia muito sincero.

Mas correu mais uma notícia. Dizia-se que também tinha duas filhas e que, aparentemente, eram senhoritas arrogantes. Uma era noiva de um tenente e a outra queria ser atriz. Estavam sempre enluvadas e passeavam pela alameda de Stromovka.

Isso foi decisivo, inclusive para as mulheres.

Bastaram 48 horas para que o destino do Sr. Vojtíšek mudasse. Em todas as partes, expulsavam-no da porta, alegando "maus tempos". Onde costumavam dar-lhe de comer, agora diziam "hoje não sobrou nada" ou "somos pobres, só nos resta grão-de-bico, e isso não é para o senhor". Os arruaceiros pulavam e gritavam quando passava: "Proprietário, proprietário!"

No sábado, eu estava diante de minha casa quando vi o Sr. Vojtíšek se aproximando. O Sr. Herzl estava, como de costume, em pé com seu avental branco diante da porta de entrada, apoiado no umbral de pedra. De forma involuntária e devido a uma espécie de medo inexplicável, entrei correndo e me escondi atrás do portão. Através da fresta das dobradiças podia ver o Sr. Vojtíšek chegando.

O gorro tremia em suas mãos. Não estava sorridente como das outras vezes. Tinha a cabeça baixa; o cabelo amarelo estava despenteado.

— Louvado seja Deus — saudou com voz normal, e endireitou a cabeça.

Suas faces estavam pálidas; o olhar, embaçado pelo sono.

— Que bom que o senhor veio — disse o Sr. Herzl. — Sr. Vojtíšek, empreste-me 20 mil. Não tema perdê-los. Eu os colocarei em uma boa hipoteca. Tenho oportunidade de comprar uma casa aqui ao lado, a U Labutě.

Não terminou a frase.

Os olhos do Sr. Vojtíšek se encheram imediatamente de lágrimas.

— Mas eu, mas eu... — soluçou. — Eu fui totalmente honesto durante toda a minha vida!

Com passo vacilante, atravessou a rua e se deixou cair junto ao muro que leva ao castelo. Apoiou a cabeça nos joelhos e chorou sonoramente.

Entrei correndo no quarto de meus pais, tremendo dos pés à cabeça. Minha mãe estava perto da janela e olhava para a rua. Perguntou:

— O que o Sr. Herzl disse?

Olhei fixamente pela janela para o Sr. Vojtíšek, que continuava chorando. Minha mãe estava preparando a merenda, mas a cada segundo ia até a janela, debruçava-se e reprovava a cena com a cabeça.

Depois viu o Sr. Vojtíšek se levantar lentamente. A toda pressa, cortou uma fatia de pão, colocou-a sobre uma xícara de café e saiu correndo. Chamou-o gesticulando do umbral, mas o Sr. Vojtíšek não via nem ouvia. Foi até ele e ofereceu-lhe a xícara. O Sr. Vojtíšek olhou para ela em silêncio.

— Deus lhe pague — sussurrou finalmente, e depois acrescentou: — Mas agora não consigo engolir mais nada.

O Sr. Vojtíšek não voltou a mendigar na Malá Strana. Naturalmente, na outra margem do rio também não podia ir de casa em casa, pois nem os moradores nem os policiais o conheciam. Ficava sentado na pracinha da Křižovnická, junto dos arcos da Klementinus, exatamente diante da guarita que ficava ao lado da ponte. Costumava encontrá-lo ali sempre nas tardes de quintas-feiras, quando estava livre e ia à Cidade Velha olhar as vitrines das livrarias. Tinha o gorro diante de si, de boca para cima, no chão, e a cabeça sempre inclinada até o peito; as mãos sustentavam um rosário e não prestava atenção em ninguém. A calva, as faces, as mãos não brilhavam nem estavam rosadas como antes, e a pele amarelada havia se encolhido em rugas, cheia de escamas. Devo ou não devo lhes dizer? Mas por que não confessar que não me atrevia a passar diante dele e que me infiltrava sempre por trás da coluna para jogar no gorro minha mesada da quinta-feira, um oitavo, e logo sair correndo?

Depois o encontrei uma vez na ponte; um policial o levava à Malá Strana. Nunca mais voltei a vê-lo.

Era uma manhã gelada de fevereiro. Lá fora ainda estava escuro, a janela coberta de gelo grosso em forma de flores, no qual se refletia o clarão da estufa da frente. Um carrinho tamborilou diante da casa; os cães latiram.

— Vá buscar os galões de leite — ordenou minha mãe —, mas não se esqueça de proteger o pescoço.

Lá fora estava a leiteira com seu carrinho de mão e, atrás dela, o policial Kedlický. O toco de uma vela de sebo colocado em uma luminária de vidro quadrangular iluminava em silêncio.

— Como? O Sr. Vojtíšek? — perguntava a leiteira, parando de mexer a concha.

As autoridades tinham proibido as leiteiras de bater o leite com a concha para com isso dar uma aparência de que tinha mais nata, mas, como já disse, o policial era um homem de bom coração.

— Sim — respondeu —, nós o encontramos depois da meia-noite em Újezd, ao lado da caserna da artilharia. Estava completamente congelado e foi levado para a câmara mortuária dos carmelitas. Vestia uma calça, um casaco todo rasgado e não tinha nem camisa.

# O CORAÇÃO MOLE
# DA SRA. RUSKA

1875

Josef Velš era um dos comerciantes mais bem abastecidos da Malá Strana. Creio que em seu estabelecimento era possível encontrar absolutamente de tudo o que se produz na Índia e na África, desde madeira perfumada e ossos de elefante queimados para polir sapatos até pó dourado. E por isso sua loja vivia apinhada da manhã à noite. O Sr. Velš passava o dia inteiro na loja, exceto os domingos, pois não perdia a missa principal da Igreja de São Vito, e, além disso, quando chegava a época, também não deixava de estar nos grandes desfiles promovidos pela prefeitura de Praga. O Sr. Velš era atirador de elite da primeira companhia, primeiro pelotão, terceiro homem à direita do tenente Nedoma. Na loja, gostaria de poder atender pessoalmente a todos os que entravam, embora tivesse dois assistentes e dois aprendizes; e quando não podia atender alguém, saudava-o com a mão e sorria. O Sr. Velš sorria, na realidade, o tempo todo: na loja, na rua, na igreja, em todos os lugares; o sorriso de comerciante ficara gravado em seus músculos faciais e não podia mais se livrar dele. Era uma figura agradável: não muito alto, gordo, balançava a cabeça constantemente e exibia sempre aquele sorriso. Na loja, usava um gorro achatado e um avental de couro próprio dos lojistas, e, na rua, um longuíssimo casaco azul com botões dourados e cartola. Eu havia forjado para uso próprio uma imagem estereotipada do Sr. Velš.

Enquanto viveu, nunca estive em sua casa, mas sempre que pensava nele e no aspecto que sua casa poderia ter, a imagem que me vinha era invariavelmente a mesma: o Sr. Velš sentado à mesa sem gorro, mas com seu avental, diante de um prato fumegante de sopa; o cotovelo do Sr. Velš está apoiado na mesa e a mão sustenta uma colher cheia, na metade do percurso entre o prato e os lábios sorridentes; e está assim sentado como se fosse uma escultura e a colher não se mexe nem para a frente nem para trás. Uma imagem tola, eu sei.

No entanto, no momento em que nossa história se inicia — 3 de março de 1840 e tantos às 16 horas —, o Sr. Velš nem estava mais vivo. Jazia de corpo presente no salão da sobreloja, em um belo caixão. A tampa ainda não havia sido fechada e os olhos cerrados do Sr. Velš continuavam sorrindo, mesmo depois de morto.

O enterro estava marcado para as 16 horas. O carro fúnebre ornado com borlas esperava na praça, diante da casa, onde também estava formada a companhia dos atiradores de elite do município e sua banda.

Os honoráveis da Malá Strana quase lotavam o salão. Sabia-se de antemão que o pároco da Igreja de São Nicolau e seus ajudantes chegariam um pouco mais tarde, como era costume quando se tratava de um paroquiano importante, para que não parecesse que estavam querendo despachá-lo depressa. O ambiente estava carregado. O sol vespertino abria caminho, refletindo-se nos grandes espelhos. Ao redor do estrado ardiam e fumegavam altos círios amarelos. O ar quente estava saturado de fumaça e dos cheiros: do ataúde negro recém-envernizado, da serragem que ficava embaixo do morto e talvez, também, já dos odores do cadáver. O silêncio reinava. As pessoas mal sussurravam. Ninguém chorava. O Sr. Velš não tinha parentes próximos, e os distantes têm o hábito de dizer:

— Quem me dera poder chorar com vontade, mas me faltam lágrimas, embora a dor me parta o coração.

— Sim, sim, mas assim é até pior.

Então entrou no aposento a Sra. Ruska, viúva do Sr. Rus, taberneiro nos jardins de Graf, onde aconteciam os mais espetaculares bailes dos artilheiros. Embora na realidade não importe a ninguém, comentarei brevemente o que se contava acerca da viuvez da Sra. Ruska. Naquela época, em cada companhia de artilheiros existia um grupo de elite, formado por jovens exuberantes, cheios de energia. Dizia-se que o Sr. Rus odiava a não poder mais aquele grupo, aparente e provavelmente por causa de sua mulherzinha; e que uma vez, por isso, haviam lhe dado uma surra magnífica. Mas, como eu já disse, isso não interessa a ninguém. A Sra. Ruska comia o pão da viuvez havia já 25 anos. Vivia sem descendência em sua casa na praça Selský, e se alguém tivesse perguntado a que se dedicava teriam respondido: frequenta enterros.

A Sra. Ruska abriu caminho até o estrado. Tinha mais de 50 anos e era um pouco mais alta do que a média. Pelos seus ombros deslizava uma negra mantilha de seda. Um chapéu negro, adornado com fitas verde-claras, emoldurava o rosto redondo e franco. Seus olhos castanhos pousaram no rosto do defunto. Seu rosto se contraiu, seus lábios começaram a tremer e grossas lágrimas lhe sulcaram as faces. Soluçou sonoramente.

Depois secou apressadamente os olhos e a boca com um lenço branco e encarou seus vizinhos à esquerda e à direita. À esquerda estava a Sra. Hirtová, a cerieira, que rezava com um missal na mão. À direita havia uma mulher bem-vestida que a Sra. Ruska não conhecia; se era, como parecia, de Praga, tinha de ser do outro lado do rio. Dirigiu-se a ela, como é lógico, em alemão, porque do ponto de vista do sentimento nacional, a Malá Strana era na época realmente a Praga da esquerda.[15]

— Que Deus o tenha em sua glória — disse a Sra. Ruska. — Aqui jaz, e sorri como se estivesse vivo.

E voltou a secar as lágrimas que corriam.

— Foi-se e nos abandonou aqui. E abandonou aqui toda a sua fortuna. A morte é uma ladra, é isso que ela é.

A desconhecida não respondeu.

— Uma vez assisti a um enterro judeu — continuou sussurrando a Sra. Ruska —, mas não é bonito. Todos os espelhos ficam tapados, aparentemente para que não se veja o cadáver e se possa olhar aonde se queira. Assim é melhor. É possível ver bem o defunto no ataúde de qualquer lugar. Eu diria que esse caixão custou cerca de 20 florins. Que barbaridade! Mas ele o merecia, o pobre, parece que nos sorri inclusive do espelho. A morte não o modificou, só estirou-o um pouco. É como se ainda estivesse vivo, não é mesmo?

— Eu não conheci o Sr. Velš em vida — disse a desconhecida.

— Não? Pois eu o conhecia muito bem. Desde antes de se casar. E também conheci sua mulher quando ainda era solteira, que Deus a tenha! Vejo-a como se fosse hoje, no dia de suas bodas. Ficou chorando desde o amanhecer. Atente para isso! Passar todo o dia chorando depois de uma relação de nove

---

[15] O bairro da Malá Strana fica na margem esquerda do rio Moldava e era habitado, na época, em grande parte por alemães. No Parlamento de Viena, os alemães se sentavam à esquerda. (N. do T.)

anos com um homem! Que besteira, não é mesmo? Ele sim a esperou, nove anos! Miserável! De fato, era uma mulher muito antipática. Ela achava que era a mais honesta, a mais bonita de todas e que cuidava da casa melhor do que ninguém; no mercado, era capaz de pechinchar durante uma hora por uma moeda; dava sempre um balde de água a menos às lavadeiras; e em sua casa as empregadas nunca podiam se fartar. Velš vivia no inferno. Tive duas moças que trabalharam para eles antes e sei de tudo. A mulher não o deixava nem um minuto em paz. Dizia-se que ele se comportava bem porque a temia e que não a contrariava para não irritá-la mais. Quer saber? Era, como se costuma dizer, uma romântica, e queria que o mundo inteiro tivesse pena dela. Não parava de se queixar de que seu marido a atormentava. Se este, enraivecido, a tivesse envenenado, teria se alegrado, e se ele mesmo tivesse se enforcado, também; pelo menos o mundo teria podido chorar por ela.

A Sra. Ruska virou-se para olhar a desconhecida que tinha ao lado, mas ela já não estava mais lá. Em sua excitação, a Sra. Ruska nem sequer se havia dado conta de que as faces de sua interlocutora iam se acendendo cada vez mais e que, na metade de seu discurso, afastara-se dela. Agora estava no fundo do salão conversando com o seco Sr. Uhmühl, funcionário do Tesouro estatal, um parente do Sr. Velš.

A Sra. Ruska examinou de novo o rosto mudo do defunto, seus lábios tremeram outra vez e lágrimas brotaram de seus olhos.

— Pobrezinho — dirigiu-se em voz alta à Sra. Hirt, a cerieira —, mas o castigo de Deus chega a todos. Ele não era trigo genuíno, deixemo-lo assim. Se tivesse se casado com a pobre Tonka, com quem teve um filho...

— Aqui não faltam nem bruxas com seus cabos de vassoura — disse alguém atrás dela. E uma ossuda mão masculina pousou em seu ombro.

Todos levaram um susto e fitaram a Sra. Ruska e o Sr. Uhmühl, que nesse instante se colocou diante dela. Apontou a porta com a mão e ordenou, com a voz rouca mas penetrante:

— Fora!

— O que está acontecendo? — perguntou da porta o segundo Sr. Uhmühl, então comissário de polícia da Malá Strana. Era pele e osso; um homem tão seco como o irmão.

— Esta bruxa começou a criticar o falecido. Sua língua é afiada como uma espada.

— Então vamos ver se você a obriga a embainhá-la.

— Faz a mesma coisa em todos os enterros — ouviu-se em todos os cantos. — Já aprontou até no campo santo.

— Vamos, fora! — ordenou o comissário, pegando a Sra. Ruska pelo braço.

A Sra. Ruska soluçava como uma criança.

— Que escândalo! E num enterro tão bonito! — observaram os que ficaram.

— Agora, silêncio — ordenou o comissário à Sra. Ruska na antessala, já que passavam ao lado o pároco e os capelães. Depois a levou até a escada. Embora a Sra. Ruska tentasse dizer algo, o comissário a fez caminhar sem piedade até colocá-la para fora do edifício. Então fez um sinal a um policial:

— Acompanhe esta mulher até sua casa para que não perturbe o enterro.

A Sra. Ruska, vermelha como um tomate, não entendia o que estava acontecendo.

— Que escândalo! E um enterro tão bonito! — ouvia-se agora na praça.

Os senhores Uhmühl, filhos do Sr. Uhml, escrivão municipal, e netos do Sr. Uměl, tintureiro, eram, como se vê, senhores muito rigorosos. E contra a Sra. Ruska se voltou naquele dia toda a ira da Malá Strana, eu diria do universo — se a Malá Strana abrangesse o mundo todo, como eu, que sou filho do bairro, desejaria que fosse.

No dia seguinte, a Sra. Ruska foi convocada à delegacia da rua Mostecká. Ali costumava reinar uma grande animação. No verão, quando se trabalhava na delegacia com as janelas abertas, era possível ouvir tudo da rua. Tratavam todo mundo sem a menor consideração — naquela época ainda não era habitual o trato cortês que hoje em dia dignifica qualquer ação policial. Frequentemente, na calçada, embaixo das janelas, parava Josef, o harpista, um conhecido revolucionário do bairro. E quando alguns de nós, os jovens, passávamos ao lado e o fitávamos, Josef piscava o olho, apontava com o polegar para cima e, com um sorriso sereno, dizia:

— Estão latindo.

Creio que isso não fosse falta de respeito. Josef apenas tentava se comunicar usando uma palavra forte.

Ali estava em pé diante do severo comissário, com a mantilha e o chapéu com fitas verdes, ao meio-dia de 4 de maio de 1840 e tantos, a Sra. Ruska.

Estava extremamente abatida, olhava para o chão e não respondia. E quando o comissário concluiu seu intransigente discurso e lhe disse...

— Não se atreva a assistir a mais nenhum enterro enquanto estiver viva! Agora pode ir.

— ... ela foi embora. Se um comissário podia proibir naquela época até que alguém morresse, quanto mais que assistisse a enterros!

Quando saiu da sala, o comissário olhou para seu subordinado e disse, sorrindo:

— É mais forte do que ela. É como um machado: destrói tudo o que encontra pela frente.

Os dois riram às gargalhadas e recuperaram o bom humor.

Mas a Sra. Ruska levou muito tempo para recuperar o seu, embora, no fim, tenha conseguido.

Aproximadamente meio ano depois, deixou sua casa e alugou um quarto exatamente ao lado da entrada de Újezd. Todos os enterros passavam forçosamente por ali. E passasse o enterro que passasse, a boa Sra. Ruska ia sempre à porta de sua casa e chorava de peito aberto.

# CONVERSA NOTURNA

1875

Era uma noite de junho quente e bela. As estrelas brilhavam, a lua resplandecia de alegria e o ar estava inundado por uma luminescência prateada.

A lua parecia iluminar com mais alegria os telhados da rua Ostruhová e, eu diria, para ser mais preciso, os telhados silenciosos de duas casas fronteiriças, a U Dvou Slunců e a U Hlubokého Sklepa. Telhados curiosos, aqueles. Era possível passar com facilidade de um a outro, pois eram formados por encaixes e saliências. O telhado da casa U Dvou Slunců, do tipo chamado de duas águas, era mais saliente, com dois frontispícios voltados à rua e dois ao pátio. Entre suas duas cristas havia uma larga calha central, interrompida pela passarela das águas-furtadas. Em cima dessa passarela havia, naturalmente, outro telhadinho, recoberto, como todos os demais, por telhas oblongas, que formavam inumeráveis canaletas no telhado. Na passarela, duas grandes claraboias se abriam para a calha central, que percorria toda a casa como uma listra bem penteada no meio da cabeça de um dos sujeitos elegantes de Praga.

De repente, ouviu-se, vindo de uma das claraboias, um ruído parecido com um chiado de rato.

E mais uma vez.

Na claraboia que dava para o pátio, apareceu uma cabeça e depois um tronco masculino. Um homem pulou com velocidade e, já do lado de fora, ficou em pé sobre a calha. Era um jovem de cerca de 20 anos; tinha um rosto enxuto, moreno, com cachos pretos e uma leve penugem acima dos lábios. Usava um gorro e segurava o longo tubo negro de um cachimbo de espuma do mar. Vestia jaqueta, paletó e calça cinza: apresento-lhes Jan Hovora, estudante de filosofia.

— Faço barulho e não aparece ninguém — resmungou. Depois caminhou até a chaminé, na qual estava pregada metade de uma folha de papel. De repente, passou a mão nos olhos e se aproximou mais. — Alguém esteve aqui, mas mud... — murmurou novamente. — Não, não mudou, é o meu papel, mas...

E se aproximou ainda mais. Bateu com a mão na testa.

— Ah, o sol comeu meu poema! Parece brincadeira! Exatamente como aconteceu com Petöfi. Pobre Kupka, agora tem que passar a véspera do dia do seu santo[16] sem lhe dedicar um poema, e eu, que tive uma ideia tão boa, inspirada pelo próprio Santo Antônio!

Arrancou o papel, fez uma bola com ele e jogou-a por cima do telhado.

Depois se sentou, encheu o cachimbo e o acendeu. Deitou-se, então, nas telhas quentes e apoiou os pés na calha.

Ouviu-se outro chiado, a que Hovora respondeu com o mesmo som, sem virar a cabeça. Na calha apareceu outro jovem, um pouco mais baixo, pálido, de cabelos claros e usando o gorro azul dos alunos da turma de 1848 da universidade

---

[16] O dia do santo é, para os tchecos, mais importante do que a data do aniversário. O santo de cada um é o que tem o seu nome. Quem é José, portanto, faz sua festa no dia 19 de março, Dia de São José. *(N. do T.)*

técnica. Vestia um paletó curto e uma calça de lona cinza; na boca, um charuto aceso.

— Olá, Hovora.

— Olá, Kupka.

— O que está fazendo? — perguntou o futuro engenheiro Kupka, estirando-se lentamente ao lado de Hovora.

— O que estou fazendo... Acabo de comer um purê requentado e agora estou esperando começar a me sentir mal. E você, o que jantou?

— Jantei como o próprio Deus.

— E o que Deus janta?

— Nada.

— Hum... Por que você não para de se mexer?

— Eu gostaria de tirar os sapatos. Se pelo menos tivéssemos uma calçadeira na sala, ao menos essa pequena ferramenta!

— A calçadeira não é uma ferramenta. A calçadeira faz parte da família.

Hovora virou a cabeça preguiçosamente para Kupka.

— Por favor — começou de novo —, que tipo de charuto você está fumando? O mais barato ou um mais barato ainda?

— Apesar de tudo, gosto da nossa casa — exclamou Kupka, examinando o telhado. — Que beleza de teto!

— E tão barata...

— Quanto maior a casa, mais barata é. Deus tem a maior de todas e não paga absolutamente nada por ela.

— Você hoje está muito carola, deve ser por causa da véspera de seu santo.

— Ah, telhados, telhados. Vocês são meu único amor! — entusiasmou-se Kupka, agitando o charuto no ar. — Eu teria inveja dos limpadores de chaminé se eles não tivessem uma visão tão unilateralmente negra da vida.

A conversa fluía com pausas adequadas e em voz baixa. É curioso o fato de os homens falarem, sem se dar conta, em voz baixa quando estão em grandes florestas, em lugares solitários ou no cume das montanhas.

— Faz uma noite maravilhosa — continuava satisfeito Kupka —, que silêncio! Hoje se ouve o murmúrio da água como se estivéssemos em um sonho. E os rouxinóis das colinas Petřín? Que algaravia! Está ouvindo?

— Sim, dentro de três dias terá passado o Dia de São Vito e lá se foi o canto dos pássaros. Que beleza! Por nada deste mundo iria querer viver na Cidade Velha.

— É claro! Lá você não encontra um único pássaro num raio de 6 quilômetros. Se as pessoas de lá não fossem comprar no mercado central uma perna de ganso assada, ninguém teria a menor ideia de como é um pássaro.

— Temos dois aqui neste momento — disse uma voz poderosa de barítono vindo da claraboia.

— Olá, Novomlýnský — exclamaram Hovora e Kupka.

Novomlýnský, um homem de mais de 30 anos, chegou ao telhado engatinhando lentamente, com dificuldade.

— Maldição! — rugiu então, erguendo-se devagar. — Isto não é para mim, não estou acostumado.

Novomlýnský era um pouco mais alto que a média e muito corpulento. De rosto moreno, liso e redondo, e olhos azuis sorridentes, exibia um imenso bigode. Também tinha um gorro na cabeça e vestia paletó preto e calça clara.

— Eu não posso me deitar nas telhas ao lado de vocês com meu paletó de tecido de Orleans, então sentem-se direito.

Kupka e Hovora assim o fizeram. A calma um tanto artificial de seus rostos foi substituída por um ligeiro sorriso. Observavam Novomlýnský com evidente satisfação. Estava claro que ele, por ser o mais velho, era quem comandava. Novomlýnský se sentou diante deles no encaixe do outro telhado e acendeu um charuto.

— O que vocês estão fazendo?

— Eu estou elogiando a Malá Strana — respondeu Hovora.

— Eu observo a lua — disse Kupka —, essa mulher morta com coração vivo...

— Agora todo mundo acha que pode ficar olhando para a lua — comentou Novomlýnský. — Eu os mandaria fazer cálculos em um escritório, como eu mesmo faço.

Em sua voz penetrante não havia suavidade alguma, nada que se assemelhasse a um sussurro. Novomlýnský também teria falado em voz alta nas grandes florestas, nos lugares solitários e nos cumes das montanhas.

— O que há de novo? É verdade que Jäkl quase se afogou no moinho imperial?

E seu rosto se iluminou com um sorriso.

— Verdade absoluta — confirmou Hovora, também com um sorriso. — Ele nada como uma pedra de moinho. Escorregou na água logo ali, ao meu lado. Deu um grito terrível, começaram a aparecer bolhas na superfície. Como foi trabalhoso tirá-lo! Não é verdade, Kupka? Depois lhe perguntei em que havia pensado quando estava se afogando e ele me disse que tivera um acesso de riso e que por isso tinha gritado.

Os três começaram a rir. O riso de Novomlýnský soava como um sino.

— E o que foi aquele barulho hoje na casa do professor? — perguntou Novomlýnský. — Você estava vindo de lá, Hovora.

— Foi uma coisa muito picante. — Hovora franziu os lábios. — A esposa do professor encontrou umas cartas guardadas na gaveta do marido. Eram de uma mulher, cheias de fervor e paixão, mas a autora das cartas era ela mesma, a própria mulher do professor. Ela as tinha escrito havia vinte anos e ainda estavam fechadas. Imaginem como se sentiu ofendida.

— Uma comédia em um ato. — Novomlýnský sorriu.

Ele esticou as pernas. Kupka, nesse meio-tempo, havia ido até o extremo da calha, onde se agachara um pouco para observar o pátio. Voltou logo, aparentemente satisfeito com o resultado de sua expedição.

— Kupka, que diabos você perdeu ali? — gritou Novomlýnský. O que estava olhando? Um dia vai acabar caindo.

— O que eu estava olhando? Ora, observava o que o livreiro fazia. Certamente vocês não sabem que está lendo há 20 anos, dia após dia, sempre ao entardecer, a biografia de Hus.[17] E sempre se põe a chorar. Fui ver se já estava chorando, mas ainda não começou.

— Que besteira! Seria melhor que vocês, os jovens, se distraíssem com outras coisas — disse Novomlýnský, estalando os dedos. — Não prestaram atenção na nova ama de leite da

---

[17] Jan Hus, nascido em Husinec, na Boêmia do Sul, em 1369, foi um pensador e reformador religioso, precursor do movimento protestante. Excomungado em 1410 e condenado pelo Concílio de Constança, foi queimado vivo em 1415 às margens do lago desta cidade suíça. É o responsável pelos acentos característicos do tcheco, no qual cada som da língua falada corresponde a um sinal gráfico diferente. *(N. do T.)*

louçaria da frente? Que mulher! Mas é uma ave migratória, não ficará muito tempo aqui.

— Novomlýnský é como uma boa dona de casa. Sempre em guerra com as empregadinhas! — lamentou Hovora com convicção.

— Mas diabos, elas nem deixam você dormir! Às 5 da manhã já estão na rua. As moças mais bonitas saem assim tão cedo para buscar água porque não querem que alguém as veja carregando baldes.

— É bom ficar calado! Eu durmo cedo e por isso levanto cedo. Além do mais... — Novomlýnský batia lentamente com o charuto na telha e falava com evidente satisfação. — Águas passadas! Eu andava sempre alinhado. Destruí oito pares ԁe luvas em um ano. Sim, é verdade, ainda tenho a desgraça de gostar de mulheres. É culpa minha ser tão belo? Eu gostaria que vocês, cãezinhos imaturos, me vissem: quando faço uma declaração de amor, até dá medo de me ver. Mas — continuou, mais depressa — divirtam-me vocês com alguma coisa. A quem cabe definir hoje o tema da conversa?

— A Jäkl.

— Então ele não virá — garantiu, convencido, Novomlýnský.

— Houve um tempo em que reuníamos um grupo para sair para jantar. Cada vez era um que pagava. Aquele a quem cabia pagar não aparecia nunca. — Levantou a cabeça para a cumeeira do telhado da frente. — O advogado! — exclamou, como se estivesse assustado.

Kupka e Hovora se viraram no mesmo instante.

Ali, acima do telhado, surgia um terceiro boné e, embaixo dele, o rosto de Jäkl, largo, avermelhado e com um sorriso de orelha a orelha.

— Venha já para cá — chamaram-no os demais participantes da tertúlia ao ar livre.

O corpo de Jäkl crescia lentamente sobre a cumeeira. Primeiro viram os ombros, depois o peito, em seguida a cintura.

— Ele não tem fim — grunhiu Novomlýnský —, esse homem parecia chegar em capítulos.

Finalmente surgiu a longuíssima perna direita, depois a esquerda; em seguida, ambas escorregaram e, com um tremendo ruído, Jäkl atravessou o espaço que ia do telhado à calha até ir parar aos pés dos amigos.

Começaram a rir às gargalhadas. Parecia que o telhado inteiro ria, inclusive a lua lá em cima no firmamento.

Quem mais ria era o próprio Jäkl. Estava deitado de bruços e dava batidinhas na calha com as pontas dos sapatos.

Foram necessários vários cascudos e várias palmadinhas amistosas para que Jäkl resolvesse se recompor. Endireitou-se lentamente, colocou em pé seu corpo majestoso e sacudiu a poeira das roupas de verão, de uma cor amarelada indefinida.

— Não rasguei nada — disse, satisfeito, sentando ao lado de Novomlýnský.

— Vamos ver... Você pensou em alguma coisa para o nosso entretenimento de hoje?

Jäkl esticou os braços, abraçou os joelhos e balançou o corpo ligeiramente para a frente e para trás. Depois começou a falar tranquilamente:

— Eu havia pensado que cada um de nós poderia contar a recordação mais antiga de sua própria vida. Sabe, aquela mais antiga que...

— Já esperava que você viesse com uma bobagem — resmungou Novomlýnský, reagindo. — Que horror! Um sujeito formado, um homem que está prestes a completar o doutorado...

— Você também não nasceu inteligente assim... — respondeu Jäkl, incomodado.

— Eu? Por Deus! Minha mãe me carregou abaixo do coração durante 16 meses e já nasci falando. Depois frequentei 24 escolas de latim e cada palavra que aprendi custou ao meu pai 20 moedas.

— Bem, isso não deve ser tão idiota — opinou Hovora, e bateu o cachimbo. — Vamos tentar. Você já deve ter pensado em sua lembrança mais antiga, não é mesmo, Jäkl?

— É claro — assentiu Jäkl, que continuava se balançando tranquilamente. — Recordo-me de uma coisa de quando mal havia completado 2 anos. Meu pai não estava em casa, minha mãe também tivera que ir à rua para dar um recado, não pôde me levar, e eu fiquei sozinho, não tínhamos empregada. Para que não me sentisse só, minha mãe pegou na cozinha um ganso vivo que estava engordando e o levou ao meu quarto. Mas eu estava assustado com a solidão e abracei-me com força ao pescoço daquele ganso. Eu gemia de medo e o ganso grasnava aterrorizado. Belo número, não é?

— Belíssimo — grunhiu Novomlýnský.

Durante um tempo se fez no telhado um silêncio profundo. Hovora tentou acender três vezes o cachimbo reabastecido; aproximava o fósforo aceso do fornilho, mas sempre se esquecia de aspirar. Finalmente aspirou e começou a dizer:

— Lembrei, acabei de lembrar. Estava com meu pai no monastério das ursulinas e as freiras me sentaram no colo e ficaram me beijando.

— Essa história é pior que a do ganso — grunhiu de novo Novomlýnský. — Kupka, você também tem coisa parecida?

Kupka sorriu.

— Meu avô era sineiro em Rakovník. Estava muito velho e um dia ocorreu-lhe que podia tocar os sinos para a própria morte. Tocou, foi para casa, deitou-se e morreu. Levaram-me para vê-lo a fim de que eu beijasse o polegar de seu pé. Já estava vestido com meias brancas. Não sei de que tipo de superstição se tratava. Depois fiquei brincando em volta do carpinteiro que vivia com a gente e estava construindo o ataúde.

— Essa história vai ficar famosa! — alegrou-se Jäkl. — Agora é a vez de Novomlýnský.

Novomlýnský se aborreceu e ficou em silêncio. Mas acabou resolvendo abrir a boca:

— Não tenho nenhum tipo de lembrança dos velhos tempos. Bem, na verdade tenho duas. Recordo que estávamos nos mudando da casa que ficava ao lado das escadas do Castelo Novo para a U Elefantům e eu não queria ir sem que levassem meu berço. E depois, um dia, eu disse um palavrão (muito forte mesmo, como vocês podem imaginar) para minha irmã. Minha mãe me deu uma bofetada e me deixou de castigo. Tive de ficar de cara para a parede ao lado do piano. É verdade, crianças são criaturas interessantes, uma imagem muito cômica do adulto... Tão tolas, tão indiferentes às consequências... De fato é preciso ter fé no anjo da guarda. Meu primeiro livro de orações era em alemão, mas eu, naquela época, ainda não sabia nenhuma palavra e fiquei o ano inteiro rezando a "*Gebet für schwangere Frauen*", quer dizer, a "Oração para as grávidas", e não aconteceu absolutamente nada comigo.

Jäkl voltou a golpear a calha com os pés. Novomlýnský olhou para ele, satisfeito.

— Eu não gosto de uma coisa em Jäkl. Quando alguém conta uma piada, seu efeito em Jäkl é imediatamente percebido.

— Nem passou pela minha cabeça rir da sua piada — defendeu-se Jäkl. — Eu ria porque me ocorreu um disparate. Os antigos romanos também tiveram crianças, não é mesmo?

— Imagino que sim.

— E elas também não falavam desde cedo como Cícero, talvez balbuciassem como nossas crianças. Imaginem vocês o latim antigo balbuciado: em vez de *"Hannibal ante portas"*, *"Hanibai ante poitas, Esus, Malia, Losé!"*.

Jäkl chutava a calha com força. Todos riam: os interlocutores, o telhado, até mesmo a lua e as estrelas lá no alto pareciam rir: *"Hanibai ante poitas."*

— Hoje Jäkl está de bom humor.

— Está — concordou Kupka. — Por que será?

Jäkl havia se tranquilizado e voltara a se sentar. Olhou diretamente para Kupka.

— Hum... Por quê? Bem, não sei por que não lhes dizer. De qualquer forma, estou sob pressão. Sim, vou lhes dizer! Estou apaixonado. Na realidade, não estou, mas tenho que me casar. Na realidade, também não é isso. Não sei como explicar.

— Ela é bonita?

— Bem, você não pode dar a seus melhores amigos o desprazer de se casar com uma mulher feia — disse Hovora, defendendo o amigo.

— Casar, hum... Eu também abraçaria a vida familiar, mas os senhores esposos vivem me criando obstáculos — disse, como seria de se esperar, Novomlýnský. — Dinheiro?

— Que dinheiro? Não estou atrás de dinheiro nem de dote. É besteira. Bastam alguns anos de seca para que escorra pela goela.

— Tão jovem e tão nobre!

— Mas quem é ela? — perguntaram os dois ao mesmo tempo.

— Lizinka.

— Qual Lizinka?

— A Lizinka dos Perálek, o costureiro da rua Senovažna. Vocês a conhecem?

— Claro que sim — afirmou Hovora. — São três filhas. Não posso suportar Marie, a mais velha. Quando olho para ela, começo a bocejar. Depois vem Lizinka. E finalmente Karla, a seca.

— É tão seca que cada vez que quer abrir a boca tem que umedecer os dentes com saliva. Vocês sabem, foi a primeira a se casar — comentou, espantado, Kupka.

O expert Novomlýnský levantou o dedo:

— De três irmãs, a mais feia *sempre* se casa primeiro

— Continuem, continuem com seus disparates — murmurou Jäkl. — Não suporto que alguém fique falando sem parar sem me deixar meter o bedelho.

— Sim, Lizinka é linda.

— Também acho!

— E desde quando estão apaixonados?

— Espere, agora vai fazer 18 anos. — No rosto de Jäkl refletiu-se uma leve ironia. — Eu cursava o segundo ano e ela, o primeiro. Conheci-a no inverno e me apaixonei imediatamente. E para sempre! Era uma menininha encantadora! Cabecinha redonda, cabelos longos amarrados em tranças douradas, faces de botão de rosa. Cabeça coberta por um chapeuzinho de seda verde; fitas verdes e amarelas caindo-lhe pelos ombros. Bordado na pasta escolar, um pequeno poodle branco contra um céu azul. Meu Deus do céu, aquele poodle! A menina não demorou muito a perceber o que eu sentia por ela. Um dia resolvi oferecer-lhe meu coração. Comecei a acertá-la com bolas de neve; roubei seu chapéu. Desde a primeira vez começou a sorrir para mim: entendia-me. Mas não me atrevi a abordá-la; limitava-me a atirar as bolas de neve, sempre.

"Aproximadamente dois anos depois, dei aulas a um menino pequeno que vivia no final da rua Senovážna. Passava todos os dias diante da casa dos Perálek e Lizinka costumava estar na porta. Com os cabelos soltos e sem fitas, parecia-me ainda mais bela. Seus olhos azuis, inocentes e puros, me fitavam sempre com alegria: não podia evitar, ficava cada vez mais enrubescido. Pouco a pouco fomos estabelecendo intimidade. Um dia encontrei-a ali. Comia pão com manteiga. Armei-me novamente de coragem e parei. 'Me dá uma mordida?', perguntei. 'Tome', respondeu ela, e cortou uma fatia. 'Quero mais um pouco', acrescentei, faceiro. 'Não me sobraria nada, e estou com fome', disse ela, e sorriu, encantadora. Segui meu caminho, feliz, e exibindo a Lizinka, enquanto me afastava, o pedaço de pão que ela havia me dado. Que pena! Pouco tempo depois, os pais do menino a quem eu dava aulas contrataram outro professor. Seu argumento era tolo: disseram que a gente só brincava.

"Depois disso, Lizinka e eu ficamos sem nos ver praticamente durante 15 anos, até recentemente. No dia 1º de maio (era um domingo), ocorreu-me de repente passear pelos arredores da cidade, depois dos portões. Não sei por que, mas, no que me diz respeito, os portões poderiam ficar fechados durante o ano inteiro. Sem dúvida, foi coisa do magnetismo do coração. Dirigia-me a Šarka, a Čistecký. E de repente vi ali sentados o velho Perálek, sua mulher, Marie e Lizinka. Lizinka, a rosa desabrochada! Os ombros redondos pareciam um verso de Goethe. Os olhos ainda inocentes eram puros como os de uma menina. Agora homem feito, experimentei num minuto a mesma sensação do menino de 18 anos antes.

"Na mesa em que me sentei falavam mal de Perálek: 'Quando fala, levanta sempre a testa, para que a gente acredite que está pensando: É um tolo antipático!', comentou o sujeito que estava ao meu lado. 'Comentam que briga com as filhas quando ninguém as tira para dançar', disse outro. Levantei-me (pobre Lizinka!). Ao meu redor, os jovens dançavam sob o amplo céu. Querem saber? Eu não gosto de dançar. Sou muito alto, e com esta estatura você não se move com facilidade nem graça, mas o que me importava? À mesa, com os Perálek, estava sentado um velho capitão aposentado... Como se chamava mesmo? Ah, sim, Vítek. Conversava animadamente com Marie. Como nos conhecíamos, aproximei-me e saudei os Perálek. Um pouco depois a convidei para dançar. Ela olhou para a mãe e me prometeu uma contradança; não gostava de dançar em roda. E isso me era confortável.

"Dançamos a contradança quase em silêncio; depois fomos passear na beira do rio e conversamos. Perguntei-lhe se ainda se lembrava de mim. Ela inclinou a cabeça e se limitou a me olhar com seus olhos inocentes. Passado um tempo, sentia-me como se voltasse a ser aquele menino. Falei das bolas de neve, de seu cãozinho e da fatia de pão com manteiga. Ela devia se sentir do mesmo modo. Bem, depois a acompanhei até sua casa. Como o passeio a havia fatigado, ofereci-lhe o braço. 'Muito bem, muito bem, os jovens se encontraram', disse Vítek, sujeito antipático! A verdade é que um homem apaixonado leva a mal até as palavras bem-intencionadas.

"Alguns dias depois, recebi um bilhete de Lizinka: '*Um 3 uhr bei St. Niclas zu komen.*' Às 15 horas, na Igreja de São Nicolau, dizia em alemão. Tremi de felicidade. Da igreja fomos aos jardins de Valdštein. Ali juramos amor eterno e prometi que em agosto terminaria os estudos e em dois anos a faria minha mulher. Em seguida ela me levou à casa de seus pais. Perálek era um homem amável, e a mãe, uma mulher muito sensata. A única pessoa de quem não gostava era Marie, pois vivia me olhando de modo estranho.

"Imediatamente depois (isso foi há quatro semanas), Lizinka teve que viajar às pressas a Klatov, porque uma tia estava morrendo.

"E ontem veio me visitar meu amigo Bureš, estudante de medicina, e entre outras coisas me disse: 'Você conhece uma mulher chamada Lizinka Perálek, não é mesmo?' 'Sim, conheço.' 'Hoje ela deu à luz um filho na nossa maternidade.'"

Os amigos haviam escutado o relato de Jäkl com certa tensão; as últimas palavras eram, sem dúvida, interessantes, mas quando ficou claro que ele não ia dizer mais nada os três olharam ao mesmo tempo para a claraboia.

— Então ao meio-dia apareceu o velho capitão Vítek e perguntou por sua saúde e se era menino ou menina — completou Jäkl.

— As empregadas estavam ouvindo a gente e estão rindo — sussurrou imediatamente Novomlýnský, levantando-se com extraordinária agilidade e desaparecendo na claraboia. Kupka e Hovora foram atrás.

Lá no céu a lua esticou o pescoço e aguçou o ouvido — acreditou estar ouvindo risos abafados de meninas e lábios estalando.

Talvez Jäkl também tenha ouvido algo parecido. Pelo menos enfiou novamente os longos braços entre os joelhos, balançou-se para a frente e para trás e resmungou:

— Roubar à noite é considerado agravante.

# O DR. ARRUINAMUNDOS

1876

Nem sempre o chamaram assim, até que aconteceu uma coisa tão surpreendente que foi parar nos jornais. Na realidade, era chamado de Sr. Heribert, e seu nome de batismo era incomum, mas não me lembro mais dele. Ele mesmo teria confessado que desde sua época de estudante em que visitava as casas de saúde não tivera um único paciente sob seus cuidados. E talvez tivesse admitido esse fato se tivesse conversado com alguém. Mas era um homem estranhíssimo.

O Dr. Heribert era filho do Dr. Heribert, em sua época um médico muito respeitado da Malá Strana. Sua mãe morreu cedo e seu pai, pouco antes de sua graduação, deixando-lhe de herança um sobrado em Újezd e, talvez, também algum dinheiro, mas não muito. O Dr. Heribert, filho, vivia nessa casa e obtinha alguma receita alugando duas lojinhas situadas no térreo e voltadas para a rua e um apartamento de frente do primeiro andar. Ele também vivia no primeiro andar, em um apartamento voltado para o pátio. Uma escada independente, descoberta, levava de seu quarto ao pátio. O acesso era fechado no fundo por uma porta de treliças de madeira. Não conheci seu apartamento por dentro, mas sei que vivia com muita simplicidade. Uma das duas lojas era uma mercearia e a mulher do comerciante arrumava a casa do doutor. Seu filho, Josífek, era meu amigo, mas faz tempo que deixamos de ter amizade.

Josífek virou cocheiro do arcebispo e ficou muito vaidoso. Foi ele quem me contou que o Dr. Heribert preparava seu café da manhã sozinho, almoçava em uma cantina barata da Cidade Velha e improvisava o jantar.

O Dr. Heribert, filho, se houvesse desejado, teria tido muitos clientes na Malá Strana. Depois da morte de seu pai, os clientes lhe transferiram sua confiança, mas se alguém o procurasse, fosse pobre ou rico, não lhe dava atenção, e não se deslocava a lugar algum. Assim, aos poucos a confiança foi se esvaindo. Os que viviam ao seu redor começaram a chamá-lo de "estudante estragado". Mais tarde passaram a rir: "Que doutor? Não lhe confiaria nem o meu gato." O Dr. Heribert não dava a mínima para isso. Parecia que não se importava com ninguém. Não cumprimentava as pessoas e quando o cumprimentavam não devolvia a saudação. Quando caminhava na rua, parecia uma folha murcha levada para lá e para cá pelo vento. Era de baixa estatura — segundo as novas medidas, teria mais ou menos 1,5 metro — e arrastava aquele seu corpo seco pelas ruas de modo a ficar sempre pelo menos a dois passos de distância das outras pessoas. Daí seu procedimento agitado. Seus olhos azuis exibiam certo temor, como os de um cachorro que tivesse levado um chute. Seu rosto era coberto por uma barba castanha clara — e aquele rosto barbado era, segundo o ponto de vista da época, também inteiramente indecoroso. No inverno usava um casaco cinza de moleiro e protegia a cabeça com um gorro de pano puxado até uma gola de falso astracã. No verão vestia um leve terno cinza quadriculado ou um de tecido ainda mais leve, e sua cabeça balançava com insegurança, como se estivesse espetada em um talo frágil. No verão costumava visitar, às 4 da manhã, os jardins das velhas muralhas de Mariánsky, onde ficava sentado com um livro na mão, no banco mais afastado. Às vezes, um vizinho cordial da Malá Strana se sentava ao seu lado e puxava conversa. Mas aí o Dr. Heribert se levantava, fechava o livro e se afastava sem pronunciar palavra. Então o abandonaram inteiramente. Sim, o Dr. Heribert havia ido tão longe que, embora tivesse cerca de 40 anos, nenhuma das solteiras da Malá Strana lhe dava mais atenção.

Mas de repente aconteceu algo — como já disse, saiu até nos jornais! E é isso o que quero contar.

Era um belíssimo dia de junho. Um dia daqueles em que temos a impressão de que um grande sorriso de satisfação se estende por todo o céu, a terra e as faces de todas as pessoas. Naquele dia, na última hora da tarde, um belo enterro avançava em direção à porta de Újezd. Tratava-se do enterro do Sr. Schepeler, conselheiro do Tesouro Nacional, como então se dizia. Que Deus me perdoe, mas, na verdade, parecia que o enterro também estava envolvido por aquele sorriso de satisfação. O rosto do defunto, naturalmente, não podia ser visto, já que na nossa terra não se usa o procedimento adotado no sul, onde os mortos são levados ao túmulo com o caixão aberto para que se aqueçam ao sol pela última vez antes de deslizar na cova. Mas se deixarmos de lado certa seriedade decorosa, não era possível negar que reinava um bem-estar geral. A gente, por assim dizer, carregava no corpo aquele dia maravilhoso... Fazer o quê?

Os mais contentes pareciam ser os funcionários públicos que carregavam nos ombros o caixão do conselheiro. Não teriam deixado por menos. Haviam passado dois dias comovidos e lamentando de um escritório a outro. Agora desfilavam orgulhosamente e com passo medido sob sua carga, cada qual convencido de que era o centro de todos os olhares e de que o mundo sussurrava: "Esses são os funcionários do Tesouro Nacional." Contente também estava o Dr. Link; depois de passar oito dias acompanhando o falecido conselheiro, recebera de sua viúva 20 florins a título de honorários — todo o bairro da Malá Strana já o sabia. Agora caminhava com a cabeça um pouco inclinada, como se meditasse. Contente estava o vizinho Ostrohradský, que era correeiro e o parente mais próximo do defunto. Embora em vida o senhor seu tio não tivesse cuidado dele, Ostrohradský já ficara sabendo que receberia uma herança de 5 mil florins e, durante a marcha, dissera várias vezes ao cervejeiro Kejřík:

— Apesar de tudo, tinha um bom coração. — Ostrohradský caminhava atrás do caixão e ao seu lado estava Kejřík, um sujeito grosseiro mas extremamente saudável, o melhor e mais íntimo amigo do conselheiro. Logo atrás dele vinham os senhores Kdojek, Mužík e Homann, todos conselheiros do Tesouro Nacional, mas em um nível inferior ao do falecido Schepeler. Também estes pareciam contentes. Precisamos dizer também, dolorosamente, que nem mesmo a Sra. Marie Schepeler, sentada no primeiro coche fúnebre, resistia à alegria geral, se bem que, por desgraça, sua satisfação não viesse diretamente da atmosfera de junho. Essa boa senhora era, como é lógico, uma mulher, e o fato de ter se convertido durante três dias em objeto da compaixão efusiva de tanta gente lhe proporcionava certa felicidade. Por outro lado, sua figura esbelta combinava muito bem com o vestido preto de luto, e seu rosto, sempre um pouquinho pálido, era ressaltado de forma particularmente bela pela moldura do véu preto.

O único que carregava com pesar a morte do conselheiro e não podia se livrar de uma desagradável sensação interna era o cervejeiro Kejřík, até então solteiro, que, como já disse, era o melhor e mais íntimo amigo do falecido. A jovem viúva havia lhe manifestado, naturalmente, já no dia anterior, que esperava ser recompensada pelo fato de ter sido tão fiel a seu marido durante sua vida. Quando hoje seu vizinho Ostrohradský dissera pela primeira vez a frase "no fundo tinha bom coração", Kejřík respondera com tristeza:

— Não, não tinha, se tivesse teria vivido mais. — E depois não voltara a abrir a boca.

A comitiva chegou lentamente à porta de Újezd. Naquela época, não era, como hoje, tão simples ultrapassá-la. Abria-se em uma muralha sólida, depois vinham dois túneis longos, tortuosos e sombrios, um atrás do outro; um verdadeiro prelúdio aos túmulos que ficavam mais além.

Nesse momento, uma carruagem fúnebre de gala havia se adiantado à comitiva e parara diante da porta. Os sacerdotes se viraram; os jovens colocaram o caixão no chão com cuidado e começou o responsório. Depois os cocheiros tiraram a base móvel da carruagem e os jovens levantaram o caixão para colocá-lo na carruagem. E então aconteceu! Não se sabe se fizeram muita força em um dos lados ou se a falta de jeito era geral. O fato é que, de repente, a tampa pulou com estrondo. O cadáver permaneceu no caixão, mas escorregou um pouco, seus joelhos se dobraram e a mão direita ficou do lado de fora do ataúde.

O terror geral foi seguido por um silêncio tão denso que era possível ouvir o tique-taque do relógio de bolso do vizinho. Todos os olhares se cravaram no rosto imóvel do falecido conselheiro. E exatamente ao lado do ataúde estava o Dr.

Heribert. Acabara de cruzar a porta, voltando de um de seus passeios, e, embora tentasse evitar as pessoas ziguezagueando no meio delas, de repente se viu obrigado a parar precisamente atrás dos sacerdotes, de tal modo que seu casaco cinza ficou ao lado da mortalha negra do defunto.

Tudo aconteceu num instante. Quase de modo involuntário, Heribert agarrou a mão que pendia, talvez querendo colocá-la de novo no caixão. Mas segurou-a entre as suas. Seus dedos se mexeram nervosamente e seus olhos esquadrinharam o rosto morto que estava diante dele. Então levantou uma das mãos e abriu a pálpebra do olho direito do defunto.

— O que significa isto? — trovejou Ostrohradský. — Por que ele não a coloca no lugar? Vamos ficar parados aqui?

Alguns jovenzinhos se adiantaram.

— Um momento — exclamou o pequeno Heribert, com uma voz incrivelmente profunda e sonora —, este homem não está morto!

— Besteira! Você está louco — gritou o Dr. Link.

— Onde está a polícia? — interveio Ostrohradský.

Todos os rostos exibiam uma profunda perplexidade. O cervejeiro Kejřík foi o único a se aproximar apressadamente do tranquilo Heribert.

— E o que pode ser? — perguntou ansioso. —– Não está? É verdade que não está morto?

— Não. Só está catatônico. Levem-no depressa lá para dentro a fim de vermos o que se pode fazer.

— Maldito delírio — gritou o Dr. Link. — Se ele não está morto, então...

— Quem é esse? — perguntou Ostrohradský.

— Parece que é um médico...

— Doutor Arruinamundos! Polícia! — gritou o correeiro Ostrohradský, que começou a pensar imediatamente naqueles 5 mil...

— Doutor Arruinamundos — repetiam os conselheiros Kdojek e Mužík.

Mas o abnegado amigo Kejřík e vários jovens já estavam levando o ataúde lentamente a uma estalagem próxima chamada U Vápenice.

A rua foi dominada pelo clamor, pelo tumulto, pelo alvoroço. A carruagem fúnebre deu a volta, os carros também o fizeram e o conselheiro Kdojek exclamou:

— Vamos, lá ficaremos sabendo de tudo.

Mas ninguém sabia o que fazer.

— Ainda bem que o senhor veio, comissário — exclamou Ostrohradský, dirigindo-se ao policial. — O que está acontecendo aqui é uma tremenda comédia, totalmente intolerável. Cadáveres estão sendo profanados à luz do dia. E na presença de meia Praga — ia dizendo enquanto se dirigia, atrás do comissário, à U Vápenice.

O Dr. Link desapareceu. Passado um tempo, Ostrohradský voltou a sair, seguido pelo comissário.

— Dispersem-se, por favor! — gritou às pessoas. — Não é possível entrar. O Dr. Heribert garante que vai reanimar o conselheiro.

A mulher do conselheiro quis descer do carro, mas desmaiou. A alegria pode chegar a matar. Então Kejřík saiu apressadamente e foi até o carro onde senhoras atendiam à mulher do conselheiro, desmaiada.

— Levem-na com cuidado para casa, lá ela voltará a si — aconselhou. E depois disse a si mesmo: — É encantadora, sem dúvida encantadora!

Deu meia-volta, subiu em um coche de aluguel e se encaminhou ao lugar para onde o Dr. Heribert o enviara.

Os coches começaram a andar e o público do enterro começou a se retirar. Mas junto à porta de Újezd havia muita gente e os guardas tiveram de manter a ordem diante do edifício. Formavam-se pequenos grupos e eram ditas as coisas mais estranhas. Por um lado, alguns maldiziam o Dr. Link e contavam piadas a seu respeito; por outro, zombavam de Heribert. De vez em quando aparecia o apressado Kejřík, que dizia algo com o rosto resplandecente.

— Temos muita esperança.

— Eu mesmo tomei seu pulso.

— Esse médico faz milagres.

— Está respirando! — exclamou finalmente, muito agitado, e se lançou ao coche de aluguel que o esperava, a fim de levar a boa notícia à mulher do conselheiro.

Já era noite, por volta das 22 horas, quando, finalmente, uma maca coberta saiu da U Vápenice. De um lado estavam o Dr. Heribert e o cervejeiro Kejřík, e, do outro, o comissário. Não houve uma única taberna da Malá Strana que não tivesse ficado lotada até a meia-noite. Só se falava da ressurreição do conselheiro Schepeler e do Dr. Heribert. E todos comentavam os fatos tomados por uma excitação febril.

— Esse sabe mais do que todos os livros de medicina em latim juntos.

— Basta olhar para ele para perceber. Seu pai já era um médico excelente, excelente. É uma coisa que se herda.

— Mas eu? Não querer exercer! Poderia ganhar tanto como um conselheiro do Estado!

— Ele tem dinheiro, deve ser por isso.

— E por que é chamado de Dr. Arruinamundos?

— Arruinamundos? Eu ainda não tinha ouvido isso.

— Hoje ouvi mais de cem vezes.

Dois meses depois, o conselheiro Schepeler trabalhava de novo como antigamente.

— Deus no céu e o Dr. Heribert na terra — dizia.

Ou então:

— Kejřík é um diamante.

E toda a gente falava do Dr. Heribert. Todos os jornais do mundo, sem dúvida, escreveram sobre ele. A Malá Strana se sentia orgulhosa. Contavam-se coisas estranhas. Ao que parece, barões, condes, príncipes tentavam conseguir que o Dr. Heribert fosse seu médico particular. Até mesmo certo rei italiano lhe fez uma proposta inaudita. E os que procuravam seu favor com mais insistência eram aqueles cuja morte teria alegrado muita gente. Mas o Dr. Heribert não arredava pé de sua teimosia. Contavam ainda que a mulher do conselheiro lhe levara várias vezes um saco cheio de ducados, mas nunca conseguira chegar até ele, e que, na última vez, ele tinha lhe jogado um balde d'água da galeria.

Ficava mais uma vez evidente que ele não se interessava pelas pessoas. Saudavam-no, mas ele não respondia a ninguém. Como antes, arrastava seu corpo pelas ruas e sua cabecinha transparente e delgada balançava timidamente como uma pluma. Nunca atendeu a um doente. E assim, em geral, continuaram chamando-o de "Dr. Arruinamundos", um nome que parecia ter-lhe caído do céu.

Faz dez anos que não o vejo. Nem mesmo sei se ainda vive. Sua casinha de Újezd continua de pé, intocada. Um dia tenho de perguntar por ele.

# ESPÍRITO DAS ÁGUAS

1876

Andava sempre com o chapéu na mão. Se o sol estivesse queimando ou fizesse um frio glacial, no máximo equilibrava o chapéu-coco de aba larga na cabeça como se fosse um guarda-sol. Usava o cabelo grisalho lisamente penteado sobre o crânio e preso atrás em uma trança tão preta e bem amarrada que nem se movia; era uma das últimas tranças de Praga (na época só restavam duas ou três). Seu fraque verde de botões dourados tinha a frente curta e longas fraldas, que golpeavam o corpo delgado e pequeno do Sr. Rybář e suas pernas franzinas. Um paletó branco cobria o peito afundado e as calças pretas iam até os joelhos, onde brilhavam duas fivelas de prata. Depois vinham duas meias brancas como a neve, terminadas em mais duas fivelas de prata, sob as quais se arrastavam uns sapatões. Não saberia dizer se aqueles sapatos haviam sido remendados ou não; o que posso de fato afirmar é que pareciam feitos do couro velho da capota do mais antigo dos coches de aluguel.

O rosto seco e afilado do Sr. Rybář estava sempre iluminado por um sorriso. Era curioso vê-lo andando na rua. Detinha-se a cada vinte passos e olhava para a direita e a esquerda. Tinha-se a impressão de que seus pensamentos não estavam com ele, pareciam andar respeitosamente um passo atrás e diverti-lo sem parar com acontecimentos alegres. Por isso o Sr. Rybář tinha de sorrir e, de vez em quando, virar-se para ver o que os marotos andavam fazendo. Quando saudava alguém, limitava-se a apontar com o dedo indicador da mão direita para cima e assoviar levemente. Esse assovio ligeiro também era ouvido quando começava a falar; tinha o hábito de começar com um "fiu", o que tinha um significado afirmativo.

O Sr. Rybář vivia em Hluboká Cesta, descendo à esquerda, com vista para as colinas Petřín. E mesmo estando já ao lado de casa, quando apareciam uns forasteiros que dobravam à direita, caminhando em direção ao castelo, ia sempre atrás deles. Quando paravam no amplo mirante e se assombravam com a beleza de nossa Praga, ele parava ao lado deles, levantava um dedo e assoviava:

— Fiu, o mar! Deveríamos viver ao lado do mar!

Depois os seguia até o castelo e, quando os forasteiros estavam admirando as paredes da Capela de São Venceslau, cobertas de pedras preciosas da Boêmia, voltava a assoviar mais uma vez:

— Não acredito! Aqui na nossa terra, a Boêmia, um pastor atira uma pedra no rebanho e às vezes a pedra vale mais que o rebanho inteiro!

E dizia mais algumas palavras.

Devido ao seu nome, Rybář, pescador, ao seu fraque verde e à referência contínua ao "mar", era chamado de Espírito das Águas. Mas gostávamos muito dele, tanto os velhos como os jovens. O Sr. Rybář era juiz aposentado de uma aldeia próxima a Turnov. Em Praga, vivia na casa de uma jovem parenta casada com um funcionário subalterno, com quem tivera dois ou três filhos. Dizia-se que o Sr. Rybář era dono de uma imensa fortuna, não tanto em dinheiro, mas em pedras preciosas. Dizia-se que tinha em seu quartinho um grande armário negro cheio de enormes caixas pretas, finas e quadradas, e que o interior de cada uma dessas caixas era dividido em quadrados por um papelão branco como a neve, e que em cada um desses compartimentos havia uma pedra brilhante, repousada sobre algodão. Algumas pessoas as haviam visto. Ao que parece, ele mesmo as havia encontrado e recolhido na montanha de Kozákov. As crianças comentavam que quando os Šajvl — era esse o nome dos parentes do Sr. Rybář — lavavam o chão de sua casa, usavam açúcar em pó em vez de serragem. Nos sábados, dia de limpeza, ficávamos com muita inveja das crianças dos Šajvl. Um dia me sentei ao lado do fosso que se abre à esquerda da porta Bruska, perto da casa de Rybář. Quando fazia tempo bom, o Sr. Rybář se sentava ali na calçada durante uma hora e ficava fumando confortavelmente seu cachimbo. Naquela vez passaram ali por acaso dois estudantes mais velhos, um dos quais começou a rir e disse:

— Esse sujeito está fumando o forro do casaco da mãe.

Desde então considerei fumar o forro do casaco da mãe um prazer que só pessoas muito abastadas podiam se permitir.

Assim passeava o Espírito das Águas — mas não, não o chamemos assim, não somos mais crianças —, sempre sozinho pelas muralhas de Bruska. Quando encontrava algum cônego também habituado a caminhar por ali, parava e trocava com ele algumas palavras amáveis. Há alguns anos — eu gostava muito de escutar o que os adultos diziam —, ouvi-o conversar com dois cônegos sentados em um banco. Ele estava em pé. Falaram de "*Frankreich*" e de "liberdade", enfim, de coisas estranhas. De repente o Sr. Rybář levantou o dedo e assoviou:

— Fiu, eu me atenho a Rosenau. Rosenau diz: "A liberdade é como os alimentos saborosos e os vinhos fortes: alimenta e fortalece aqueles que têm uma natureza habituada a eles, mas embebeda, derrota e aniquila os fracos."

E depois agitou o chapéu e partiu.

O cônego mais alto e gordo disse, então:

— Por que ele menciona sempre esse Rosenau?

O menor, que também era gordo, respondeu:

— Um escritor, deve ser um escritor.

Mas eu recordava aquela frase como se fosse uma introdução a um nível superior de sabedoria. Tinha de Rosenau e do Sr. Rybář a mesma opinião elevada. Quando, ao me tornar adulto, chegaram às minhas mãos diferentes livros, dei-me conta de que o Sr. Rybář, naquela ocasião, havia citado a frase com fidelidade absoluta. A única diferença era que a tal sentença não havia sido escrita por Rosenau e sim por um tal de Rousseau. Ao que parece, uma infame casualidade fizera com que o Sr. Rybář tivesse sido vítima de um fútil erro de impressão.

Mas nem por isso perdeu meu respeito. Era uma pessoa extremamente boa.

Aconteceu num dia ensolarado de agosto, pouco depois das 15 horas. Aqueles que passavam pela rua Ostruhová paravam de repente; os que estavam na porta de suas casas gritavam apressadamente alguma coisa para quem estava dentro. Pessoas saíam correndo das lojas. Todos observavam o Sr. Rybář, que descia a rua.

— Vai se gabar de sua riqueza — disse Herzl, o taberneiro de U Dvou Slunců.

— Bah! — respondeu o Sr. Vitouš, o comerciante da esquina —, deve estar em apuros, vai vender suas pedras!

Sinto muito, mas devo dizer que o Sr. Vitouš não gozava de muito respeito entre seus vizinhos. Dizia-se que uma vez estivera perto da falência, e até hoje um filho decente da Malá Strana diferencia quem foi à bancarrota do resto dos mortais.

Mas o Sr. Rybář continuava avançando tranquilamente, embora um pouco mais depressa que de costume. Sob o braço esquerdo levava uma das caixas pretas quadradas de que tanto se falava. Apertava-a firmemente contra o corpo, de modo que o chapéu que sustentava na mão parecia grudado na perna. Na mão direita levava a bengala com empunhadura de marfim, o que significava que o Sr. Rybář ia fazer uma visita, pois não a usava habitualmente. Quando o saudavam, levantava a bengala e assoviava com mais força que das outras vezes.

Deixou a rua Ostruhová, atravessou a Praça de São Nicolau e entrou na casa Žamberecká. Ali vivia, no segundo andar, o professor de escola Mühlwenzel, matemático e naturalista. Ou seja, um homem de formação excepcional para aqueles tempos. A visita não demorou muito.

O professor estava de bom humor. Seu corpo volumoso estava descansado depois da sesta. Longos cabelos grisalhos e eriçados rodeavam o semicírculo de sua calva, em confortável desordem. Os olhos azuis, expressivos e sempre amáveis, brilhavam. As faces, sempre rosadas, estavam esfogueadas. Aquele rosto amplo de bonachão era muito marcado pela varíola, o que permitia ao professor repetir amiúde o seguinte:

— Quando uma moça sorri, surge uma covinha, e dizem que isso é belo. Quando eu sorrio, aparecem centenas de covinhas e dizem que isso me enfeia.

Fez um sinal ao Sr. Rybář para que se sentasse na poltrona e lhe perguntou:

— Em que posso servi-lo?

O Sr. Rybář colocou a caixa na mesa e retirou a tampa. As variadas pedras brilharam.

— Eu gostaria, eu só... isso... Eu gostaria... Quanto valem? — balbuciou.

Sentou-se e apoiou o queixo na empunhadura da bengala.

O professor se pôs a examinar as pedras. Depois pegou uma escura, sopesou-a na mão e olhou-a na contraluz.

— Uma moldavita — disse.

— Como?

— Moldavita.

— Fiu, moldavita — assoviou o Sr. Rybář.

Por sua expressão, estava claro que ouvia aquela palavra pela primeira vez na vida.

— Seria uma boa aquisição para a coleção do colégio. É um exemplar raro. O senhor poderia nos vendê-la?

— Veremos... Quanto poderia...

— Pagariam 3 florins por ela, o que o senhor acha?

— Três florins — assoviou suavemente o Sr. Rybář. Levantou o queixo e deixou-o cair de novo sobre a empunhadura. — E as outras? — sussurrou depois de um tempo, subitamente agoniado.

— A calcedônia, o jaspe, a ametista e o quartzo fumê não valem nada.

Pouco depois, o Sr. Rybář já estava de novo na esquina da rua Ostruhová e caminhava lentamente rua acima. Era a primeira vez que os vizinhos o viam com o chapéu na cabeça. A aba larga chegava a sua testa. A bengala se arrastava, tocando o chão com a ponta e batendo nas pedras do calçamento. Não prestou atenção em ninguém, não assoviou nem uma vez. Durante o caminho não se virou uma única vez. Aparentemente, naquele dia, nenhuma das ideias que habitualmente o acompanhavam o divertia. Todas estavam no mais fundo do seu ser.

Naquele dia não saiu mais de casa, não foi às muralhas nem à Bruska. E era um dia tão lindo!

Faltava pouco para a meia-noite. O céu estava azulado como ao amanhecer, a lua brilhava orgulhosamente, exibindo seu esplendor mais encantador, e as estrelas cintilavam como faíscas brancas. As colinas Petřín estavam envolvidas em uma névoa prateada, um véu que cobria toda Praga.

Uma luz alegre entrava no quarto do Sr. Rybář pelas duas janelas abertas de par em par. Ao lado de uma das janelas estava o Sr. Rybář, em pé, imóvel como uma estátua. Ao longe rumorejavam as quedas d'água do rio Moldava; era um tom prolongado e poderoso. O ancião ouvia aquilo?

De repente estremeceu.

— O mar, por que não temos mar? — sussurrou, e seus lábios tremeram.

Talvez a tristeza ondeasse nele como um mar impetuoso.

— Ah! — Deu meia-volta com um movimento brusco. No chão jaziam as caixas abertas; acariciou-as com o olhar. Pegou lentamente a que estava mais próxima e segurou um punhado de pedrinhas. — Ao fim e ao cabo são... seixos!

E atirou-as pela janela.

Ouviu-se uma batida e o estalido de um vidro. Naquele dia o Sr. Rybář nem sequer se lembrou de que sob sua janela havia um hibernáculo.

— Ouça, tio, o que o senhor está fazendo? — ouviu-se dizer uma voz masculina agradável que vinha de fora, aparentemente da janela contígua.

O Sr. Rybář, instintivamente, deu um passo para trás.

A porta rangeu e surgiu o Sr. Šajvl. Talvez a bela noite o tivesse entretido ao lado da janela. Talvez tivesse percebido em seu velho tio uma intranquilidade incomum e ouvido, de seu quarto, um ruído prolongado. Talvez algum dos sonoros suspiros do velho tivesse escapado pela janela.

— Tio, o senhor não está pensando em atirar todas essas belas pedras na rua...

O velho estremeceu. Depois sussurrou, olhando diretamente para as colinas Petřín:

— Não valem nada, são seixos...

— Eu sei que não têm muito valor, não preciso que me digam. Mas, de qualquer forma, são valiosas, para a gente e para o senhor. O senhor as colecionou com muito esforço, tio. Deixe todas, por favor, para meus filhos. Aprenderão com elas e o senhor lhes contará...

— Talvez vocês — o ancião voltou a sussurrar monotonamente e fazendo muito esforço — achassem que eu era rico, mas, na verdade...

— Tio — disse o Sr. Šajvl, com voz firme e ao mesmo tempo afetuosa, e segurou a mão do ancião —, não é uma riqueza tê-lo conosco? Se não o tivéssemos, meus filhos não teriam avô, minha mulher estaria sem pai. O senhor não vê como nos sentimos felizes em sua companhia? O senhor é a bênção de nossa casa.

De repente o ancião foi até a janela. Seus lábios tremeram e sentiu algo parecido com um ardor indescritível nos olhos. Olhou para fora. Não viu nada definido, tudo brilhava como um diamante diluído, tudo formava ondas, até a própria janela, até seus olhos, o mar, o mar...

Não posso continuar o relato, não tenho palavras.

# DE COMO O SR. VOREL ESTURRICOU SEU CACHIMBO DE ESPUMA DO MAR

1876

Em 16 de fevereiro de 1840 e tantos, o Sr. Vorel abriu sua mercearia, U Zeleného Anděla.

— *Du Poldi, hörst?*[18] — disse a mulher do capitão do apartamento de cima à senhorita sua filha, que ia ao mercado e estava no corredor. — Compre a sêmola na loja nova, vamos prová-la.

Muita gente talvez ache que a abertura de uma nova mercearia não é um acontecimento tão excepcional, mas eu só diria o seguinte a essas pessoas: "Como vocês são ingênuas!", ou me limitaria a dar de ombros e não responder. Naquela época, se alguém tivesse passado vinte anos sem ir a Praga e, de repente, cruzasse a porta de Strahov e chegasse à rua Ostruhová, tropeçaria na mesma esquina com o mesmo lojista de vinte anos antes, com o padeiro com a mesma insígnia e com a vendinha na mesma casa. Enfim, tudo tinha seu lugar determinado. Instalar sem mais nem menos uma mercearia onde, por exemplo, havia antes uma vendinha era uma dessas coisas tão disparatadas que não teria ocorrido a ninguém. As lojas eram transferidas de pai para filho e se alguma vez, mesmo assim, aparecia um forasteiro vindo de outro bairro de Praga ou do

---

[18] Em alemão no original: "Está me ouvindo, Poldi?" *(N. do T.)*

campo, os moradores não achavam aquilo estranho, mas era necessário que se submetesse a seus costumes e não os confundisse com novidades. O Sr. Vorel, no entanto, era não apenas uma pessoa totalmente estranha, mas instalara uma mercearia na casa U Zeleného Anděla, onde nunca houvera antes loja alguma, e por isso derrubou a parede do apartamento do andar térreo para abri-lo à rua. Anteriormente, ali só havia uma janela em arco junto à qual se sentava, da manhã à noite, a Sra. Staněk, com um livro de orações na mão e uma viseira verde sobre os olhos, e todos os que passavam por ali podiam vê-la. Havia três meses que tinham levado a velha viúva ao cemitério de Kosír e agora... Para quê essa loja! Já havia uma mercearia na rua Ostruhová, embora ficasse mais além. Por que abrir outra? Naquela época, as pessoas ainda tinham dinheiro e compravam a maior parte dos produtos diretamente no moinho. Talvez o Sr. Vorel tivesse pensado: "De um jeito ou de outro as coisas funcionarão."

Talvez pensasse também, com arrogância, que era jovem, bonito, de rosto redondo, olhos azuis sonhadores, esbelto como um junco e, além do mais, estava solteiro, e por isso as cozinheirinhas apareceriam. Mas tudo estava nas mãos de Deus.

Fazia justamente três meses que o Sr. Vorel se mudara para a rua Ostruhová; vinha de algum lugar da província. Não se sabia nada a seu respeito, apenas que era filho de um moleiro. Talvez ele mesmo tivesse contado algo mais, e o teria feito de boa vontade, mas ninguém lhe perguntara nada. Exibiam diante dele todo o orgulho dos locais; para eles, não passava de um forasteiro. À noite, o Sr. Vorel se sentava totalmente só diante de uma caneca de cerveja no U Žlutém Domku, sempre na ponta da mesa que ficava ao lado da estufa. Os outros clientes não lhe davam atenção, quando muito assentiam com a cabeça quando ele os cumprimentava. Quem chegava depois dele, olhava-o como se aquele sujeito estranho tivesse se sentado ali pela primeira vez. Quando chegava mais tarde, a conversa baixava de tom. Nem mesmo no dia anterior alguém lhe dera atenção, e era um dia de calorosa comemoração! O Sr. Jarmárka, empregado dos Correios, celebrava suas bodas de prata. Sim, o Sr. Jarmárka era um solteirão, mas exatamente no dia 18 de fevereiro fazia 25 anos que estivera prestes a se casar. A noiva havia morrido um dia antes do casamento e embora o Sr. Jarmárka não tivesse pensado nunca mais em casamento, continuara fiel a ela, e agora comemorava seriamente as bodas de prata. Os outros vizinhos, tudo gente boa, também não viam naquilo nada de estranho, e quando deram conta das bebidas de cada dia, o Sr. Jarmárka lhes ofereceu três garrafas do bom vinho de Mělník e todos brindaram com sinceridade. As tacinhas circularam — a mulher do taberneiro só tinha duas taças de vinho em seu estabelecimento —, mas nenhuma chegou ao Sr. Vorel. E o Sr. Vorel estava estreando naquele dia um cachimbo de espuma do mar com enfeites de prata, que comprara apenas para parecer um local.

Então, às 6 horas do dia 16 de fevereiro, o Sr. Vorel abriu sua loja, a U Zeleného Anděla. Já na véspera tudo estava perfeitamente arrumado, tudo estava limpo e reluzia, tudo era novidade. A farinha nas estantes e os sacos abertos brilhavam mais do que uma parede recém-caiada, e também brilhavam as ervilhas secas, mais amarelas que ferramentas pintadas de laranja. Ao passar, os homens e as mulheres do bairro olhavam cheios de curiosidade para dentro do estabelecimento e houve quem desse um passo atrás para olhar mais uma vez. Mas ninguém entrou na loja.

"Mas eles virão", pensou o Sr. Vorel às 7 horas, vestido com uma jaqueta curta de cor cinza e uma calça de tecido branco.

"Se pelo menos entrasse o primeiro cliente — ele disse às 8, e acendeu seu novo cachimbo de espuma do mar e deu uma baforada.

Às 9 se plantou quase entre as portas, olhando com impaciência a rua para ver se chegava finalmente o primeiro cliente. Naquele momento, ia rua acima a Srta. Poldýnka, a filha do capitão. Era uma mocinha roliça, não muito alta, de ombros e cadeiras poderosos, de pouco mais de 20 anos. Já se dissera dela umas quatro vezes que ia se casar; seus olhos claros tinham aquela expressão de indiferença, na realidade de cansaço, que se insinua no olhar de toda mulher quando o casamento tarda a chegar. Rebolava levemente ao andar e, ao mesmo tempo, seu caminhar tinha uma característica muito sua: a cada três ou quatro passos a Srta. Poldýnka tropeçava e puxava a saia como se tivesse pisado nela. Seu andar me parecia um longo poema épico, dividido em estrofes bem definidas e com versos com um número igual de sílabas. O olhar do comerciante pousou na jovem.

A senhorita se aproximou da loja levando uma cestinha na mão. Percorreu-a com o olhar, como se alguma coisa a espantasse. Depois tropeçou no degrau e subitamente se viu na porta. Não chegou a entrar. Tapou o nariz de repente com o lenço que usava na cabeça, dado que o Sr. Vorel, por aborrecimento, havia dado umas baforadas e a loja estava cheia de fumaça.

— Beijo suas mãos, senhorita, em que posso servi-la? — perguntou, solícito, o Sr. Vorel, retrocedendo alguns passos e depositando o cachimbo de espuma do mar no balcão.

— Duas conchinhas médias de sêmola — pediu a Srta. Poldýnka, olhando a rua.

O Sr. Vorel se aplicou. Mediu duas conchinhas e acrescentou quase metade de uma terceira, colocando tudo em um saquinho de papel. Sentia que deveria dizer alguma coisa enquanto servia.

— A estimada senhorita ficará satisfeita — gaguejou. — Bem, aqui está.

— Quanto é?

— Quatro cêntimos. Beijo, humildemente, sua mão. Minha primeira cliente é uma senhorita tão bonita! Isso me dará sorte.

A Srta. Poldýnka olhou-o com frieza e estranhamento. Que lojista! Um forasteiro! Para ele já seria uma sorte se casar com a ruiva Anuša, aquela que prepara sabão na drogaria. E ainda por cima é atrevido!

Não respondeu e saiu.

O Sr. Vorel esfregou as mãos. Voltou a olhar a rua e seus olhos se detiveram no Sr. Vojtíšek, o mendigo. Logo depois o Sr. Vojtíšek já estava no umbral com seu gorro azul na mão.

— Aqui estão uns cêntimos — disse o Sr. Vorel com altruísmo. — Apareça na quarta-feira.

O Sr. Vojtíšek agradeceu sorrindo e foi embora. O Sr. Vorel voltou a esfregar as mãos, pensando:

— Creio que se olhar fixamente para alguém ele se sentirá obrigado a entrar. Vai dar certo.

Mas, ao lado da bodega Hluboká, a Srta. Poldýnka, filha do capitão, estava nesse exato momento contando o seguinte à esposa do conselheiro Kdojek:

— Há tanta fumaça ali que tudo parece defumado.

E quando, ao meio-dia, a sopa de sêmola chegou à mesa, a Srta. Poldýnka afirmou sem vacilar:

— Isso está cheirando a tabaco — e largou a colher.

Ao entardecer, todos os moradores da Malá Strana já diziam que na mercearia do Sr. Vorel tudo cheirava a fumaça de tabaco, que a farinha parecia tostada e a cevada, defumada. E já não chamavam o Sr. Vorel de outra maneira: era "o comerciante defumado". Seu destino estava lançado.

O Sr. Vorel não suspeitava de nada. O primeiro dia fora fraco, era verdade. No segundo e também no terceiro dia pensou que aquela situação acabaria com o passar do tempo. Quando a semana terminou, não havia faturado nem 2 florins. Mas era a 1ª semana...

No entanto as coisas não melhoravam. Nenhum dos vizinhos aparecia e raramente algum forasteiro entrava por acaso na loja. O único a aparecer com regularidade era o Sr. Vojtíšek. O Sr. Vorel só tinha um consolo, seu cachimbo de espuma do mar. Quanto maior era seu mau humor, maiores eram as nuvens de fumaça que saíam de sua boca. O rosto do Sr. Vorel empalideceu, sua fronte se enrugou, mas seu cachimbo de espuma do mar estava cada vez mais escuro e brilhava triunfante. Os policiais da rua Ostruhová fitavam mordazes o interior da loja, observavam aquele fumante empedernido. Se pelo menos uma vez tivesse cruzado o umbral e saído à rua com o cachimbo na boca! Sobretudo um deles, Novák, o policial baixinho, teria dado qualquer coisa para lhe arrancar o cachimbo aceso da boca. De forma instintiva, compartilhava com os vizinhos a aversão pelos forasteiros. Mas o Sr. Vorel continuava sentado atrás do balcão, aborrecido e sem se mexer dali.

A loja estava cada vez mais abandonada e empobrecida. Cinco meses depois começaram a visitar o Sr. Vorel pessoas suspeitas, judeus. Naquelas ocasiões, o Sr. Vorel sempre fechava as portas de vidro da loja. Os vizinhos garantiam, convencidos, que Malá Strana veria outra falência. "Quem negocia com judeus..."

Quando estava se aproximando o Dia de São Havel, comentava-se que o Sr. Vorel seria despejado e que o proprietário voltaria a transformar a loja em uma residência. No final, na véspera do despejo, a loja foi fechada para sempre. No dia seguinte, desde as 9 da manhã até a noite, muita gente foi se congregando diante da loja fechada do Sr. Vorel. Dizia-se que o senhorio, não conseguindo encontrar o Sr. Vorel, havia mandado abrir a loja à força, e então uma cadeira de madeira havia caído na rua; no teto, pendente de um prego, balançava o corpo do pobre comerciante.

Às 10 horas chegaram os agentes judiciais, que entraram na loja pelo edifício. Tiraram o suicida com a ajuda do Sr. Ulmühl, o comissário de polícia da Malá Strana.

Ulmühl enfiou a mão na jaqueta do defunto e tirou um cachimbo. Segurando-o na contraluz, exclamou:

— Jamais vi um cachimbo de espuma do mar tão esturricado! Vejam só!

# U TŘÍ LILIÍ

1876

Creio que enlouqueci naquele dia. Minhas veias explodiam, meu sangue fervia.

Era uma noite cálida e mesmo assim lúgubre de verão. Um ar mortiço de enxofre dos últimos dias se concentrava em nuvens negras. O vento que açoitava o entardecer começou a bramar, desencadeando uma poderosa tempestade. Explodiu uma chuva torrencial. A tempestade e a chuva caudalosa persistiram até altas horas da madrugada. Eu estava sentado sob os arcos de madeira da taberna U Tří Lilií, situada nas imediações da porta de Strahov. Era uma pequena taberna frequentada no passado principalmente aos domingos, quando cadetes e suboficiais dançavam no salão, junto ao piano. Aquele dia também era um domingo. Eu estava sentado sob as arcadas, a uma mesa próxima à janela, totalmente sozinho. Volta e meia explodiam trovões poderosos, a chuva pesada golpeava as telhas acima de mim, a água desabava no chão em riachos faiscantes. Dentro do salão, o piano fazia pausas breves, para logo voltar a ser ouvido. Às vezes eu observava pela janela aberta os casais que riam e davam voltas lá dentro; noutras, o escuro jardim. Em alguns momentos, quando caía um raio mais forte, via, ao lado da parede do jardim que ficava no final dos arcos, brancas pilhas de ossos humanos. No passado houvera ali um pequeno cemitério e exatamente naquela semana tinham exumado os esqueletos para transportá-los a outro lugar. O solo estava revolto e as tumbas, abertas.

Mas eu continuava tranquilo em minha mesa. De tempos em tempos, levantava-me para ir por instantes à porta do salão, aberta de par em par, e observar os dançarinos. Sentia-me atraído por uma bela jovem de uns 18 anos. Era esbelta, tinha formas redondas e cálidas, e seu cabelo preto e solto era cortado ao rés da nuca. O rosto era oval, delicado; os olhos, claros. Uma moça linda. Atraíam-me especialmente seus olhos, claros como a água, como a superfície de uma água misteriosa; olhos tão insaciáveis que imediatamente invocavam o ditado: "O fogo ficará farto de madeira e o mar de água antes que os belos olhos dessa menina se fartem de homens."

Embora quase não tivesse parado de dançar, percebera perfeitamente que atraía meu olhar. Quando dançava perto da porta onde eu estava, sempre me olhava fixamente, e quando dançava mais afastada, no meio do salão, eu via e sentia que a cada volta seus olhos tropeçavam em mim. Não notei que falasse com alguém.

Estava eu ali em pé de novo. A jovem dançava na última fila, mas nossos olhares se encontraram. Ia acabar a quinta figura da contradança. Nesse momento, outra jovem, ofegante e calada, entrou correndo na sala e abriu passagem até a dos belos olhos. Começou então a sexta figura. Aos primeiros passos, a recém-chegada sussurrou algo à dos belos olhos, que assentiu em silêncio com a cabeça. A sexta figura demorou um pouco mais. Era conduzida por um delicado cadete. Quando terminou, a dos belos olhos olhou mais uma vez para a porta do jardim e depois se dirigiu à porta principal do salão. Vi como, já lá fora, levantava as saias superiores para proteger a cabeça e depois desaparecia.

Andei e voltei a me sentar em meu lugar. A tempestade começou de repente como se fosse outra vez, como se ainda nem tivesse se pronunciado. O vento troava com nova força e os relâmpagos eram açoites. Eu ouvia desassossegado, mas só pensava naquela moça, em seus olhos maravilhosos. Nem pensar no caminho de casa!

Quinze minutos depois olhei de novo para a porta do salão. Ali estava novamente a dos belos olhos. Alisava o vestido molhado, secava os cabelos úmidos e uma companheira mais velha a ajudava.

— Por que você foi para casa embaixo desse aguaceiro? — perguntou-lhe a tal.

— Minha irmã veio me procurar.

Ouvia nesse momento sua voz pela primeira vez. Era sedosamente suave, sonora.

— Aconteceu alguma coisa em sua casa?

— Minha mãe acaba de morrer.

Estremeci.

Belos olhos deu meia-volta e penetrou na solidão do lado de fora. De repente estava ao meu lado, e seu olhar pousou em mim; senti sua mão ao lado da minha, a minha trêmula. Segurei-a. Era tão suave!

Em silêncio conduzi a menina mais e mais pela arcada. Ela me seguia sem resistir.

A tormenta atingiu seu ponto máximo. O vento avançou, as águas transbordaram; o céu e a terra bramiam, acima de nossas cabeças explodiam trovões; parecia que ao nosso redor os mortos clamavam de seus túmulos.

Encostou-se em mim. Senti seu vestido úmido grudando em meu peito, senti seu corpo suave, sua respiração quente, o ar de seu suspiro. Pareceu-me estar bebendo de sua alma depravada.

# A MISSA DE SÃO VENCESLAU

1876

Eu estava sentado no último degrau da escada que dava para o coro da igreja, prendendo a respiração. Através das frestas da porta entrefechada podia ver bem uma parte do templo; à direita, o sarcófago de prata de São João e, cruzando o templo em diagonal, pelo outro lado, a sacristia. Já fazia um tempo que a bênção vespertina terminara e a Catedral de São Vito estava vazia. No entanto, minha devota mãe continuava ajoelhada ao lado do sarcófago de São João, concentrada em suas orações, e pela capela de São Venceslau aproximava-se o velho sacristão, dando a última volta. Passou a meio metro de mim e encaminhou-se à saída que ficava sob o oratório real: a chave tilintou, minha mãe ficou em pé, benzeu-se e começou a andar ao lado do sacristão. Os dois desapareceram atrás do sarcófago. Só se ouviam seus passos e os rumores da conversa, até que ressurgiram no outro lado da sacristia. O sacristão fechou a porta com uma batida, as chaves voltaram a tilintar, ouviu-se a maçaneta e depois se dirigiram à saída da direita. Os outros ferros da grade chiaram e de repente me vi sozinho, trancado na igreja. Uma sensação estranha estremeceu meu corpo; senti um calafrio percorrendo minhas costas, mas não era desagradável.

Levantei-me de um pulo, peguei um lenço e amarrei-o com toda a força que pude na porta da grade, que em geral só era fechada com a maçaneta. Depois subi apressadamente a escada até a primeira fila do coro, encostei-me na parede e voltei a me sentar em um degrau. Fiz as duas coisas por precaução. Estava seriamente convencido de que a porta do templo voltaria a se abrir e de que por ela entrariam aos saltos os cachorros que vigiavam a igreja durante a noite. Nós, coroinhas, nunca havíamos visto aqueles cães, nem mesmo os ouvíramos latir, mas as pessoas diziam que eram três mastins imensos e perversos, muito parecidos com o cachorro de São Venceslau pintado no quadro dependurado atrás do altar principal. Dizia-se que jamais latiam, o que era sinal de grande ferocidade canina.

Eu sabia, além disso, que cachorros maiores conseguem até mesmo abrir maçanetas, e por isso havia amarrado a porta de baixo com o lenço. Calculei que não poderiam me seguir até o alto do coro. Pela manhã, no entanto, quando o sacristão aparecesse para levá-los, poderia descer sem correr nenhum risco. Sim, tratava-se de passar a noite na Catedral de São Vito. Em segredo, logicamente. Era muito importante. Nós, meninos, tínhamos certeza de que dia após dia, e sempre à meia-noite, São Venceslau celebrava a santa missa em sua capela. Para dizer a verdade, fui eu, de fato, quem espalhou a notícia entre meus companheiros, mas minha fonte era totalmente fidedigna. O sacristão Havel — era chamado de Havel Pavão, por causa de seu nariz extraordinariamente longo — havia contado aquela história na casa de meus pais e, ao fazê-lo, olhara de maneira estranha para mim, o que me levara a intuir que não queria que eu soubesse do segredo. Contei-o a meus melhores amigos e combinamos que iríamos assistir àquela missa da meia-noite — São Venceslau era nosso ídolo. Naturalmente, na qualidade de iniciado mais antigo, eu tinha preferência, e naquele dia, como primeiro do triunvirato, estava sentado na fila inferior do coro, ali trancado e afastado do mundo.

Sabia que em casa não sentiriam minha falta. Com aquela propensão à mentira própria de muitos meninos talentosos de 9 anos, eu conseguira enganar minha mãe dizendo-lhe que minha tia da Cidade Velha queria que fosse vê-la naquela tarde. Dava-se como certo, logicamente, que passaria a noite com ela e que pela manhã, sem dúvida, eu me apresentaria de novo à missa da manhã, para cumprir minhas obrigações de coroinha. Se depois descobrissem tudo, que importância isso teria diante do fato de eu poder contar como São Venceslau celebrava a missa? Imaginava-me transformado quase em um personagem famoso, como a velha Wimmer, a mãe do carpinteiro Wimmer, do bairro do castelo, que nos tempos da cólera havia visto uma vez com os próprios olhos a Virgem dos Capuchinhos vestida com seu manto de ouro percorrendo à noite a Praça da Loreta e espargindo as casas com água benta. Naquela ocasião, as pessoas ficaram muito alegres por terem escapado da morte, mas quando a cólera atingiu justamente aquelas casas, fazendo estragos mais cruéis do que antes, só então deram a verdadeira explicação: a Virgem Maria abençoara pessoalmente os vizinhos que haviam sido escolhidos para entrar no Reino dos Céus.

Muita gente já deve ter ficado pelo menos por alguns instantes sozinha em um templo vazio e sabe a força com que esses espaços amplos e silenciosos agem sobre os sentimentos. No caso de um menino, levado por sua imaginação superfértil a esperar coisas totalmente extraordinárias, essa impressão se multiplica ao infinito. Fiquei esperando durante um tempo. Bateu o quarto de hora, a meia hora... O som do relógio se perdia no templo como um poço profundo, mas nenhum ruído vinha da porta. Não haviam achado necessário vigiar hoje a igreja? Ou só soltavam os cães quando anoitecia?

Levantei-me do degrau e fui me aprumando pouco a pouco. Pelo grande vitral mais próximo se filtrava uma luz ainda diurna, mas acinzentada e tênue. Estávamos no final de novembro, o Dia de Santa Catarina já passara, e os dias eram curtos. Raros sons chegavam a mim vindos da rua, mas eram todos penetrantes. Ao entardecer, aqueles recantos podiam ser dominados até por um silêncio triste. De vez em quando ouviam-se os passos pesados de algum transeunte. Depois de uma pausa, escutei mais alguns passos; dois homens se aproximavam falando com vozes rudes. Depois ouviu-se um estrépito misterioso ao longe: provavelmente uma pesada carruagem atravessava a entrada do castelo. Os solavancos eram cada vez mais nítidos, aparentemente a carruagem já saíra da entrada, chegando à praça, mas continuava retumbando mais forte e mais perto; os cascos dos cavalos feriam o chão, as pesadas correntes rangiam, as grandes rodas tamborilavam. Tratava-se, sem dúvida, de uma carruagem militar que se dirigia ao Quartel de São Jorge. O barulho era tão forte que até mesmo o vitral da igreja tilintou e no coro superior piaram pardais intranquilos. Respirei fundo ao ouvir aqueles piados. Saber que ali, em algum lugar, havia seres vivos que me acompanhavam aliviou meu estado de espírito.

Quanto ao resto, não posso dizer que naquela solidão do templo sentisse angústia e medo. E por que sentiria? Embora tivesse consciência de como minha aventura era extraordinária, eu não via nada de impróprio naquilo. Nenhum sentimento de pecado ou culpa abatia ou angustiava minha alma;

pelo contrário, estava entusiasmado, exaltado. Era como se o entusiasmo religioso tivesse me transformado em um ser especial, sublime. Nunca antes — e confesso que tampouco depois — me sentira tão perfeito, tão digno de inveja. Se um menino fosse capaz de ser tão estupidamente presunçoso como o são os adultos, eu teria feito reverências a mim mesmo. Em outro lugar, em outro momento, teria temido, por exemplo, os fantasmas, mas ali, na igreja, os fantasmas não tinham poder algum. E em relação aos espíritos dos santos nela enterrados, naquele dia a minha única relação era com o de São Venceslau, e este podia estar verdadeiramente satisfeito por ter me atrevido a ir tão longe apenas para vê-lo em sua glória servindo a Nosso Senhor. Se quisesse, eu estava disposto a ser seu coroinha e a transportar com cuidado o missal lavrado com adornos de metal de um lado a outro, concentrado em não tocar a campana nem uma vez mais do que o necessário. E também queria puxar as correias do órgão e cantar, cantar tão alto e de forma tão bela que São Venceslau começaria a chorar, colocaria as duas mãos na minha cabeça e diria: "É um bom menino."

As sonoras badaladas das 17 horas me afastaram de meus pensamentos. Tirei da pasta do colégio, que estava pendurada em meu ombro, meu livro de leitura, abri-o sobre o parapeito e comecei a ler. Meus jovens olhos eram capazes de fazê-lo, apesar da considerável penumbra. Mas qualquer ruído externo, por mais fraco que fosse, me distraía e me levava a interromper a leitura, até que no lado de fora reinasse de novo um silêncio sepulcral. De repente, ouvi a aproximação de passos miúdos e apressados. Pararam exatamente embaixo do próprio vitral. Em um abrir e fechar de olhos, a alegre convicção de que eram meus dois amigos se apoderou de mim. Ouvi o assovio especial, uma espécie de senha que usávamos para nos comunicar. Tremi de alegria ao constatar que meus amigos estavam pensando em mim e que apesar da hora avançada tinham vindo; talvez os pobres levassem uma surra em casa por causa disso. Ao mesmo tempo, tremia de orgulho ao pensar que agora me admiravam e que, provavelmente, gostariam de estar em meu lugar, mesmo que fosse por uma hora. Tenho certeza de que aqueles fedelhos não conseguiriam dormir durante toda a noite! E como eu teria gostado de deixá-los entrar para compartilhar aquele momento com eles!

Quem estava gritando agora era Fricek, o filho do sapateiro. Como não iria reconhecê-lo? Gostava muito dele, e o pobre tivera um dia negro. Na primeira missa da manhã, derramara água nos sapatos do pároco — Fricek sempre passeava o olhar pela igreja em vez de obedecer ao sacerdote —, e à tarde o senhor professor o havia flagrado dando beijinhos em Aninka, a filha do diretor, e passando-lhe um bilhete — nós três amávamos Aninka e ela também gostava de nós, dos três. Agora gritava:

— Kubícek, Kubícek, ei, ei!

Como teria gostado de gritar ou assoviar ou pelo menos responder-lhes para que soubessem que eu estava ali, mas estava numa igreja. Os meninos falavam em voz alta para ser ouvidos, de vez em quando davam um berro, mas só entendi algumas palavras pronunciadas aos gritos:

— Você está aí?

— Ei, ei! Você está aí?

— Não está com medo?

Eu estava ali. Não tinha medo. Quando alguém se aproximava, afastavam-se um pouco e em seguida voltavam. Parecia-me que podia ver, através da parede, cada movimento deles. E sentia também que se apoderava de meu rosto um sorriso permanente. De repente alguma coisa se chocou contra a janela e quase levei um susto. Aparentemente, haviam atirado uma pedrinha, e depois outra. Nesse instante, ouviu-se muito perto, ali na praça, uma voz masculina grave. Era um homem xingando meus amigos. Eles saíram correndo e não voltaram. Era inútil esperar.

Pela primeira vez uma sensação de angústia se apoderou de mim. Voltei a enfiar o livro na pasta, andei até o outro corrimão e olhei para baixo, examinando o templo. Parecia que agora tudo tinha um aspecto mais triste do que antes, mais triste por si mesmo, independentemente da escuridão. Distinguia muito bem os objetos; os teria distinguido até mesmo se estivesse mais escuro, pois me eram familiares. Mas parecia que das colunas e altares pendiam os tecidos roxos da Paixão, envolvendo tudo em uma ausência de cores ou em uma cor monocórdia. Debrucei-me no corrimão. Ali, à direita, brilhava a lamparina do Santíssimo, exatamente sob o oratório real. Era sustentada pela mão de um mineiro esculpido na pedra, uma cariátide conhecida, que pendia no ar e estava pintada com cores naturais. A luzinha brilhava tão tranquila como a estrelinha mais silenciosa do firmamento. Nem tremeluzia. Via, lá embaixo, o solo iluminado dividido em quadrados regulares e, mais adiante, os bancos da igreja com seu reflexo marrom-escuro; no altar mais próximo, destacava-se uma pálida franja dourada sobre o manto de um santo de madeira muito enfeitado. Foi-me totalmente impossível recordar qual era o aspecto desse santo à luz do dia. Meu olhar se dirigiu de novo à cariátide. O rosto do mineiro estava iluminado por baixo, suas bochechas redondas pareciam toscas, como uma bola vermelha suja, e não conseguia ver seus olhos esbugalhados, que nos davam medo durante o dia. Um pouco mais além avistava-se na penumbra o sarcófago de São João; afora uma cor mais clara, não consegui distinguir mais nada. Meu olhar pousou de novo no mineiro e, nesse instante, tive a impressão repentina de que mantinha a cabeça propositalmente inclinada para trás, como se risse de maneira debochada; achei que a cor de sua pele se devia também ao riso malicioso que tinha dificuldade de reprimir. Senti, então, muito medo. Fechei os olhos e comecei a rezar. Logo me senti aliviado. Endireitei-me e fitei o mineiro com coragem. A luzinha continuava tranquilamente acesa. Na torre, soava a sétima hora.

Agora, no entanto, outro sentimento desagradável me invadia. Comecei a tremer; lá fora reinava um frio seco, dentro da igreja estava obviamente gelado e, apesar de ter me abrigado bem, a roupa que eu vestira não era suficiente. E a isso se acrescentava, de repente, a sensação de fome. A hora habitual do jantar já passara e eu havia me esquecido completamente de providenciar alguma coisa para aquela expedição noturna. Mas resolvi resistir heroicamente à fome. Sim, considerava meu jejum uma preparação sem dúvida digna para a iminente bem-aventurança da meia-noite. Contudo, o frio que penetrava meu corpo não podia ser combatido apenas com uma simples manifestação da vontade, precisava me mexer para afastá-lo. Fiquei caminhando de um lado ao outro do coro. Depois fui ao órgão inferior, atrás do qual havia uma escada que levava ao coro superior, o principal. Uma vez familiarizado com os espaços, dispus-me a subir a escada e chegar ao alto. O primeiro degrau rangeu, cortando minha respiração. Apesar disso, continuei subindo, lenta e cuidadosamente, do mesmo modo como subíamos durante as festas para que o homem que movimentava os foles do órgão não nos ouvisse e não nos afugentasse para baixo antes que pudéssemos chegar ao alto, ao lugar onde ficavam os músicos.

Eu estava no coro principal. Avancei lentamente, passo a passo, até chegar à parte dianteira. Estava agora muito sozinho naquele lugar, onde sempre nos aventurávamos com certo temor e costumávamos parar com arrebatamento poético; finalmente ninguém me vigiava ou observava. Lá em cima, dos dois lados do órgão, havia alguns bancos enfileirados, uns em um nível mais alto que os outros, como nas arquibancadas de um velho circo. Sentei-me na fileira interior, exatamente ao lado dos timbales; o que podia me impedir de tocar agora aqueles instrumentos que tanto me encantavam? Toquei suavemente na superfície do mais próximo, como se não quisesse tirar nem a poeira do couro, e depois voltei a tocá-lo com um dedo, agora com um pouco mais de força, e ouvi o som do segundo toque, embora fosse quase imperceptível. Mas deixei a brincadeira de lado. Sentia como se tivesse feito uma provocação pecaminosa.

Na minha frente, em suas estantes e diante do corrimão mais alto, negrejavam os grandes saltérios. Agora também podia tocá-los. Podia checar se era capaz de levantar algum deles e, sem dúvida, não teria resistido à tentação se fosse de dia. Aqueles saltérios gigantescos sempre nos pareceram muito misteriosos. A ornamentação de metal era de bronze, pesada. As capas tinham dobradiças; as folhas de pergaminho eram viradas na estante com a ajuda de passadores de madeira cujas pontas estavam sujas de tanto manuseio. Nas folhas brilhavam capitulares douradas e coloridas, os caracteres eram pretos e antigos, e sobre as largas linhas havia notas pretas e vermelhas tão grandes que podiam ser vistas com clareza mesmo da arquibancada mais alta.

Um saltério daqueles tinha de ser muito pesado; o espigado tenor da capela real não conseguia nem tirá-lo do lugar — os meninos desprezavam aquele tenor tão alto —, e quando era necessário transportá-lo, a tarefa sempre ficava para o baixo, gordo e avermelhado, que também se queixava do peso. Gostávamos muito daquele baixo. Sua voz grossa nos fazia tremer, era como se uma torrente de música se apoderasse do nosso corpo. E ficávamos sempre muito perto dele nas procissões. Durante a missa principal, o baixo ficava exatamente naquele lugar que agora estava à minha frente; outros dois baixos, cujas vozes eram, sem dúvida, menos potentes, usavam a mesma partitura. Um passo mais à esquerda ficavam os dois tenores, mas estes não são tão importantes. Gostávamos muito de um deles, precisamente o mais baixinho, que também tocava os timbales; para nós, o momento mais solene era quando ele pegava as baquetas e, ao seu lado, o comerciante Rojko, da loja U Kamenného Ptáka, levantava o trombone de vara. Ainda mais à esquerda ficavam os meninos do coro e, no meio deles, o onipotente regente do coro. Parecia-me estar ouvindo suas palavras de advertência antes de começar a missa, o rangido das partituras sendo distribuídas, o tangido dos sinos lá fora, exatamente no momento em que tilinta a campainha da sacristia e o órgão dá início ao prelúdio, de tal forma que todo o templo retumba devido aos tons profundos e prolongados, o regente do coro espicha o pescoço em direção ao altar principal, agita de repente a batuta no alto e, subitamente, toda a beleza da música do *Kírie* solene se expande até a abóbada. Ouvia os cantores, a música, e mentalmente ouvi toda a missa até o magnífico *Dona nobis pacem*. Nunca fora celebrada e nem se poderia celebrar uma missa tão bela como aquela que surgira em minha imaginação: o canto do baixo soou com insuspeitada doçura, a cada momento os timbales e o trombone retumbavam de alegria. Não sei quanto tempo aquela missa durou em minha mente. Pareceu-me ouvir repetidas vezes os maravilhosos sons da missa e as badaladas do relógio da torre, cujos ecos se misturavam a eles. De repente voltei a sentir um intenso calafrio e me levantei instintivamente.

No alto da nave central parecia levitar um leve resplendor prateado. Pelas várias janelas penetrava a luz da noite estrelada, talvez até mesmo a luz da lua. Subi no degrauzinho do corrimão e olhei para baixo, examinei a igreja. Respirei profundamente e meus pulmões se encheram de um ar muito especial composto do cheiro e do mofo que há em todas as igrejas. Embaixo de mim luzia o mármore branco do grande mausoléu, diante do altar principal brilhava outra lamparina do Santíssimo, e seria possível dizer que nas paredes douradas do altar piscava de vez em quando uma trêmula luzinha rósea. Estava sob um arrebatamento religioso. Como seria a Missa de São Venceslau? Os sinos, provavelmente, não tocariam na torre; o mais provável é que fossem ouvidos em todos os lugares, e então aquele mistério encantador se perderia. Mas talvez o som claro do sininho tilintasse, o órgão começasse a soar e, de repente, iluminada por uma luz magicamente depurada, entrasse a comitiva, que, contornando o altar principal pela nave direita, dirigir-se-ia lentamente à capela de São Venceslau. A comitiva talvez estivesse organizada de acordo com a mesma ordem adotada nas funções solenes das tardes de domingo. Eu não podia imaginar outra organização.

Na frente, brilhariam lanternas de bronze espetadas em lanças vermelhas. Seriam, provavelmente, carregadas pelos anjos — e como poderia ser diferente? Depois, quem viria no lugar dos cantores? O mais provável é que desfilassem aos pares todos os personagens cujos bustos de pedra colorida ficavam na parte superior do trifório: os reis tchecos, as rainhas da dinastia de Luxemburgo, os arcebispos, os cônegos e os homens que haviam construído a catedral. Os cônegos atuais, com toda probabilidade, não fariam parte do cortejo; não eram bastante dignos para isso, em particular o cônego Pešina. Esse era de quem eu menos gostava. Uma vez, durante as funções da bênção dominical, quando eu carregava a pesada lanterna de bronze, sustentando-a um pouco inclinada, ele me dera um cascudo. Em outra ocasião, o sineiro me deixara subir ao campanário para que tocasse pela primeira vez o sino chamado Josef. Fiquei lá em cima completamente sozinho, senhor daqueles interessantes gigantes de bronze. Depois de cumprir o trabalho, estava descendo as escadas cheio de arrebatamento poético quando ouvi o cônego Pešina, que estava ao pé da torre, perguntar ao sineiro:

— Quem era o imbecil que estava lá em cima? Parecia que tocava o alarme.

Eu via dentro de mim todos aqueles velhos personagens de olhos de pedra iniciando a marcha, mas, surpreendentemente, não era capaz de imaginar seus corpos e suas pernas. Apenas aqueles bustos, embora se movessem como se estivessem andando. Depois, talvez, viessem os arcebispos que jazem na parte traseira da capela dos Kinský e atrás deles os anjos de prata de São João, e depois o próprio São João de prata com um crucifixo na mão. Seria seguido pelos ossos de São Sigismundo; apenas alguns ossos sobre uma almofada carmesim, mas como se a almofada também andasse. Depois, vários cavaleiros com suas armaduras, e, atrás deles, os reis e duques de todos os túmulos locais, alguns vestidos com suntuosos mantos marmóreos de cor avermelhada e outros, entre eles Jiří Poděbrad, de cor branca. E na continuação, segurando o cálice coberto com uma tampa de prata, o próprio São Venceslau, uma figura jovem, poderosa. Em vez de um barrete, usaria na cabeça um simples capacete de bronze. A cota de malha que protegia seu corpo estaria coberta pela brilhante casula de cetim branco. Cabelos castanhos ondulados em belos cachos; um rosto que expressaria uma calma amável e majestosa. Era estranho: eu podia, sem dúvida, imaginar a forma de seu rosto, seus grandes olhos azuis, suas faces cheias de saúde, a barba suave, mas parecia que esse rosto não era de carne e osso e sim de uma luz radiante e sossegada.

Enquanto eu me dedicava a imaginar o cortejo que ia se apresentar, mantinha os olhos fechados. O silêncio, o cansaço e a imaginação exaurida faziam seu papel. O sono tomou conta de mim e minhas pernas se dobraram. Tudo continuava calmo e imóvel como antes, mas agora, de repente, aquela quietude começava a agir sobre mim de modo totalmente diferente. O cansaço começava a me pesar ao mesmo tempo em que, devido ao frio, meu corpo se intumescia, e, por causa de tudo isso, senti subitamente um medo indefinido e, por isso mesmo, mais lancinante. Não sabia o que temia, mas temia, e de repente meu frágil espírito infantil não encontrava apoio nenhum.

Encolhi-me na base da balaustrada e comecei a chorar amargamente. As lágrimas corriam pelo meu rosto, alguma coisa me oprimia o peito, soluços sonoros saíam de minha boca e em vão procurava dominá-los. De vez em quando os soluços explodiam com mais intensidade, expandiam-se dolorosamente no silêncio da igreja e, devido ao som inesperado, meu terror aumentava. Se não estivesse tão sozinho, se pelo menos não estivesse trancado naquele templo enorme!

Voltei a me queixar em voz alta, talvez mais alta do que antes, e nesse instante — como se fosse uma resposta — ouvi um piado de pássaro acima de mim. Então eu não estava sozinho, os pardais passavam a noite ali comigo! E eu conhecia bem seu refúgio, ficava exatamente sobre as arquibancadas do coro. Tinham naquele lugar seu resguardo sagrado, seguro até mesmo em relação às nossas travessuras infantis. Esticando a mão, qualquer um de nós poderia tê-los alcançado nas vigas, mas jamais fizemos uma coisa dessas.

Resolvi depressa o que fazer. Prendendo a respiração, avancei devagar até o alto pelas arquibancadas. Cheguei debaixo da viga. Respirei mais uma vez com cuidado, levantei o braço e pronto, tinha o pássaro na mão. O pardal, assustado, começou a piar agudamente, bicava meus dedos com fúria, mas não o soltei. Sentia sob os dedos as batidas vivazes de um coraçãozinho quente, e nesse momento meu medo se desvaneceu. Já não me sentia só. Sim, saber que eu era um ser mais forte me deu, quase no mesmo instante, uma nova coragem.

Decidi que continuaria com o pássaro na mão. Assim não teria medo nem adormeceria. E, de qualquer forma, sem dúvida não faltava muito para a meia-noite. Prestaria atenção para que não deixasse de perceber quando dessem as horas. Ficaria ali mesmo, nas arquibancadas, com a mão que segurava o pardal contra o peito e o rosto virado para o vitral da capela de São Venceslau. Não queria perder nenhum detalhe quando seu interior se iluminasse para a missa milagrosa.

Ajeitei-me e fixei os olhos no vitral. O lugar estava em sombria penumbra. Não sei quanto tempo fiquei olhando, mas pouco a pouco a penumbra sombria se transformou na janela, adquiriu claridade e foi aparecendo uma cor azul cada vez mais clara e mais pura, até que tive a sensação de estar fitando o mais azul dos céus. Então começaram a soar as horas, badalada após badalada, incontáveis, até o infinito.

Uma dor aguda e imensa me despertou de repente, uma dor causada pelo frio. Era como se todo o meu corpo estivesse destroçado e moído. Como se os olhos estivessem olhando para um forno imenso, vermelho vivo. E aos meus ouvidos chegavam apitos e uivos quase infernais.

Pouco a pouco fui despertando. Estava deitado naquelas arquibancadas, a mão apertada contra o peito, mas aberta e vazia. Diante de mim estava o vitral da Capela de São Venceslau iluminado por luzes internas. O órgão soava e o canto religioso, para mim tão familiar, do *Rorate*[19] se elevava.

Seria a Missa de São Venceslau?

Um tanto indeciso, levantei-me e desci em silêncio até aquele vitral, que dava para o coro inferior. Temeroso, olhei através do vidro para baixo. No altar estava sendo celebrada a missa do senhor pároco. Era assistido por um dos sacristães e naquele momento estava tocando a elevação.

---

[19] Simplificando, introito de missa gregoriana celebrada à luz de velas. (*N. do T.*)

Instantaneamente, e temerosos, meus olhos se dirigiram ao conhecido lugar entre os bancos. Ali estava ela ajoelhada, como em outras vezes, com a cabeça inclinada, batendo no peito. Ao seu lado estava ajoelhada minha tia da Cidade Velha.

Nesse instante, minha mãe ergueu a cabeça e vi lágrimas correndo por suas faces. Dei-me conta de tudo. Senti-me profundamente envergonhado e desgraçado até o desespero. Minha cabeça começou a doer imediatamente e a girar como um redemoinho feroz. A dor causada a minha mãe, que provavelmente me chorava como se eu fosse um filho perdido, aquele que havia lhe provocado uma dor imensa, oprimia-me o coração e cortava-me a respiração. Quis correr lá para baixo e me plantar diante da minha mãe, mas minhas pernas de repente se dobraram, impotentes, e minha cabeça, apoiando-se na parede, foi escorregando pouco a pouco, até que me vi no chão. Sem dúvida foi uma sorte que, quase simultaneamente, tenha explodido o pranto. No princípio as lágrimas queimavam como fogo, mas logo me aliviaram.

Ainda estava escuro e do céu caía uma chuva ligeira e fria quando saímos da missa do *Rorate*. Humilhado, decepcionado, o herói piedoso estava diante da porta da igreja, mas ninguém lhe dava atenção. Ele também não se importou com ninguém, mas quando sua mãe velhinha cruzou finalmente a porta, acompanhada de sua tia, sentiu de repente, sobre sua mão enrugada, os lábios ardentes do filho.

# DE COMO A ÁUSTRIA NÃO FOI DESTRUÍDA ÀS 12H30 DO DIA 10 DE AGOSTO DE 1849

1877

No dia 20 de agosto de 1849, às 12h30, a Áustria deveria ter sido destruída, de acordo com o que ficou acertado na Associação da Pistola. Agora eu nem mesmo sei se naquela ocasião a Áustria era condenável, mas não tenho dúvida de que a decisão foi tomada após sérias reflexões. Não havia outra saída. A coisa foi decidida e foram feitos juramentos e sua execução foi confiada às mãos especializadas de Jan Žižka de Trocnov, de Prokop Holý, de Prokůpek e de Mikulaš de Hus. Ou seja, a mim, a Josef Rumpál, o filho do açougueiro, a Frantik Mastný, o filho do sapateiro, e também a Antonín Hochmann, que era oriundo das cercanias de Rakovník e estudava graças ao dinheiro de seu irmão camponês. Os sobrenomes dos nobres e militares tchecos citados não foram outorgados ao azar, mas por méritos próprios. Eu fui Žižka pelo fato de ser o mais moreno de todos, falar de forma muito enérgica e já na primeira reunião de nossa associação (celebrada no desvão da casa dos Rumpal) ter me apresentado com uma venda negra sobre o olho esquerdo, fato que causou sensação. Depois tive de usar aquela venda em todas as reuniões; não era muito agradável, mas não havia nada a fazer. Quanto aos outros, havia razões igualmente inquestionáveis para que usassem aqueles nomes.

O assunto foi conduzido com uma precaução espantosa. Ao longo de todo o ano, aproveitamos os passeios para nos exercitarmos juntos no tiro com estilingues. Mastný, aliás Prokůpek, nos fornecia um excelente material para os estilingues e a uma distância de 100 passos alvejávamos todos os troncos, desde que tivessem o volume de um homem. Mas não nos limitávamos apenas a isso. Durante um ano inteiro guardamos cada *krejcar* que caía em nossas mãos, fosse obtido de modo honrado ou desonrado, na comum Caixa da Pistola, daí também o nome da associação. Nossas economias ascenderam ao fim a 11 florins. Por 5 florins compramos há uma semana, na rua Na Příkopě, uma pistola "fabricada em Liège", conforme dissera o vendedor. Durante as reuniões que naquele momento, início das férias, eram celebradas diariamente, admirávamos a nossa pistola, que passava de mão em mão, e cada um confirmava que era um autêntico trabalho de Liège. Até então não tínhamos disparado um único tiro com ela, em primeiro lugar porque não tínhamos pólvora e, em segundo, porque vigorava em Praga o declarado estado de exceção e por isso precisávamos ter cuidado. Para que não fôssemos descobertos, fomos muito cautelosos, e por esse motivo não admitimos mais ninguém em nossa associação. Fazíamos parte dela só os quatro fundadores, mas sabíamos que éramos suficientes. Também poderíamos, com os 6 florins restantes, ter comprado outra pistola, e assim teríamos duplicado nosso arsenal, mas havíamos destinado aquela quantia à pólvora, pois não tínhamos muito claro quanto iria custar. Para o plano que havíamos arquitetado, uma pistola dava de sobra. Por outro lado, tínhamos outra propriedade: um cachimbo de porcelana que Prokůpek fumava nas reuniões secretas em nome de todos nós; era um belo e suntuoso cachimbo com um fornilho, haste e empunhadura pintados, mas na época não lhe dávamos nenhuma importância. Tínhamos também nossa ferramenta elétrica especial. Ela havia sido fabricada para nós pelo irmão de Prokop Holý, aprendiz de serralheiro, a partir de duas velhas moedas, mas o aparelho não deu bom resultado e preferimos deixá-lo em casa.

Exponho aqui nosso plano para que possa ser admirado por todo o mundo. O objetivo principal: destruir a Áustria. Primeira necessidade: apoderar-se de Praga. Ação imprescindível: conquistar a cidadela de Belvedere, situada no promontório das muralhas de Marian; seríamos, então, senhores de Praga e, segundo nossa opinião, não poderíamos ser bombardeados de nenhum lugar. Detalhe a se levar em conta: a cidadela seria assaltada exatamente ao meio-dia. Levando em consideração que desde tempos imemoriais o costume sempre fora o de assaltar fortalezas à meia-noite e que precisamente por isso à meia-noite a guarda está sempre mais atenta, é necessário reconhecer que nossa ideia era fruto de uma engenhosidade diabólica. Naquela época, a cidadela era guardada por poucos soldados: seis ou oito no total. Um deles costumava ficar de guarda exatamente ao lado da porta de ferro que leva ao pátio; a porta estava sempre entreaberta e se podia ver o soldado passeando tranquilamente de um lado a outro. A segunda sentinela guardava o lado voltado para Praga, onde há vários canhões. Como se nada estivesse acontecendo, nós quatro e alguém mais — logo se saberá quem — iríamos até a porta, renderíamos as sentinelas, tomaríamos seus fuzis, dispararíamos duas vezes com o estilingue contra as janelas da guarita de vigilância e a invadiríamos; dominaríamos os guardas que cochilavam e tomaríamos seus fuzis. Restaria a segunda guarita. Essa, provavelmente, se renderia. Amarraríamos os homens e lhes tiraríamos as armas. Se não quisessem se render, seria pior para eles, pois nós os renderíamos. Em seguida, levaríamos um dos canhões para o portão, acenderíamos o pavio e gritaríamos das muralhas aos cidadãos de Praga que a revolução havia chegado. Então, logicamente, viria o Exército. Mas não poderiam nos atacar por causa do muro e de vez em quando abriríamos rapidamente a porta, dispararíamos o canhão e voltaríamos a fechá-la rapidamente. Quando atacássemos os primeiros soldados a chegar, os outros se renderiam, porque a revolução já teria se espalhado por todos os lugares, e, se não se rendessem... Bem, pior para eles. Nós iríamos para fora, nos uniríamos ao povo de Praga e a primeira coisa que faríamos seria libertar os presos políticos que ainda continuassem no castelo. O resto era claro como o crescimento do trigo. A primeira batalha vitoriosa seria levada a cabo junto a Německy Brod, pois teríamos atraído o Exército para lá. A segunda, no Campo Moravo; exatamente ali o espírito do rei Přemysl Otakar pede vingança. Depois conquistaríamos Viena e destruiríamos a Áustria. E nisso seríamos ajudados pelos húngaros. E depois liquidaríamos os húngaros. Fantástico!

Desde o princípio deste sangrento drama, uma quinta pessoa deveria desempenhar um papel muito importante. Não estava informada e só deveria ser informada no último instante. Era o vendedor ambulante Pohorák. Vivia perto de Jeneč, atrás da Bilá Hora, e ia três vezes por semana a Praga vender galinhas e pombinhos com seu carrinho puxado por um cachorro grande. Nosso caudilho Rumpál, aliás, Prokop Holý, propôs isso quando estávamos tratando de uma coisa importante, ou seja, de como conseguiríamos a pólvora. Obter pólvora era, na época, muito complicado. Os comerciantes só podiam vendê-la mediante a apresentação de uma autorização especial, mas Pohorák se abastecia sempre de embutidos na loja dos pais de Prokop Holý, de modo que este nos disse que Pohorák costumava comprar pólvora em Praga para um comerciante de Jeneč. E assim lhe perguntou se faria o favor de comprar pólvora também para ele, em troca de uma boa recompensa, e Pohorák aceitou. Em 19 de agosto, Prokop Holý entregou a Pohorák 6 florins; 2 eram uma régia recompensa e os 4 restantes estavam destinados à pólvora. Ele prometeu que no dia seguinte se apressaria em vender sua mercadoria e em fazer aquela compra e que depois, com seu carrinho, em vez de passar pela porta de Strahov, usaria a de Bruska, onde entregaria a pólvora a Prokop Holý. Só nesse momento lhe comunicaríamos que éramos forças vivas, e então desengancharia seu cachorro branco do carrinho, o deixaria na estrada e se juntaria a nós. Estávamos convencidos de que se uniria a nós, já que recebera 2 florins e, além do mais, seria uma honra para ele. Por outro lado, seria reconhecido por isso, não havia a menor dúvida. Além do mais, Prokop Holý nos dissera que no ano anterior, após o Dia de Todos os Santos, Pohorák havia contado que derrubara um hussardo do cavalo.

— Atrás da Bilá Hora vivem os homens mais fortes de toda a Boêmia — disse Prokop Holý.

— E o mesmo se pode dizer dos de Rakovník — disse Mikulaš de Hus, brandindo o punho no ar.

Se é para ser sincero, contar com a colaboração de Pohorák me agradava. E teria apostado que os outros caudilhos pensavam do mesmo modo. Tratava-se, pois, primeiramente, como já foi exposto detalhadamente na exposição de nossos planos, de resolver o problema da guarda do portão. É fato que não havia muito tempo nos acontecera ali algo cuja cicatriz, sem dúvida, estava ainda profundamente guardada em cada um de nós. Nós quatro estávamos jogando bola — éramos, na verdade, mais de quatro — no fosso que fica junto às muralhas. O jogo militar se chamava "grande guarda-metas", e nossa luta encarniçada durou várias horas. Tínhamos uma bela bola de borracha que havia custado pelo menos duas moedas de 20. Jogávamos muito bem, inclusive o granadeiro, que passou por ali e parou para nos olhar; ficou parado um bom tempo e depois se sentou na grama para continuar nos observando. De repente a bola rodou ao seu lado e o granadeiro esticou preguiçosamente os braços até que ficou de bruços e pegou-a. Ato contínuo se levantou lentamente — um levantar que não tinha fim —, enquanto nós esperávamos cheios de expectativas para saber em que direção lançaria a bola com sua potente direita. Mas sua potente direita enfiou tranquilamente a bola no bolso e seu corpo volumoso avançou preguiçosamente ladeira acima. Cercamos o granadeiro, pedimos, gritamos, ameaçamos, e como resultado Prokop Holý levou um pescoção e Mikuláš de Hus, outro. Logo começamos a atirar pedras, mas o granadeiro começou a nos perseguir e, para ser fiel à história, há que assinalar que saímos todos correndo.

— Querem saber? Fizemos bem em não lhe dar uma surra — disse, depois, Jan Žižka de Trocnov. — Vocês sabem a que nos propomos e só Deus sabe o que teria acontecido. Quando há uma conspiração, nunca se sabe o que pode acontecer, sei disso muito bem. Eu tremia de raiva, queria ter pegado aquele cara, mas pensei: alto lá!

Aquela argumentação foi aceita com reconhecimento geral e todos confirmaram que estavam agitados e com dificuldades de se segurar.

Nos primeiros dias de agosto, quando já estavam sendo discutidos os detalhes mais sutis do plano, perguntei de repente:

— O cachorro do Pohorák morde?

— Morde — confirmou Prokop Holý. — Ontem rasgou a saia da filha do confeiteiro.

Era muito importante que o cachorro de Pohorák mordesse.

A manhã do dia memorável chegou. A crônica infalível dos céus registrou-a como uma manhã de segunda-feira.

Vi como ia amanhecendo pouco a pouco o dia cinza fechado; depois, lentamente, foi clareando, e tudo aquilo aconteceu em lapsos extremamente prolongados. E, no entanto, para minha surpresa, desejava, com todo o meu ser, que não amanhecesse nem saísse o sol e que a natureza pulasse aquele dia ímpar. Sem dúvida esperava que algo assim acontecesse, não parava de rezar por minha alma; confesso que estava morrendo de angústia.

Eu não havia pregado o olho durante toda a noite. Às vezes, por um instante, assaltava-me um sonho febril e, ato contínuo, acordava agitado numa cama ardente e fazia esforços para não me queixar em voz alta.

— O que está acontecendo? Você está inquieto? — perguntou-me várias vezes minha mãe.

Eu fingia dormir.

Depois ela se levantou, acendeu a luz e aproximou-se de mim. Eu estava com os olhos fechados, e ela colocou a mão na minha testa.

— Este menino está ardendo. Venha ver o que está acontecendo com ele.

— Deixe-o — disse meu pai. — Deve ter brigado com alguém ontem. Parece que tem o diabo no corpo, mas estas amizades devem acabar, passa todo santo dia com Franz, Josef e o menino do Rakovník.

— Você sabe que estão estudando juntos, e isso é melhor para eles.

Confesso com franqueza que não estava bem. Na verdade, havia vários dias sentia certo mal-estar, que piorava à medida que se aproximava o 20 de agosto. Notei algo parecido também nos outros caudilhos. Nas últimas reuniões, às vezes se falava de um modo um pouco confuso. Em meu foro íntimo, atribuía aquilo ao fato de que os caudilhos tinham medo. Fazendo um grande esforço, dois dias antes havia expressado com clareza minha opinião. Todos negaram heroicamente e ficamos possessos; nunca se falara com tanta veemência como naquele dia. Nas noites seguintes, dormi mal. Sim, se tivesse percebido nos outros uma coragem maior teria me sentido de outra maneira.

Não podia admitir sob hipótese alguma que eu mesmo estivesse com medo. Apesar de tudo, perguntava-me, e era como uma acusação grave contra o destino, por que havia caído precisamente sobre mim aquela tarefa tão terrível?

A destruição da Áustria me pareceu, de repente, um cálice cheio de inenarrável amargura. Teria gostado de rezar: "Meu

Deus, afaste de mim este cálice." No entanto, dei-me conta de que já não me restava outro remédio, e o pico da glória me parecia de repente o cume do Gólgota. Mas estava amarrado pelo juramento.

Às 10 tínhamos de estar no lugar, às 11 tinha de chegar Pohorák e às 11h30 tinha de ser executado o plano.

Saí de casa às 9.

Uma agradável brisa estival refrescava minhas têmporas. O céu azul sorria como Marinka, a irmã de Prokop Holý, quando convidava a uma travessura. Diga-se de passagem, Marinka era meu amor; lembrei-me dela e do respeito que sempre manifestava pelo meu caráter corajoso e, de repente, tudo me pareceu mais fácil; meu peito se estufava e eu recuperava o ânimo.

Experimentei uma mudança maravilhosa antes de chegar ao Fosso dos Cervos: em duas ocasiões me dei conta de que havia dado um salto com uma perna só. Repassei tudo mentalmente para confirmar que estava em ordem. Era assim. Dois estilingues escondidos em um bolso, no outro bolso a venda preta para o olho. Debaixo do braço levava um livro; era uma artimanha militar. Passei ao lado das muralhas, onde as tropas se exercitavam, e nem sequer tremi. Sabia que ao meio-dia já faria um bom tempo que estariam de volta aos quartéis.

Faltava muito tempo; assim, dei uma volta por cada um dos postos estratégicos para nossa batalha, percorri os jardins de Chotek, onde — sempre na proximidade da estrada que levava para baixo — Mikuláš de Hus deveria ocupar seu posto. Olhei para a porta Bruska, lá para baixo, onde Prokůpek esperaria por Pohorák e depois nos avisaria rapidamente, avançando pelo aterro escarpado. Subi até a cidadela e dali passei pela fortificação até chegar à porta Bruska. Quando me aproximava da cidadela, meu coração batia com força e, ao me afastar, recuperava seu ritmo habitual. As fortificações que vão da cidadela à porta Bruska são formadas por dois bastiões salientes, o primeiro dos quais está no alto; na superfície da parte superior há uma pequena plataforma. No centro dela havia então um pequeno tanque arrematado de alvenaria e um carriçal espesso com arbustos ao redor — cenário de muitas de nossas travessuras. Sob um daqueles arbustos tínhamos escondido uma boa porção de seixos redondos para o estilingue. Em volta do segundo bastião havia um vale mais profundo, onde fica, atualmente, o café Panorama. Naquela época, o lugar estava recoberto por espessos arbustos. Um passo depois ficava a porta Bruska — ou seja, meu posto na qualidade de comandante em chefe.

Sentei em um banco que ficava acima da porta e abri o livro. Um ligeiro tremor percorreu meu corpo. De vez em quando sentia um pequeno calafrio, mas creio que não era de medo. De um modo geral, sentia-me bastante bem. Contribuía para isso, em grande medida, o fato de não ter visto nenhum de meus companheiros de luta. Tinha a agradável suspeita de que o medo os dominara e que não iam aparecer. Meu coração não parava de me dizer que eu deveria enfrentar esse pensamento para me recompor, mas, por outro lado, minha mente me traía supersticiosamente com a ideia de que poderia atraí-los, e não tive arroubos de valentia.

Os sons dos tambores e dos clarins se alternavam nos campos de instrução próximos. Aos meus pés, as pessoas e as carruagens entravam e saíam pela porta. No princípio eu não lhes dava atenção, mas depois a predisposição supersticiosa começou a fazer das suas. Se aquele que está na ponte dobrar para Bubeneč, as coisas sairão mal; mas se virar para a esquerda, para Podbaba, tudo correrá bem. Um..., três..., quatro..., cinco... todos iam em direção a Bubeneč. De repente foram ouvidos os clarins procedentes do campo de instrução do Belvedere, como se convocassem para o ataque, e me levantei de um pulo.

Nesse instante, o relógio da Torre de São Vito bateu 10 horas. Virei-me e vi que Mikuláš de Hus avançava pela alameda em direção a seu posto. Que coração nobre e valente! Que guerreiro corajoso! Até sacrificava suas férias por essa grande façanha, pois poderia ter ido para a casa de seu irmão havia 15 dias. No entanto, senti que me incomodava um pouco o fato de vê-lo. Precisava agora fazer a ronda, como era minha obrigação. Caminhava com o livro aberto diante de mim ao lado das fortificações. Lá em cima não havia uma única alma.

Cheguei ao tanque, onde Prokop Holý estava deitado na relva. Quando o avistei, comecei a marchar com passos longos e enérgicos; era como se pesadas botas retumbassem nas pedras da estrada.

Prokop Holý também tinha um livro nas mãos e olhava para mim. Seus olhos estavam avermelhados.

— Tudo em ordem?

— Tudo.

— Está com ela?

— Estou.

Ou seja, estava com a pistola, que lhe fora confiada.

Dei uma olhada nos arbustos sob os quais estavam nossos seixos arredondados. Prokop Holý também olhou para lá, tentando esboçar um sorriso, mas não conseguiu. Então um soldado saiu da cidadela com um jarro na mão, vestido com casaca e gorro de quartel. Era um espectador permanente. Tínhamos esquecido de contabilizá-lo, mas, bem, era apenas um a mais. Aproximou-se lentamente e quando chegou bem perto da gente colocou o jarro no chão. Estremecemos.

— Rapazes, vocês têm uma cigarrilha?

— Não, não temos...

Mas não terminei a frase porque não podia dizer que, exceto por Prokůpek, nenhum de nós fumava.

— Mas certamente terão 2 *krejcar*. Poderiam me dar para o tabaco. Estou servindo aqui desde a revolta do ano passado. — Um novo e mais forte estremecimento, uma verdadeira descarga elétrica. — E todos os dias os rapazes me dão dinheiro para que eu possa comprar tabaco.

Peguei 2 *krejcar* e ofereci-os com a mão trêmula. O soldado assoviou, pegou o jarro e foi embora sem agradecer.

Fiz um sinal com a mão e comecei a descer para a estrada. Entrei nos jardins de Chotek e me aproximei de Mikulaš de Hus, que ocupava um banco num lugar chamado Boa Vista. Olhava para baixo por cima do livro. Alonguei outra vez os passos, enérgicos, como se estivesse novamente com botas militares.

— Tudo em ordem?

— Tudo — respondeu, mal sorrindo.

— Prokůpek chegou?

— Sim, está expelindo fumaça como uma chaminé.

Prokůpek estava sentado mais abaixo no corrimão, balançando as pernas e fumando um charuto. Sem dúvida, um de 3 cêntimos.

— Amanhã eu também começarei a fumar.

— E eu.

Um sinal com a mão e parti com os passos mais enérgicos possíveis.

Sentei-me de novo do lado de lá da porta. Os soldados voltavam do campo de instrução em formação. Magnífico! No entanto, surpreendentemente, eu os olhava com uma espécie de incômodo, de mal-estar. Em outras ocasiões, vê-los me irritava. O simples retumbar dos tambores era suficiente para desencadear em mim a fantasia mais desatinada. Embora não soasse, era fácil recriar em minha cabeça os sons da arrebatadora música turca; da mesma maneira, via-me sobre um potro nervoso, voltando de batalhas vitoriosas; atrás de mim, soldados que entoavam cantos heroicos e alegres, e ao meu redor, uma multidão delirante. E eu com o rosto imutável, inclinando apenas e só de vez em quando a cabeça. Hoje minha fantasia se parecia com aquela cerveja da véspera, já sem gás, que minha mãe aproveitava para fazer uma sopa que eu detestava. A cabeça não queria se elevar vitoriosa e a língua parecia coberta por uma ligeira camada de argila. Quando algum dos soldados levantava casualmente o olhar em minha direção, eu desviava a vista para o outro lado.

Fitei a paisagem. Reinava uma prazerosa calma, como se sobre as colinas e os vales, de modo inaudível, caísse uma leve chuva dourada. No entanto, a paisagem tinha um matiz elegíaco. Estremeci, apesar da calidez do ar.

Olhei para cima, vi o céu azul. Voltei a recordar Marinka. Minha querida menina! Mas me parecia que no momento presente a temia um pouco. Desviei o pensamento. Pois sim, Žižka derrotou 100 mil cruzados com um punhado de homens, Percival venceu cem cavaleiros em uma hora, mas Deus sabe em que consiste... Às vezes, nem a própria história tem poder de persuasão... cerveja sem gás, língua pastosa...

Não, não é mais possível recuar, seja o que Deus quiser.

Pela porta passavam mais pessoas do que antes. Eu as seguia com a vista sem pensar em nada. Depois, de modo involuntário, voltei às minhas manias supersticiosas. E da mesma forma involuntária comecei a usar a astúcia. Apostava só naqueles que usavam claramente trajes de camponês e dos quais se podia pensar, com toda probabilidade, que se dirigiam à esquerda, em direção a Podbaba.

Um repentino calafrio percorreu meu corpo; levantei-me com dificuldade.

Seria melhor voltar a fazer a ronda. De qualquer maneira, o dever inexorável me chamava.

Percebi uma palidez cadavérica no rosto de Prokop Holý.

— Você está com medo, Pepík — disse com sincera compaixão.

Ele não respondeu. Colocou o indicador da mão direita sob o olho direito e puxou a pálpebra inferior de tal maneira que se viu a borda interior vermelha. Tratava-se de um gesto conhecido pela juventude de Praga que, traduzido literalmente em palavras, significava uma negação total.

— Por que não disse que estava com medo? A Áustria podia continuar...

— Às 11 — balbuciou Prokop Holý.

A 11ª desceu lentamente com o ar quente. Cada badalada retumbou um bom tempo em nossos ouvidos e, instintivamente, olhei para cima para ver se os sons haviam se materializado. Eram golpes poderosos que dobravam por um dos maiores e mais antigos Estados da Europa!

Ainda inspecionei o posto de Mikulaš de Hus e fui com ar desenvolto até Prokůpek. Pareceu-me que tinha de conseguir que radicalizasse sua atenção dando-lhe uma ordem de comandante em chefe.

Prokůpek continuava sentado no corrimão, mas não fumava mais o charuto. Agora tinha no colo um gorro cheio de ameixas. Comia-as com grande deleite e tirava cada caroço com cuidado da boca, colocando-o no indicador, depois apoiando-o no polegar e disparando; no mesmo instante uma das galinhas que estavam do outro lado da estrada corria cacarejando dolorosamente. Todas já haviam se afastado a uma distância prudente, apenas uma preta bicava o chão a uma proximidade perigosa. Prokůpek estava apontando para ela quando me viu. A direção do tiro, de repente, desviou-se e, em vez de acertar a galinha, o caroço acertou meu queixo de maneira cortante e dolorosa, como se alguém o tivesse atingido com a ponta de um chicote. O rosto de Prokůpek estava radiante de satisfação.

— O que você está fazendo? Não está atento!

— Eu? Ora, para quê tenho olhos? Quer uma?

— Não estou com fome. Quanto custaram?

— Oito mangos. Tome.

— Vou pegar quatro para Pepík. Fique atento, ele pode chegar a qualquer momento.

E voltei a subir. Ainda pude sentir um caroço roçando dolorosamente minha orelha, mas não me virei. Continuei avançando com dignidade.

Eram 11h30 quando cheguei ao posto de Prokop Holý. Continuava deitado na grama.

— Estou lhe trazendo ameixas da parte de Frantik.

Prokop Holý recusou-as. Coloquei as ameixas a seu lado e deitei na grama de barriga para cima.

Não havia uma nuvem no céu. Mas quando olha para cima, a vista fica fraca e você tem impressão de que o ar está cheio de pequenos gusanos brancos que se movem sem parar. Não só o olhar, mas todo o meu corpo estava repleto daqueles gusanos, o sangue se agitava e de repente parava, e em seguida meus músculos se crispavam. Era como se estivesse caindo chumbo derretido do céu.

Virei-me para Prokop. Eram 11h45.

— Ouça. — Prokop Holý se virou de repente para mim e arregalou os olhos. — Será que Pohorák nos traiu?

— Espero que não — balbuciei.

Mas eu não conseguia ficar quieto. Levantei-me e comecei a andar de um lado a outro. Os pensamentos mais espantosos sobre uma vil traição passavam pela minha cabeça.

Olhei através dos arbustos para o fosso, por onde Prokůpek subia correndo rapidamente.

— Prokůpek. — E meu primeiro pensamento foi: vamos fugir!

Prokop Holý também se ergueu. Do outro lado apareceu, apressadamente, Mikulaš de Hus, que também vira Prokůpek.

Prokůpek chegava sem fôlego.

— Alguns criados que bebiam aguardente na loja disseram que a polícia do mercado prendeu um vendedor ambulante.

Ninguém disse: "É Pohorák", mas, como se uma pesada pedra houvesse caído no meio dos pássaros, saímos em debandada.

Precipitei-me aterro abaixo. Minha cabeça retumbava. Em um instante cheguei à rua Valdštein, mas uma espécie de instinto me obrigava a continuar correndo. Dobrei na rua Senovázna. As fileiras de paralelepípedos se perdiam sob meus pés. Já estava junto à Igreja de São Tomé e quis subir, cruzando os arcos que cercavam a praça. Deixei para trás o primeiro pilar e, nesse instante, detive-me e fiquei grudado no segundo pilar.

Naquele momento, o policial levava Pohorák, seu carrinho e seu cachorro à delegacia que ficava ali ao lado. Percebi perfeitamente que Pohorák estava muito assustado. Seu rosto refletia uma dor indescritível.

A história da humanidade ficaria com uma lacuna se não contássemos o que aconteceu com Pohorák.

Naquele dia ele entrou em Praga, pela porta de Strahov, um pouco mais tarde do que habitualmente; pode-se dizer até que muito tarde para seus hábitos de vendedor ambulante e aquilo que era usual em Praga: às 7 da manhã. O carrinho descia as ruas aos trambolhões; o cachorro branco, que não precisava ser conduzido, corria alegremente ao lado de Pohorák, que dirigia o veículo com a mão esquerda colocada sobre o timão, que por sua vez era golpeado a intervalos quase exatos.

— Por que chegou assim tão tarde hoje, Pohorák? — perguntou o padeiro da rua Hluboká, que fumava na calçada tranquilamente, em mangas de camisa.

— Bem, fiz algumas paradas. — Pohorák sorriu e parou o carrinho com um prolongado "prrr". Enfiou a mão no bolso direito, tirou uma garrafa coberta de palha que continha aguardente e ofereceu-a ao padeiro. — Vai um gole?

— Obrigado. Já tomei a minha ração hoje de manhã.

— Eu também, mas cinco padre-nossos valem mais do que um.

Pohorák deu um bom gole, depois guardou a garrafa vazia, cumprimentou o padeiro e seguiu seu caminho.

O mercado dos produtores já estava lotado. Um policial levou Pohorák de um lado a outro, mas não havia mais lugar para ele. Depois de uma longa discussão, acabou encontrando onde ficar. Às vezes Pohorák levava ao mercado, além de suas aves, também coelhos, manteiga e ovos; nesse dia só levara galinhas e pombos. As aves eram sua mercadoria principal. Pohorák exalava aquele cheiro especial, não muito agradável, que emana das aves criadas em galinheiro; a alguns passos de distância já se sentia no ar o odor característico.

Pohorák já tinha bem mais de 50 anos. Se o leitor, por alguma coisa dita anteriormente, imaginou que se destacava devido a uma compleição robusta, sinto ser obrigado a frear decididamente sua fantasia. Pohorák não parecia querer lutar com um Hércules para ganhar o primeiro prêmio. Era de estatura mediana, tinha as costas um pouco encurvadas, mais delgadas e ossudas do que fortes. Seu rosto enxuto estava coberto de marcas de varíola e uma pessoa de bom coração teria lhe aconselhado a mascarar os orifícios. Usava um casaco azulado estampado com pequenos quadrados que, em alguns lugares, mais exatamente nas costas, sob o pescoço e no ombro esquerdo, parecia de uma tonalidade de barro seco, sem quadradinho nenhum. Além do mais, vestia calças marrons desalinhadas, com as bainhas sempre muito levantadas, embora não tivesse caído uma gota de chuva nas últimas oito semanas. Tanto no inverno como no verão cobria a cabeça com um gorro de pano escuro, em cuja borda enfiava a papeleta dos impostos.

Pohorák jogou palha seca embaixo do carrinho estacionado na sombra e o cachorro encolheu-se nela. Depois tirou a mercadoria e a expôs. Em seguida endireitou um pouco o corpo e deu uma olhada em volta.

— Senhorita — disse, dirigindo-se à vendedora do lado, uma mulher de uns 60 anos —, pode tomar conta da minha mercadoria? O caminho secou minha garganta e vou ali tomar um pequeno gole.

Entrou num bar próximo e tomou uma xícara de café, depois andou três passos e entrou numa taberna. Bebeu dois copinhos de aguardente e enfiou uma garrafa de reserva no bolso; em seguida comprou dois pães com sementes de papoula, um para o cachorro e outro para ele, e voltou para perto de seu carro.

— À direita ou à esquerda? — perguntou a mulher que alugava banquinhos.

Pohorák apontou em silêncio com o dedo onde o queria, deu uma moeda à mulher e se sentou. Enfiou a mão no bolso esquerdo do casaco e puxou um cachimbo e a bolsinha de tabaco. O cordão da bolsinha foi desamarrado, o cachimbo foi abastecido e do bolso direito da jaqueta surgiu uma caixinha de fósforos. Pohorák deu uma baforada e se sentiu satisfeito. Então observou sua mercadoria.

"Vou vender os frangos a 40 e os pombos a 20", pensou, e continuou fumando.

Um velho cervejeiro se aproximou. Era fácil reconhecer o cervejeiro ou a cervejeira porque sempre havia atrás deles uma criada com um barril com aros de cobre.

— Como estão estes frangos?

— Como? — respondeu Pohorák com calma, passando o cachimbo de um lado ao outro da boca. — Seria tolo se lhe dissesse, mas estou vendendo por 40.

— Você está louco! Se fizer por 32 levarei seis.

Pohorák se limitou a negar com a cabeça, voltou a se sentar e continuou fumando. O velho foi embora.

— Pohorák, hoje você não vai vender nada por esse preço — observou a vendedora do lado, aquela que antes chamara de "senhorita". — Não se canse, há muitos produtos no mercado.

— E isso lhe diz respeito, sua velha? Eu vendo o que tiver vontade. Cuide dos seus ovos. Você não vai dar aulas de comércio a Pohorák. Além do mais, mesmo se não vender nada hoje, meu lucro já está no bolso — acrescentou um tempo depois, enquanto tirava do paletó alguns florins e os fazia soar lançando-os ao ar.

A mulher se calou. Pohorák também se calou, afogando na aguardente sua raiva.

Uma senhora com uma criada:

— Quanto está pedindo pelos frangos?

— Quarenta.

— Como estão caros! Dou 35, certo?

Pohorák não respondeu.

— Homem, não seja cabeça-dura.

— Tenho culpa de ser? Acabou. Não vou vender mais barato.

— Senhora, vamos — disse a criada. — De qualquer forma, de tão velhos estão quase verdes.

— Como verdes? Você é que está verde, sua bruxa! Meus frangos têm uma boa cor — disse, e pegou vários frangos pelas patas e girou-os no ar. — Eh, eh, eh!

Todas as vendedoras ao redor começaram a rir às gargalhadas. Pohorák voltou a afogar a raiva na aguardente.

E assim continuou.

A gente foi desaparecendo do mercado. Os pombos e os frangos de Pohorák continuavam intactos. Às vezes Pohorák lançava um olhar de interrogação a seu carro e depois grunhia para si mesmo:

— Tenho culpa de ser tão teimoso?

A aguardente começava a fazer efeito.

Chegou um vendedor de embutidos.

— Salsichas quentes!

— Dê-me uma.

Pohorák pegou um par de salsichas e as comeu.

Nesse meio-tempo o vendedor tinha ido despachar nas barracas próximas. Pouco depois voltou ao lugar onde estava Pohorák.

— Vovô, três moedas pelas salsichas.

— Que salsichas?

A vendedora da frente:

— Aquelas que você acaba de comer.

— Eu comi salsichas? Vocês estão loucos.

Começaram a discutir. Pohorák praguejava. O homem dos embutidos agitava um gancho no ar e acabou chamando a polícia.

O policial:

— O senhor comeu duas salsichas?

Pohorák fitou-o firmemente nos olhos.

— Sim.

— Então pague.

— É claro. Acabo de me lembrar, seu cabo, já estou velho e a minha cabeça anda esquisita.

Em volta todos riam, mas Pohorák voltou a se sentar. Estava abatido e lamentou para si várias vezes:

"Que cabeça, que cabeça."

Depois esvaziou a garrafa e continuou fumando.

O sol caía implacavelmente. Pohorák não se sentia bem, observava o cachorro que dormia na sombra, embaixo do carro; foi se recuperando lentamente, cobriu os frangos e os pombos com uma lona e se enfiou embaixo do carro...

Até a "senhora coxa", a última das clientes diárias, já fora embora com suas compras. As cestas e as barracas desapareceram, os comerciantes carregavam suas últimas caixas de ovos. O policial fazia a ronda dizendo:

"Recolher."

Então parou diante do carro de Pohorák.

— Recolher! De quem é este carro? — perguntou, colocando a mão nele.

Ouviu-se um grunhido abafado embaixo do carro. O policial olhou nessa direção e descobriu Pohorák, com o gorro sob a cabeça, dormindo tranquilamente sobre a palha seca.

— Pohorák, levante-se! — exclamou o policial, puxando-o pela perna.

Nesse momento o cão deu um pulo e puxou o carro para o lado de tal forma que uma roda passou por cima da mão de Pohorák. Pohorák continuou dormindo. O policial sorriu.

— Ouça, jogue um barril de água nele! — disse a um dos garis que começavam seu trabalho.

E zás! Meio barril de água se esparramou na cabeça do pobre Pohorák.

Pohorák estremeceu, sentou-se e esfregou os olhos.

— Levante-se!

Pohorák se levantou lentamente.

— Estou me sentindo um pouco mal. Já estou velho para este trabalho.

— Bem, então venha comigo, meu velho. Assim poderá tirar um cochilo.

— De acordo. Farei o que o senhor disser.

Pohorák pegou o timão de seu carro e seguiu o policial com uma dor profunda no coração.

No porão dos Rumpál promovia-se uma agitada reunião. Estávamos jurando que jamais, sob nenhuma condição, cometeríamos uma traição. Jan Žižka de Trocnov contava:

— Eu o vi táo certo como estou aqui. Aquilo mexeu comigo, mas não pude ajudá-lo.

Mikulaš Hus foi o único a faltar à reunião. Já estava a caminho dos bosques de Rakovník.

Depois das 18 horas, terminaram as angústias mortais. Nessa hora, Pohorák com grande esforço arrastou seu carro encosta acima e parou diante da loja de Rumpal. Prokop Holý ouvia com o coração palpitando de angústia, atrás da porta de vidro que separava a loja da casa.

— Passei mal, tiveram que me levar à delegacia, onde dormi um pouco. Tenho que passar a noite em Široky Dvur. Hoje o mercado não foi bem, talvez amanhã esteja melhor.

Alguns dias depois foi encontrada em um canto perto de uma fonte uma pistola inteiramente nova. Ninguém sabia como chegara ali e contavam-se coisas muito estranhas.

E só ao cabo de quatro semanas Prokop Holý se aproximou de Pohorák, que puxava seu carrinho vazio em volta do mercado, e lhe perguntou:

— Pohorák, o que você fez com os 6 florins?

Pohorák parou.

— Você sabe... Aqueles que eu lhe dei para que nos... Para que me comprasse um pouco de pólvora.

— A mim, 6 florins? Pepík, Pepík, parece-me que você está gozando com a cara de um velho. Zombar dos mais velhos é pecado.

E levantou, admoestador, o dedo indicador da mão direita.

# ESCRITO NO DIA DE TODOS OS SANTOS

1876

Não sei quantas vezes ainda voltará ao cemitério de Košíř no Dia de Todos os Santos; hoje, pelo menos, já andava com dificuldade, como se as pernas não quisessem obedecê-la. Assim, pois, tudo transcorria como a cada ano. Por volta das 11 horas seu grande e pesado corpo desceu de um coche de aluguel; atrás dela, o condutor tirou da carruagem as coroas envoltas em pano branco e depois ajudou a sair uma menina de 5 anos, igualmente bem protegida e abrigada. Aquela menina já tem, há uns 25 anos, essa mesma idade. A Srta. Máry sempre a pede emprestada à vizinhança.

— Bem, menina, veja quanta gente. Não é verdade? E quantas luzes e lanternas e flores! Vamos, não tenha medo, vá na frente, vá aonde quiser que eu a seguirei.

A menina começou a andar timidamente. A Srta. Máry a seguiu, incentivando-a, mas sem determinar a direção do caminho. Foram andando assim até que de repente a senhorita disse:

— Espere.

Ela pegou a mão da menina e a levou a um lugar próximo entre os túmulos. Tirou de uma determinada cruz de ferro uma coroa murcha, destroçada pelo vento e pela chuva, e pendurou em seu lugar uma nova, composta de flores artificiais brancas e pretas. Depois apoiou a mão vazia no braço da cruz e começou a rezar; ajoelhar-se custaria-lhe muito esforço. A princípio, sua vista pousou no gramado murcho e na argila marrom da tumba, mas de repente ergueu a cabeça; o rosto amplo e agradável da senhorita e seus grandes e sinceros olhos azuis pareceram olhar a distância. Seu olhar vai se turvando lentamente, de vez em quando a comissura de seus lábios se contraía completamente, a boca que rezava treme e abundantes lágrimas brotaram de seus olhos e escorreram devagar. A menina, surpresa, olhou para cima, mas a senhorita não ouvia nem via nada. Depois de um tempo, fazendo esforços, voltou a se recuperar, suspirou sufocada, sorriu longa e dolorosamente para a menina e com uma voz um pouco rude lhe disse:

— Bem, continue andando, menina, vamos. Vá aonde quiser, eu a seguirei.

E continuaram andando de lá para cá, aonde apetecia à menina, até que de repente em certo lugar a senhorita disse:

— Espere!

E se aproximou de outro túmulo. Ali agiu de novo como na primeira tumba, creio que em nenhuma das duas se entreteve nem um minuto a mais. Ato contínuo colocou a segunda coroa, desfeita em um pano, ao lado da primeira, pegou a mão de sua pequena guia e disse:

— Você está com frio, não está? Bem, venha, não vá se resfriar. Voltemos ao coche de aluguel. Vamos para casa. Você gosta de andar de coche, não é mesmo?

Aproximaram-se lentamente do coche de aluguel. Primeiro, a menina e as coroas foram colocadas no interior, e depois, com dificuldade, subiu a senhorita. O coche rangeu, o cavalo recebeu três chibatadas antes de arrancar, e é isso o que acontece ano após ano.

Se eu ainda fosse um escritor ingênuo, provavelmente teria escrito: "Os senhores estão se perguntando de quem são esses túmulos." Mas sei que um leitor nunca pergunta nada. O escritor tem de impor sua obra diretamente ao leitor. Isso, no entanto, é um pouco difícil. A Srta. Máry é inacessível, silencia os dados de sua vida e jamais se impõe a ninguém, nem mesmo aos vizinhos mais próximos. Desde a infância teve, e continua tendo, uma única amiga, em outros tempos a bela Srta. Luiza, atualmente a combalida viúva do Sr. Nocar, sargento dos carabineiros. Não é com frequência que a senhorita visita a amiga na rua Vlašská; a senhorita, em geral, pouco sai de seu apartamento do andar térreo, ao pé da Colina de São João; só o faz, bem cedo, nas manhãs de domingo, para ir à Igreja de São Nicolau, pois, dada sua corpulência excessiva, há tempos que andar a deixa muito cansada. Por esse motivo, a Sra. Nocar quer poupá-la do esforço e a visita diariamente. Sua sincera amizade de muitos anos foi tornando-as cada vez mais próximas.

Mas hoje, Dia de Todos os Santos, se sentiria muito angustiada se ficasse em casa. Para não se achar muito mais vazia e solitária do que outras vezes, corre à casa de sua amiga. E por essa razão também para a Sra. Nocar este é um dia especial. Nunca torra o café com tanto cuidado como hoje, nunca está tão atenta para que o bolo levite, fique leve. E sua conversa adquire um tom solene e íntimo. Não falam muito, mas o que dizem soa pausado e tem, mesmo assim, uma grande ressonância. Também de tempos em tempos brilha uma lágrima e os abraços se sucedem com mais frequência do que nas outras vezes.

Por fim, quando já estão há muito tempo sentadas uma ao lado da outra no sofá, chega-se ao tema atual de sua conversa.

— É preciso ver — diz a Sra. Nocar — que Deus quis que tivéssemos quase o mesmo destino. Eu tive um marido bom e amável. Depois de dois anos, ele partiu para a eternidade e me deixou aqui sem nem ao menos uma criança para me dar felicidade. Desde então também estou sozinha, e não sei o que é pior: não ter conhecido nunca um homem ou tê-lo conhecido e perdido.

— Você sabe que eu sempre me entreguei à vontade de Deus — enuncia solenemente a Srta. Máry. — É que eu conhecia meu destino de antemão. Havia sonhado com ele. Quando tinha 20 anos, sonhei que estava num baile. Você sabe que eu nunca fui a um baile. Casal atrás de casal, passeávamos acompanhados pela música e pela extraordinária iluminação, mas, surpreendentemente, o salão de dança parecia um grande desvão sob o telhado. De repente os primeiros casais começaram a descer a escada. Eu e o meu parceiro de dança, de cujo rosto não me recordo, éramos os últimos. Já restávamos só uns poucos lá em cima, e nesse momento dei meia-volta e vi que atrás de nós avançava a morte. Estava envolta em uma capa de veludo verde com uma pluma branca no chapéu e uma espada na mão. Corri para também descer rapidamente, mas os demais já haviam desaparecido. Meu companheiro de dança também sumira. E, de repente, a morte me segurou pela mão e me levou. Depois vivi muito, muito tempo em um palácio, e era como se a morte fosse meu marido. Tratava-me com carinho, amava-me, mas me causava repugnância. Estávamos cercados de uma beleza imensa, de cristal, ouro e veludo, mas nada me satisfazia. Continuava querendo voltar ao meu mundo, e nosso mensageiro (que também era como uma segunda morte) sempre me dava notícias do que acontecia na terra. E a meu marido doía esse meu desejo, e eu o sabia e por isso tinha pena dele. E desde então compreendi que não ia me casar e que meu noivo seria a morte. Não é verdade, Luiza, que os sonhos vêm pela mão de Deus? Duas mortes não separaram minha vida do resto da vida?

A Sra. Nocar chora, embora já tenha ouvido o sonho inúmeras vezes. O pranto de sua amiga chega à alma dolorida da Srta. Máry como se fosse um bálsamo refrescante e perfumado.

É de fato bastante estranho que a senhorita não tenha se casado. De repente ficou órfã, independente e dona de uma boa casa de dois andares ao lado da Colina de São João. Tampouco era feia, o que continua sendo evidente. Era alta como poucas mulheres, seus olhos azuis eram de uma beleza incontestável e seu rosto, embora um pouco largo, tinha traços regulares e agradáveis; só foi muito corpulenta desde sua primeira juventude, o que fez com que a apelidassem de "a gorda Máry". Devido à gordura, sempre foi um pouco acomodada, nem sequer brincava com as outras crianças, e quando cresceu não ia à casa de ninguém. Sua única saída diária era um curto passeio até as muralhas. Não se pode dizer que em algum momento um morador da Malá Strana tivesse pensado na razão para a Srta. Máry não ter se casado. A sociedade da Malá Strana tem traços característicos, e nela a Srta. Máry representa certo modelo de solteirona. Nunca passou pela cabeça de ninguém que pudesse ser de outra forma. Quando, apesar disso e conforme os hábitos que são próprios das mulheres, ocorria a alguma delas apresentar a questão à senhorita, ela respondia com um sorriso sereno:

— Creio que uma mulher, embora estando solteira, também pode servir a Deus, não acha?

E quando alguém apresentava a questão à Sra. Nocar, esta encolhia os ombros pontudos e dizia:

— É que ela não quis. Poderia ter se casado várias vezes e muito bem. Essa é uma santa verdade. Eu mesma sei de dois homens muito bons que ela não quis.

Mas eu, cronista da Malá Strana, sei que ambos eram grandes farristas e não valiam a pena. Tratava-se de ninguém menos que o comerciante Cibulka e do gravador Rechner. Onde quer que se falasse deles, sempre se dizia a mesma coisa: "São boêmios terríveis!" Não digo que fossem delinquentes, seria preciso mais. Mas não havia neles nada de positivo, nem ordem, nem estabilidade, nem bom-senso. Rechner nunca começava a trabalhar antes de quarta-feira e parava nas tardes de sábado. Poderia ter ganhado muito dinheiro, pois era muito habilidoso, como afirmava o Sr. Hermann, conterrâneo de minha mãe, mas não lhe apetecia trabalhar. E o comerciante Cibulka ficava mais tempo na bodega sob os arcos do que em sua própria loja. Dormia sempre até tarde e quando ia para trás do balcão ainda estava meio que dormindo, grunhindo. Pelo visto até sabia francês, mas não cuidava de seu negócio, e seu ajudante fazia o que lhe dava na telha.

Estavam quase sempre juntos, e se na alma de um deles, por distração, surgisse uma chispa de consciência, o outro corria imediatamente para sufocá-la. No entanto, não havia companheiros mais divertidos se alguém quisesse se sentar ao lado deles. No rosto barbeado do pequeno Rechner, de queixo pronunciado, havia sempre um ligeiro sorriso, como se o sol percorresse os campos. A testa alta, livre dos cabelos castanhos, penteados para trás, era limpa, e ao redor dos lábios estreitos e pálidos havia uma eterna careta brincalhona. Todo o seu corpo enxuto, vestido sempre de uma cor amarelada, a preferida de Rechner, permanecia em permanente vibração e seus ombros se agitavam sem parar.

Seu amigo Cibulka, que sempre se vestia de preto, parecia muito mais tranquilo, mas só aparentemente. Era enxuto como Rechner, embora um pouco mais alto. Seu pequeno crânio terminava em uma testa estreita, quase retangular. Os arcos ciliares, um pouco marcados, cobriam, sob espessas e escuras sobrancelhas, olhos faiscantes; usava o cabelo preto penteado para a frente, até as têmporas, e um bigode longo, macio como veludo, caía sobre a boca bem perfilada; quando Cibulka sorria, seus dentes brilhavam como neve através do bigode. Havia um ar selvagem mas ao mesmo tempo bonachão no rosto de Cibulka. Ele geralmente reprimia o riso até não poder mais aguentá-lo e, de repente, explodia, para logo voltar a se recompor. Havia cumplicidade entre eles: bastava uma piscadela para que se entendessem à perfeição, incluídos aí os possíveis comentários. Mas raras vezes alguém se sentava ao lado dos dois, pois para os vizinhos honrados suas piadas eram grosseiras e de mau gosto, não as entendiam e tinham a impressão de que os dois blasfemavam sem parar. Cibulka e Rechner, por outro lado, não procuravam companhia na vizinhança acomodada da Malá Strana. Ao entardecer, preferiam mil vezes as tabernas afastadas da Cidade Velha. Vagabundeavam juntos pela cidade; até mesmo a distante margem de František desfrutava de suas visitas em dias alternados. E quando a altas horas, passada a meia-noite, ecoava nas ruas da Malá Strana um riso alegre, sem dúvida eram Rechner e Cibulka voltando a suas casas.

Os dois tinham mais ou menos a mesma idade da Sra. Máry. Tinham frequentado juntos, havia muito tempo, a Escola Paroquial de São Nicolau e, desde então, nem eles se preocuparam com ela e nem ela com eles. Só se viam na rua, e se limitavam a trocar uma saudação descuidada e ligeira.

E então aconteceu. A Srta. Máry recebeu das mãos de um moço de recados uma carta escrita com caligrafia primorosa. Quando acabou a leitura, suas mãos se abandonaram e a carta escorregou até o chão. Dizia o seguinte:

Muito estimada senhorita!
É muito provável que a surpreenda que eu, precisamente eu, escreva-lhe esta carta. E ficará ainda mais espantada diante de seu conteúdo. Jamais me atrevi a me aproximar da senhora. No entanto — para não andar com rodeios —, eu a amo! Eu a amo faz muito tempo. Analisei meus sentimentos e cheguei à conclusão de que, se tenho de ser feliz, só poderei sê-lo com a senhora.
Srta. Máry! Talvez se espante e me rechace. Talvez uma falsa reputação tenha turvado meu bom nome também diante da senhora, e olhará por cima do ombro. Não posso fazer mais do que implorar que não aja precipitadamente, que medite antes de pronunciar a palavra decisiva. Só posso dizer que em minha pessoa encontraria um esposo que a cada suspiro procuraria sua sorte.
Rogo-lhe mais uma vez que pense bem. De hoje a quatro semanas espero sua decisão, nem antes nem depois.
Enquanto isso, peço-lhe desculpas.
Esperando sua aquiescência, seu servidor,

*Vilém Cibulka*

A Srta. Máry ficou pensando sem parar. Já havia completado 30 anos e, de repente, de maneira inesperada, estava aos seus pés a primeira declaração de amor que recebia. De fato a primeira. Até então nunca havia pensado no amor; nem ninguém, até esse momento, havia lhe falado de amor. Raios vermelhos abrasadores açoitavam sua cabeça. Pulsavam-lhe as têmporas. A respiração abria caminho com dificuldade desde seu peito. Não era capaz de se aferrar a uma única ideia. E no meio daqueles raios soltos lhe aparecia, por instantes, uma pessoa concreta: o rosto sombrio de Cibulka.

Por fim apanhou a carta e voltou a lê-la, tremendo. Como era bem escrita! Como era carinhosa!

Não pôde se controlar e foi com a carta à casa de sua amiga, a viúva de Nocar. Sem dizer palavra, entregou-lhe a carta.

— Ora! — exclamou a Sra. Nocar. Em seu rosto era evidente uma grande perplexidade. — E o que você está pensando em fazer?

— Não sei, Luiza.

— Bem, você tem bastante tempo para pensar. No entanto, cabe a possibilidade e, perdoe-me, mas você sabe como são os homens: muitos deles só estão atrás de dinheiro... Mas por que não poderia amá-la de verdade? Quer saber de uma coisa? Vou me informar direito sobre ele.

A senhorita guardava silêncio.

— Olhe, Cibulka é bonito. Tem olhos negros como o azeviche, bigode escuro e os dentes, acredite... Os dentes parecem de marfim. É mesmo muito bonito.

A Sra. Nocar se inclinou até a amiga, que não dizia palavra, e abraçou-a com carinho.

A Srta. Máry estava vermelha como um tomate.

Exatamente uma semana depois, ao voltar da igreja, a Srta. Máry tropeçou em uma segunda carta. Com espanto crescente, leu o que segue:

Distinta senhorita:
Não leve a mal que tenha tomado a liberdade de lhe escrever. Acontece que tenho a intenção de me casar e preciso para o meu lar de uma boa dona de casa, mas não tenho relações, dado que minhas ocupações não me deixam tempo para me divertir. Por mais que pense, cada vez estou mais convencido de que a senhora seria sem dúvida uma boa pessoa e não se enganaria comigo. Tenho o suficiente para viver e sei trabalhar, e com a ajuda de Deus não nos faltaria nada. Tenho 31 anos, a senhora me conhece da mesma maneira que eu a conheço. Sei que tem uma fortuna, mas isso não é um inconveniente e é melhor que seja assim. Só quero dizer que minha casa não pode ficar mais sem uma ama e que não posso esperar muito mais, por isso lhe rogo que me dê no máximo em 15 dias sua amável resposta, caso contrário terei de me dirigir a outra parte. Não sou um iludido, não sei dizer belas palavras, mas sei querer e serei, durante 15 dias, seu firme servidor.

*Jan Rechner,* gravador

— Ele escreve com sinceridade, como um homem reto — disse, à tarde, a Sra. Nocar. — Você pode escolher, está vendo, Máry? E o que pensa fazer?

— E o que vou fazer? — A Srta. Máry repetia a pergunta como se estivesse em meio a sonhos.

— Gosta mais de um que do outro? Gosta mais de um dos dois? De qual você gosta mais?

— Vilém — sussurrava, enrubescida, a senhorita.

Cibulka já virara "Vilém". Rechner estava perdido. Haviam acertado que a Sra. Nocar, mulher mais experiente, redigiria uma carta para Rechner e a Srta. Máry a copiaria.

Mas ainda não havia passado uma semana quando a Srta. Máry voltou a visitar sua amiga com outra carta na mão. Seu rosto brilhava de satisfação. A carta dizia:

Estimada senhorita:

Não me leve a mal, mas, por outro lado, é bom que seja assim, e não é culpa minha. Se tivesse sabido antes que meu querido amigo Cibulka pretende sua mão, não teria me manifestado, mas ele não me dissera nada e eu de nada sabia. Já lhe disse tudo e me retiro voluntariamente, já que ele a quer, mas, por favor, não ria de mim, porque não estaria bem, e eu posso encontrar minha felicidade em outro lugar. Apesar de tudo, é uma pena, mas não importa, e esqueça a senhora que sou seu firme servidor.

*Jan Rechner*, gravador

— Você já se livrou das dúvidas — disse a Sra. Nocar.

— Graças a Deus.

E a Srta. Máry ficou sozinha, mas sua solidão foi doce para ela. Seus pensamentos se projetavam no futuro e eram tão deliciosos que, incansavelmente, os repetia para si, todos e cada um deles, uma e outra vez. E desse modo, pouco a pouco, cada pensamento adquiria maior plasticidade e se unia em um conjunto concreto: na imagem de uma vida bela.

No dia seguinte, no entanto, a Sra. Nocar encontrou a Srta. Máry indisposta. Estava deitada no sofá, pálida, com o olhar apagado e os olhos avermelhados pelo pranto.

A amiga, assustada, teve dificuldade de formular a pergunta. As lágrimas da Srta. Máry saltaram de novo e depois, em silêncio, ela apontou para mesa; em cima dela havia uma carta.

A Sra. Nocar intuiu algo terrível. A carta era mesmo muito grave.

Distinta senhorita:

A fortuna não me é propícia. Perdi o sonho, sustento a testa com a mão, minha cabeça não para de doer.

Mas não, não quero seguir o caminho empedrado pelas truncadas esperanças de meu melhor e único amigo. Desgraçado amigo, tão infeliz como eu mesmo.

No entanto, a senhora ainda não deve ter se decidido, mas que decisão é possível tomar? Não posso viver feliz vendo o desespero de meu amigo Jan. E ainda que me oferecesse, de verdade, a taça do prazer da vida, não poderia aceitá-la.

Estou decidido: renuncio a tudo.

Peço-lhe apenas uma coisa: que não se recorde de mim para dar risadas.

Seu afetuoso,

*Vilém Cibulka*

— Que ridículo!

A Sra. Nocar desatou a rir às gargalhadas. A Srta. Máry olhou para ela inquisitiva e angustiada.

E a Sra. Nocar começou a pensar em voz alta.

— São pessoas nobres, os dois são nobres, dá para perceber. Mas você não conhece os homens, querida Máry. Uma nobreza dessas não perdura. De repente o homem deixa de lado qualquer consideração e acaba pensando só nele mesmo.

Deixe-os estar, Máry, logo esclarecerão tudo. Rechner parece ser um homem prático, mas Cibulka, dá para perceber, a ama delirantemente. Sem dúvida, Cibulka aparecerá.

De repente o olhar da Srta. Máry adquiriu um brilho sonhador. Acreditou em sua amiga e sua amiga acreditou na santa verdade de suas próprias palavras. As duas tinham almas cândidas e boas, e não lhes passou pela cabeça suspeitar. Teriam ficado petrificadas diante da ideia de que talvez se tratasse de uma piada de muito mau gosto.

— Você não precisa mais esperar, ele virá, vai se decidir — insistiu novamente a Sra. Nocar quando se despediram.

E a Srta. Máry esperou, e as ideias de antes começaram a se entretecer. Não lhe proporcionavam bem-estar, mas estavam como que impregnadas de um espírito elegíaco, e à Srta. Máry parecia que, ainda que tristes, eram suas, e exatamente por isso tornavam-se cada vez mais queridas.

A Srta. Máry continuava esperando, e os meses passavam. Às vezes, quando dava seu passeio habitual pelas muralhas, encontrava os dois amigos, que continuavam andando sempre juntos. Sem dúvida, na época em que ambos lhe eram indiferentes, não reparava nesses encontros, mas agora parecia-lhe que topava com eles com excessiva frequência.

— Daqui a pouco você vai ver que estão procurando por você — comentava a Sra. Nocar.

No princípio, a Srta. Máry sempre baixava os olhos quando cruzava com eles. Depois, apesar de tudo, atreveu-se a fitá-los. Passavam dando uma volta ao seu lado, cada um deles a cumprimentava com o maior respeito, e depois ela olhava com tristeza para o chão. Entenderiam algum dia aquela pergunta ingênua que surgia nos olhos da senhorita? Só sei que ela não percebeu que os dois mordiam os lábios para não rir.

Passou um ano. Enquanto isso, a Srta. Nocar começou a receber notícias estranhas, que repassava à Srta. Máry com certo rubor. Que, aparentemente, os dois eram dissolutos. Que, aparentemente, os dois tinham o apelido de "boêmios". Todos diziam que acabariam mal.

Para a Srta. Máry, cada notícia daquelas era um golpe. Ela também tinha parte da culpa? O pudor feminino a impedia de dar o passo decisivo. Apesar disso, sentia-se como se estivesse cometendo um crime.

Passou outro ano difícil e Rechner foi enterrado. Morreu de tuberculose pulmonar. A Srta. Máry estava arrasada. O pragmático Rechner, como sempre dizia a Sra. Nocar, havia sido consumido pela dor...?

A Sra. Nocar suspirou e disse:

— Isso está claro. Agora Cibulka deixará passar algum tempo e depois virá.

E beijou a testa da trêmula Srta. Máry.

Cibulka não adiou muito. Quatro meses depois ele também estava no cemitério de Košíř. Sucumbiu a uma pneumonia.

Agora faz mais de 16 anos que os dois estão enterrados ali.

Por nada deste mundo a Srta. Máry decidiria qual das duas tumbas visitaria primeiro no Dia de Todos os Santos. Uma criatura inocente de 5 anos dever resolver por ela, e no lugar aonde a criatura se dirigia, a senhorita depositava a primeira coroa.

Além dos túmulos de Cibulka e Rechner, a Srta. Máry comprou um terceiro túmulo perpétuo. As pessoas acreditam que a senhorita tem mania de comprar túmulos para pessoas que não têm nada a ver com ela. A Sra. Magdalena Töpfer descansa no terceiro túmulo. Bem, era uma mulher sábia, a respeito de quem se contam muitas coisas. Quando teve lugar o funeral de Vels, o lojista, e a Sra. Töpfer viu que a cerieira Hirt passava por cima do túmulo vizinho, disse imediatamente que a cerieira daria à luz uma criança morta. E foi assim. Em outra ocasião, a Sra. Töpfer foi visitar sua vizinha luveira e viu que descascava uma cenoura; imediatamente disse que teria um filho sardento. E a filha da luveira, Marina, é ruiva e tem tantas sardas que até assusta. Mulher sábia, mas...

Mas como dissemos, a Srta. Máry não tinha nada a ver com ela. O túmulo da Sra. Töpfer fica aproximadamente na metade do caminho entre os túmulos de Cibulka e Rechner. Ofenderia a perspicácia do leitor se desse minha opinião sobre por que o adquiriu e onde descansará um dia a Srta. Máry.

# FIGURAS
## (FRAGMENTO DE UM IDÍLIO
ENCONTRADO ENTRE AS ANOTAÇÕES
DE UM ASPIRANTE A ADVOGADO)

1877

Ontem completei 30 anos. Tenho a sensação de que sou outro homem. Até ontem não era um homem completo. Agora o sangue circula pausadamente, todos os nervos são de aço, todos os pensamentos, autênticos. É um milagre como um homem amadurece em uma noite, até mesmo em um instante, como é intensa a força da consciência de que "você já tem 30 anos"! De um modo geral, estou realmente satisfeito comigo mesmo. Sinto que poderei fazer algo de útil. E farei. Vejo tudo com uma calma nobre. Agora... sim, agora voltarei a escrever meu diário com entusiasmo. Sei que passados os anos lerei estas páginas com muito orgulho e que quem as ler depois de minha morte exclamará: "Eis um homem."

Sou de repente um homem tão diferente que o dia de ontem parece-me fazer parte de um passado cinzento. Não consigo nem mesmo compreender meu passado. Embora escrevesse quase todos os dias, agora leio aquelas notas, aquelas ideias, e não as entendo mais. Balanço a cabeça, fascinado, e me pergunto: por que as terei escrito? "Para que servem os ideais? Por que aprendemos a ter ideais?" "Esfriamento do Sol — oceanos gelados." "Estou tão triste, não a ponto de morrer, mas de me suicidar." "Nuvem de uma grande desgraça ameaçadora, ou a sensação de um mundo que se desmancha." "Talvez tenha me equivocado." "Encaro as tarefas da vida, mas sem qualquer sensação de alegria, só com perguntas tristes." Besteiras cruéis. Sentimentos insanos. Daí se depreende que não tinha uma meta clara nem uma vontade firme, que me deixei envolver por uma vida totalmente rotineira e por hábitos soporíferos. Em que lugar destacado me encontro de repente agora!

Em primeiro lugar, vou fazer os exames para advogado; farei isso imediatamente. E, em segundo, vou me dedicar totalmente aos estudos. Não voltarei ao escritório antes de me livrar dos exames; meu chefe não me excluirá da lista dos empregados do escritório: se o fizer, perderei uma parte do estágio obrigatório de sete anos. Terceiro: vou me limitar, sem exceções, a ficar em casa. Não voltarei a pisar na taberna nem ao entardecer. Parece mentira o dinheiro que perdi a cada dia em jogos idiotas de baralho. Tampouco irei aos domingos à rua Na Příkopě, nem ao teatro, nem a qualquer lugar, faça o que fizer a Srta. Františka. Ela disse na casa dos Loukota que tenho uma aparência abandonada. Que me aguarde!

*Tive uma excelente ideia*! Eu beijaria a mim mesmo: vou me *mudar para a Malá Strana*. Vou viver no poético e tranquilo bairro da Malá Strana e terei vizinhos amáveis e silenciosos em algum canto de qualquer rua afastada. Não há dúvida de que até para meu estado de espírito atual, elevado, é totalmente imprescindível um entorno poético. Que prazer! Uma casa tranquila, um apartamento arejado, com vista para as melancólicas colinas Petřín ou algum jardinzinho interno silencioso — um jardim é fundamental. Trabalho e paz. Sinto meu peito estufar.

Mãos à obra. Estamos nas vésperas de São Jorge.

Se não me engano, há rouxinóis nas colinas Petřín.

Tenho muita sorte. Encontrei um apartamento que não poderia ser melhor, na tranquila rua Újezd. Vou me esconder ali, como uma criança que encontrou seu cantinho misterioso; ninguém me encontrará. Ninguém.

Gosto da fachada da casa de dois andares. Não serei um inquilino independente. Vou sublocar, mas o que importa! Minha futura senhoria é "a maquinista", a mulher de um maquinista de trem; ainda não cheguei a encontrá-lo, está quase sempre viajando. Eles têm no primeiro andar um apartamento maior do que é necessário. Um quarto grande voltado para a rua, uma cozinha e mais dois quartos na parte de trás, que são os que me realugaram. Três janelas dão a um pátio inclinado; uma delas, a do quarto dos fundos, ao jardinzinho e também às colinas Petřín. O jardinzinho é encantador e, como disse a maquinista, pode ser frequentado por todos os inquilinos. Bem, mas embora o jardinzinho seja muito agradável, eu não o frequentarei, quero estudar. Como a casa foi construída no mesmo nível das colinas Petřín, o pátio é inclinado e o jardim fica na altura do primeiro andar, de maneira que minha janela fica quase no térreo. Quando fui à janela, ouvi o canto das cotovias das colinas Petřín. Que delícia! E fiquei me perguntando se também há rouxinóis. Sim, há!

A maquinista é uma jovem de uns 22 anos. É bonita, tem uma beleza saudável. Embora seu rosto careça da perfeição clássica (a mandíbula é um pouco larga), as faces parecem de veludo e os olhos, um pouco esbugalhados, são azuis como o ciano. Tem uma menina de 7 meses, Kačenka — essa gente lhe conta logo toda a sua vida. A pequena Kačenka é cômica. Sua cabeça é como uma bola, e ela herdou os olhos esbugalhados da mãe; parecem sustentados por dois talos, com uma expressão incrivelmente bobona. Mas quando alguém olha para ela afavelmente, a bola começa a sorrir e nos olhos inexpressivos se acende, de repente, uma faísca, e eles adquirem, depressa, uma expressão tão agradável que... (escreverei sobre isso mais adiante, agora não me ocorre a palavra adequada). Acariciei o rosto de Kačenka e disse:

— Que menina bonita!

Conquistar a mãe com um elogio ao filho é uma coisa que costuma funcionar.

— E é tão boazinha que quase nunca chora — respondeu a mãe, satisfeita.

Isso será muito útil aos meus estudos.

Quando lhe disse que era doutor em direito, a maquinista se mostrou claramente comprazida. E quando lhe disse que me chamava Krumlovský, exclamou:

— Que nome bonito!

Essa gente fala tudo com a mesma franqueza. Acertamos o aluguel, alguns serviços e o desjejum. A maquinista lavará minha roupa, limpará o quarto e me fará o café da manhã. À direita do portal há uma taberna limpa, como pude comprovar, e de lá receberei o almoço e o jantar.

— Quando meu marido não está em casa, encomendamos a comida a eles; é comida caseira — disse ela.

— Maravilha, eu gosto de comida caseira. Não me agrada a comida apimentada dos restaurantes. Prefiro cem vezes uma sopa ou uma massa com toucinho a um complicado guisado de carne.

À esquerda do portal há uma oficina de sapateiro e logo acima de mim, no segundo andar, vive um alfaiate. O que posso querer mais? Devo dizer que um pouco mais além fica a casa onde nasceu o poeta Mácha, mas não dou a menor importância à poesia escrita, prefiro mil vezes a poesia que a própria vida cria e, por isso, só menciono de passagem os poemas de Mácha. Nunca escrevi um verso. Ou melhor, tentei quando era estudante. Talvez tivesse talento. Pelo menos recordo um belo poema meu, com uma aliteração exemplar. Não recordo nada além daquelas brincadeiras fonéticas:

> Acentua o aulido
> Do cão que correu costeando a costa
> O silvo do seu senhor.

Riram de mim no colégio quando li essa balada em voz alta. Defendi-me dizendo que prestassem atenção nas aliterações. Mas riram ainda mais e, desde então, no lugar de "aliteração" diziam sempre "o silvo do seu senhor". Idiotas!

Quando ainda estava negociando com a maquinista, apareceu na porta aberta da cozinha um homem de cerca de 40 anos com um cachimbo na boca. Devia ser um vizinho, com roupas de ficar em casa. Permaneceu de pé, apoiado no umbral da porta, fumando.

— Este senhor é o Dr. Krumlovský — disse a maquinista, dando ênfase especial à palavra *doutor*.

O homem deu uma baforada.

— Muito prazer. Seremos bons vizinhos, doutor.

O homem me estendeu a mão branca e carnuda. Apertei-a com firmeza. É preciso saber tratar os vizinhos, e, além do mais, as pessoas daqui são muito boas. Era um homem parrudo, de rosto um pouco avermelhado e olhos azuis aquosos, como se estivessem cheios de lágrimas. Outros olhos sinceros! Mas essa espécie de sinceridade dos olhos aquosos costuma ser provocada pela bebida — eu conheço as pessoas. E seu lábio superior é grosso. Todos os bêbados têm o lábio superior grosso.

— O senhor joga *šístka*?

Teria gostado de lhe dizer que me dedicava aos estudos, e que agora não jogava absolutamente nada, mas por que prejudicar logo no começo as relações com a vizinhança?

— Qual é o tcheco que não joga *šístka*! — respondi com um sorriso cortês.

— Muito bem, nós faremos um dia.

É um germanismo perfeito essa coisa de "fazer um dia". Nossa língua tcheca vai se contaminando nas cidades. Durante as conversas, discretamente, procurarei corrigir esses erros.

— Nós, os artistas, gostamos de gente instruída. Sempre se pode aprender alguma coisa com essa gente.

O que essa gente vai aprender comigo? Tenho a sensação de que agora chegou a minha hora de lisonjear. Quem será esse homem? Artista, olhos aquosos, rosto avermelhado, mão carnuda; teria apostado que tem calos na ponta dos dedos, embora ainda não possa ver, mas há de ter calos na ponta dos dedos. Toca contrabaixo. Conheço as pessoas. Digo:

— Você, como músico, nunca se aborrecerá.

— A senhora ouviu? — O homem começou a rir de tal forma que seu ombro subia e descia pelo umbral da porta. Parecia um rinoceronte se esfregando numa árvore. — Eu, um músico enlouquecido como aquele... — E apontou com o polegar para a porta central do corredor, e seu riso se transformando em uma tosse forte e rouca.

— O Sr. Augusta é pintor — disse a maquinista.

Nesse momento chegou, vindo do fundo do corredor, um menino de 8 anos, atraído, provavelmente, por aquela risada e aquela tosse. Apoiou-se no pintor e olhou para mim.

— É seu filho, Sr. Augusta? — perguntei, um pouco constrangido.

— É meu Pepík. Moramos ali, na ala direita, assim como você aqui na esquerda. Nossas janelas ficam frente a frente.

— Quem é este? — perguntou Pepík, apontando-me com o dedo.

Gosto muito da fala simples e direta das crianças.

— É o Dr. Krumlovský, seu mal-educado.

— E vai ficar aqui?

— Ouça, Pepík, você quer um *krejcar*? — disse, acariciando os cachos louros do menino.

O menino esticou a mão sem dizer palavra.

Creio que deixei uma boa impressão geral.

Que dia atarefado! A mudança — recolher, colocar as coisas no lugar — me deixou tonto. Não estou habituado a mudar de casa com frequência e não achei a menor graça nisso. Pelo visto há gente que gosta — estranha doença, devem ser pessoas de caráter instável. Mas também não se pode negar que há certa poesia na mudança. Quando o apartamento antigo começa a se esvaziar e a ficar deserto, de repente se apodera da gente uma espécie de tristeza melancólica; sentimo-nos como se abandonássemos um refúgio e saíssemos a navegar sobre ondas traiçoeiras. E o apartamento novo nos olha como se fôssemos estranhos, não nos diz nada, é frio. Eu me sentia como um menino em um quarto desconhecido que precisa agarrar a saia da mãe e gritar: "Estou com medo." Mas amanhã de manhã levantarei e, sem dúvida, direi: "Aqui se dorme bem." Que horas serão? A casa está mergulhada no silêncio, como se fosse um poço. É uma boa imagem, essa de "como se fosse um poço", muito melhor do que "como um cemitério"; pelo menos não tão batida.

Diverti-me muito com a maquinista. Tudo a surpreendia, mexia em tudo, bisbilhotava tudo; essa curiosidade ingênua não me chateia. Ajudava-me com presteza, armou e fez minha cama. Seu maior espanto foi o grande colchão de pele de corça e o travesseiro, também coberto com pele de corça. Quando a cama foi colocada no lugar, não conseguiu resistir e caiu deitada, para experimentá-la; ria de pura alegria, parecia um esquilo — quando o esquilo ri. Depois colocou Kačenka na cama e riu de novo. Tem um riso especial, parece sininhos soando. E quando estendeu no chão, aos pés da cama, uma boa pele de raposa, forrada com pano vermelho, ficou novamente embevecida ao pensar que Kačenka sentiria medo daquela cabeça de raposa com olhos de vidro.

— Com isso eu poderei assustá-la se não se comportar direito.

Essas pessoas apreciam qualquer bugiganga.

Mas pouco depois quase perco a paciência. Quando cheguei com a segunda remessa de utensílios, vi, através da porta aberta, que no outro quarto Pepík estava ajoelhado em uma poltrona, ao lado do aquário, e que sustentava na palma da mão um peixinho dourado. Corri até lá.

— Meu Deus!

Ouvi atrás de mim uma voz feminina desconhecida e, ao me virar, vi uma mulher sair correndo pela porta. A maquinista estava em pé ao lado da cama e morria de rir.

— Era a mulher do pintor. Ela se jogou na cama para ver como era. E a filha do senhorio também gostou de se deitar nela.

Acho que a maquinista trará todo mundo para experimentar minha cama. Como serão as camas dessa gente? Mas preciso ter cuidado para que Pepík não entre sozinho nos meus aposentos. Um dia poderá derrubar meu aquário. Por outro lado, é um menino bonito, com cachinhos claros como o trigo e olhos acesos... Não herdou os olhos do pai, deve ser parecido com a mãe.

Continuo atento, para ver se ouço o rouxinol. Não se ouve nada, talvez porque ainda faz muito frio. Que primavera! A estação começou há seis semanas e ainda estamos usando casacos de inverno! Talvez quando o verão se aproximar ainda faça mais frio, e assim seremos obrigados a usar abrigos de pele no verão, ei, que ideia! "Casacos de pele no verão."

Mas um pouco de frio não incomoda os rouxinóis. Em vão mantenho os ouvidos atentos. Não se ouve trinado algum. Passos! Passos masculinos, pesados, que vêm se aproximando pelo corredor. Ranger de portas, a porta da nossa cozinha, uma voz feminina, outra masculina: aparentemente o maquinista voltou. Depressa, apagarei a luz e me deitarei. Ela é capaz de trazê-lo para experimentar minha cama. E um maquinista sempre volta muito sujo de uma viagem.

Direito civil. Direito mercantil. Letras de câmbio. Procedimento judicial. Sumários. Regulamento sobre infrações de posse. Regulamento sobre procedimentos em causas de arrendamento. Lei de mineração. Lei de águas. Direito penal. Lei de ajuizamento criminal. Lei processual. Lei do ordenamento municipal. Regulamento notarial. Regulamento de profissões liberais. Legislação cadastral. Legislação bancária. Lei de associações. Regulamentação da caça e da pesca. Leis tributárias.

Aí está! A cada manhã examinarei essa relação para saber quanto me falta, a fim de não dormir sobre os louros. Mas os bons propósitos serão mantidos, pois agora sou um homem inteiramente diferente. E quando me ocorrer qualquer bom propósito, sempre o anotarei e o relerei a cada dia. As pessoas esquecem as coisas sem querer.

Um bom café da manhã. Café sem chicória e um pãozinho quente. A maquinista veste a roupa branca matinal. Está resplandecente. Percebe-se que é bem casada.

— Bom café, excelente — digo, para conquistá-la.

— Tenho prazer de ouvi-lo, doutor, alegro-me de que goste. Não deseja nada mais?

Neste momento me lembro do maquinista.

— Seu esposo está em casa? Gostaria de conhecê-lo o quanto antes.

— Foi à estação e só virá na hora do almoço.

Ela volta a rir. Ri constantemente.

— Se quiser, faço sua cama e dou uma arrumada. Acabo de dar um banho em Kačenka e ela está dormindo — acrescenta. — Se estiver incomodando, doutor, o senhor poderia ir para o outro quarto.

Vou para o quarto do lado e olho o pátio pela janela. Há flores nas janelas dos apartamentos da frente. Flores dessas que são comuns em nosso país. Seria possível escrever um tratado especial dedicado à flora das janelas tchecas. A perfumada alfavaca, de folha grande, suculenta, que murcha ao ser manuseada — "como uma mulher deflorada". A balsamina (maria-sem-vergonha), que não cheira e tem muitas flores — todo mundo a cultiva, plantando a semente do ano anterior. O antipático pelargônio, com uma folha triste e grossa e uma chamativa flor vermelha. As roseiras e suas folhas, que suportam o mau trato. E gerânios e alecrim, é claro. Alecrim, flor nupcial, flor fúnebre. Cheiro: amor; verdor eterno: fidelidade. O alecrim, dizem, reforça a memória. Creio que devo comprar muitos vasos. É habitual também jogar o alecrim na água:

O raminho pelo arroio vai navegando,
Talvez Joãozinho o colha este ano.

Não, não o colherei, só me faltaria me casar tão depressa.

O jardim está bem cuidado. Há vários caramanchões, talvez um para cada família que vive no edifício. Pelos caramanchões subirão as acerolas, para que Pepík possa colher seus frutos. Nos terraços crescerá o aneto, para ser usado no molho do *knedlík*.

— Já acabei, doutor — ri a maquinista, na porta.

Abriu de par em par as janelas do primeiro quarto; terei de voltar a fechá-las, mas será melhor fazer isso quando for embora.

— Não deseja mais nada?

Um verdadeiro exemplo de cortesia. Devo, pelo menos, tratá-la com certa afabilidade. Do apartamento do pintor chegam os gritos de uma criancinha e uma agudíssima voz de soprano.

— Eles têm um bebê, não é?

— De 1 ano, que passa o dia gritando.

As janelas que dão para o pátio devem ser abertas o menos possível.

— E a mulher do pintor também grita sem parar. Aquela fala pelos cotovelos!

As janelas que dão para o pátio não serão abertas nunca, e as que dão para o jardim poderão ficar escancaradas o dia inteiro.

Percebo que a maquinista não é dada a usar expressões refinadas. Vê-se logo que é uma mulher simples. Parece que existem umas expressões próprias da Malá Strana. Vou anotá-las. Agora, por exemplo, anoto isso de "falar pelos cotovelos". Ao ver que estou escrevendo, diz:

— Espero não estar interrompendo o doutor; talvez precise trabalhar.

— Um pouco, não muito — respondo. — Quem vive no apartamento que fica em cima do pintor?

— Um sujeito estranho, um solteirão. Chama-se Provazník e não sei o que faz. Não pega no batente o dia inteiro. Não sai. Limita-se a olhar como uma coruja pela janela e observa com olhos rancorosos o que os vizinhos fazem. Se pelo menos acariciasse o lombo da gata...

Ela ri. (Anoto: acariciar o lombo da gata.)

— No primeiro andar, na face que dá para a rua, vive o senhorio com a filha, e no segundo andar, também no lado da rua, os Veirostek, uma família de escreventes, chupadores de tinta. Devem estar juntos há pouco tempo, pois seus anéis conservam-se completamente dourados... Mas eu estou aqui falando sem parar e não sei se minha Kačenka já acordou.

E desaparece pela porta dando uma gargalhada.

Agora já conheço tudo. Fechar as janelas depressa e começar a estudar. São 9 horas. E é terça-feira, um bom dia para começar os estudos. Começarei, como todo mundo, com o direito civil. Creio que tudo correrá bem...

— Esqueci de perguntar se passou bem a primeira noite — diz alegremente, de novo, a maquinista, parada na porta. — Olhe, Kačenka, o doutor. Dê bom-dia, faça uma reverência. — Inclina a menina. — Bem, vamos, vamos! — Faz como se quisesse deixá-la em meus braços. — Deve ter dormido bem, não tenho dúvidas. Também, com uma cama dessas! — Já está ao lado da cama. — Minha Kačenka, veja como é bom ficar aqui. — Volta a colocá-la na cama. — Está vendo, pequena, parece uma rainha. Mas que cama! — E fica quase deitada ao lado da pequena Kačenka.

É uma bela mulherzinha, uma figura deliciosa, mas...! — Continuo olhando atentamente o Código Civil.

— Venha, Kačenka, o doutor precisa trabalhar, não devemos incomodar.

E vai embora rindo.

É incrivelmente ingênua!

Bem, primeiro é preciso ler cada artigo atentamente. Posso pular o preâmbulo. "*Introdução. Das leis...*"

Um gato, um gato branco. Está na porta e mia. Não o tinha visto até agora. Esse gato é nosso? Como se diz a um gato para ir embora? Ah... "Xô!" Mas se lhe disser "xô" vai miar ainda mais.

Não, se ficar aqui não poderei estudar. Não gosto de gatos: são maus, falsos e caçam os ratos. Também arranham e mordem. E quando a pessoa está dormindo, plantam-se em seu pescoço e a sufocam. Propósito: todas as noites, antes de deitar, farei "xô, xô". Diz-se também que costumam ficar raivosos. Era o que me faltava. Tenho de perguntar à maquinista com cautela — talvez seja seu bicho favorito — se observou nele sintomas de que possa estar com raiva.

Volta a miar. Entreabro a porta e o gato sai correndo. Agora a maquinista, que pergunta se quero mais alguma coisa. Não, digo que abri um pouco a porta só por causa do gato. Bom! Risos.

"*Introdução...*"

Batem à porta. O pintor. Que não quer incomodar, mas que, quando minhas janelas estavam abertas, viu na parede alguns quadros que chamaram sua atenção. Tenho dois guaches de Navrátil. Um, uma tormenta no mar, de caráter tenebroso; o outro, o mar sob um sol resplandecente, de caráter alegre. O pintor se planta diante deles. Está vestido para sair, com um casaco preto longo, uma bengala e um chapéu flexível. Se emergisse desse chapéu um viburno, pareceria um gorro de cossaco. Tem de ser um Navrátil. "Sim." Ainda não havia visto um Navrátil desse tipo. Quando jogaremos uma partida de *šístka*?

— Em breve, em breve.

Diz que com o senhorio poderíamos jogar os três, e se eu convidasse um amigo poderíamos jogar em quatro. Precisa me dizer que sua mulher está envergonhada, pois surpreendi-a ontem deitada na minha nobre...

— Bem, procurarei tranquilizar sua estimada senhora, não é para tanto.

— Essas mulheres!

Trocamos um apertão de mão e ele vai embora. A maquinista na porta. Já se aproximam as 10 horas. Se quero um lanchinho...

"*Introdução*. Sobre o direito civil em geral. Conceito do direito civil."

Sinto um agradável estremecimento. Mergulhei tanto nos artigos que mal percebi que chegara a hora de comer. A comida é bastante digna, mas nada farta. Bem, de qualquer forma não é muito saudável se empanturrar depois de ter ficado sentado durante muito tempo.

— Um café puro?

— Não, até a noite, por volta das 8, não preciso de absolutamente nada.

— Nem sequer de um charuto?

— Nunca fumo em casa.

Maravilhoso! Como um arroio que levasse um barco a uma velocidade vertiginosa e os objetos da margem passassem em um abrir e fechar de olhos: artigo após artigo. É como passar entre os dedos as contas do rosário. Não imaginei que já soubesse tanto e que seria tão fácil. Mergulhei de tal forma nos estudos que não vi nem ouvi nada. Creio que a maquinista entrou no quarto de seis a dez vezes. Também me parece que assustou Kačenka em duas ocasiões com a pele da raposa. Sim, dirigiu-se a mim, e, pelo visto, não lhe respondi nada. Assim se dará conta de que não devo ser interrompido.

Estou extremamente satisfeito: cento e trinta e cinco artigos! Agora o jantar e depois continuar! E ainda há quem me diga que o trabalho não é um prazer! Meu corpo treme de prazer.

O assado está um pouco duro. Maldito erro! Havia me esquecido completamente do maquinista.

— Sim, traga-me outra jarra de cerveja. Posso falar agora com seu esposo, para que nos conheçamos um pouco?

— Foi à estação. Sai às 9. Estou de novo viúva.

E ri. Talvez eu nunca chegue a conhecer o maquinista.

Dez e meia. Estou cansado. As vontades não mínguam, mas os sentidos relaxam. O Código Civil tem 1.502 artigos; terminarei em oito dias. Espere, vamos nos divertir um pouco!

Somo todos os artigos dos outros códigos. Uma divisão simples... "No máximo dentro de um mês estarei totalmente preparado." Meu corpo ainda está tenso, as veias pulsam e, provavelmente, não conseguirei cair logo no sono, mas me deito para descansar. Colocarei a lamparina e o bloco de notas na mesa de cabeceira. Meditarei.

Que susto, que horror! Aproximei-me da cama e havia algo ali. Dois pequenos triângulos me contemplavam: o gato, deitado com a cabeça erguida.

E agora, o que faço? Se soubesse assustar um gato... Não, não quero assustá-lo, mas o que se faz para que vá embora?

— Xô! Vamos! — olha-me sem me levar a sério. — Fora daqui! — Perdão, isso se diz quando se quer pôr as lebres para correr. — Saia, suma, fora!... — Nem me olha. Apoiou a cabeça e dorme. E agora?

Dizem que as feras temem o fogo. Aproximo a lamparina: o gato nem se mexe, apenas seus olhos se entrefecham, creio que incomodados.

Um chinelo! Nem mirei, mas o gato já está no chão junto à porta. Entreabro e dou graças a Deus.

Atrás da porta, uma voz: se desejo algo. Não. Mas como abri a porta...

— Só estava afugentando o gato!

Devo dizer se quero algo. Ela diz que quando está sozinha não consegue dormir direito e, de qualquer forma, que sempre se entedia muito. Não respondo. Um riso abafado lá fora.

Jesus, que prazer!... Tiun, tiun, tiun, tiun, um rouxinol!

Que canto doce! Que garganta maravilhosa!... A divina Filomena, celebrada por milhares de poetas! Cantor da primavera, cantor do amor, cantor do prazer.

Tiun, tiun, tiun, tiun, tiun, tiun, tiun...

Cutiun, cutiun, cutiun, cutiun...

Como é tirana a gente que priva da liberdade um pássaro desses. Seu canto só flui livremente quando está totalmente livre. Abençoo as leis...

Ci, ci, ci, ci, ci, ci, ci, ci, ci...

Escorre como o mel. Bendigo as leis que protegem as aves que cantam.

Cho, cho, cho, cho...

Este é um pouco mais estridente, e monótono e sustenido!

Chac, chac, chac, chac, chac, chac, chac...

Cale-se já! Parece que perfuram meu cérebro com ferro candente.

Chac, chac, chac, chac... chac, chac, chac, chac, chac, chac... chac, chac...

Bum! Embaixo da cama: estou sobre o pavimento. É de enlouquecer; de qualquer forma, continuo emocionado. Vamos lá! Quando fechar a porta do outro quarto pararei de ouvi-lo... Chac, chac, chac... Não adianta! Esse cantor louco deve estar perto do pátio... Chac, chac... Uma escopeta! Se tivesse uma escopeta, daria um tiro da janela, embora toda a vizinhança fosse morrer de susto. Como é possível que não acabem com esse tipo de animais!

Chac, tac, tac, tac, tac, tac...

Jesus, Maria e José!

Minhas têmporas derreteram. Não, isso eu não vou aguentar. Se soubesse onde está pousado não pensaria duas vezes, me vestiria e acabaria com o chac, chac.

Tiro bruscamente do armário um velho abrigo, arranco o forro, extraio o estofo e enfio no ouvido tudo o que é possível. Agora ladra! Chac, chac... Não adianta! Todo o estofo! Nos ouvidos, na cabeça e um lenço grosso em volta.

Mas não serviu para nada. Aquela criatura poderia atravessar com seus disparates os muros de uma fortaleza.

Que noite me aguarda!

São 10 horas e acabo de levantar! Minha cabeça está explodindo. Não sei a hora em que adormeci, creio que depois das 3. Entre as 2 e as 3 um cochilo cheio de calafrios: o rouxinol continuava latindo. Os rouxinóis da Cidade Velha são diferentes. E o mais provável é que tenha me resfriado. Minha testa arde, o nariz coça. O céu está negro e o ar é frio. Há verões em que até julho parece novembro. Aguaceiros frios, as folhas caem e você fica congelado.

A maquinista me manda ao outro quarto porque quer limpar este. Voltará a deixar a janela aberta, o que fará piorar meu resfriado. Nem pensar! Aproveitarei para seguir em frente, irei à casa do pintor. Tenho de fazer isso pela mulher do pintor, para que não continue envergonhada. É preciso ter tato. E já que o pintor me visita, devo visitá-lo. Conheço os bons modos.

— Pode visitar os Augusta — opina a maquinista —, hoje a Sra. Augusta está ceceando.

A querida maquinista diz coisas muito estranhas. O que quer dizer com "hoje está ceceando"? Quando a pessoa ceceia, ceceia sempre.

Bato à porta. Aguço os ouvidos. Nada. Bato de novo. Silêncio. Giro com cuidado a maçaneta e a porta se abre. No primeiro quarto está toda a família, completa.

— Desculpem...

Ninguém me dá atenção. Ele está sentado diante da tela com a cabeça apoiada na mão. Ela está em pé ao lado de uma cômoda baixa com a cabeça inclinada e com um trapo na mão. Só Pepík olha para mim, estira-me a língua e dá meia-volta. Seus olhos vão do pai à mãe. Tenho de fingir que não percebi o atrevimento do menino. O famoso "deixa estar". Um cachorrinho negro está me farejando; nem sequer late, parece que é muito jovem.

— Vocês me desculpem... — digo, elevando a voz.

— Ah, querido vizinho, perdoe-me, pensei que fosse a criada. Mulher, o doutor da frente! Hoje temos sopa de batatas (não me incomodaria tomar sopa de batatas três vezes ao dia...), e estamos aqui pensando se também comemos uma massa. Faça o favor de sentar.

Preciso começar de uma maneira muito elegante.

— Bem, não sou mais um estranho. Conheço o dono da casa, o filhinho também, e tive, igualmente, o prazer de ver a distinta senhora. Se a senhora me permite, apresento-me: Dr. Krumlovský.

Uma loura insossa inclina a cabeça, sem jeito. Parece uma boneca articulada de madeira que, de repente, dobra-se pela metade. Quer dizer alguma coisa.

— O senhor me perdoe... Meu marido já me disse que está um pouco aborrecido comigo...

— Ah, entre vizinhos essas coisas não têm importância.

Inclina-se de novo como se fosse se quebrar ao meio.

Ela ordena que eu me sente, e pergunta o que estou achando da casa nova. Digo que é magnífica, mas que essa noite... E conto a história do rouxinol.

— Ora, o rouxinol. Eu não ouvi nada!

— Até parece que você ia ouvir, naquele porre! — irrompe na conversa a voz da soprano, cortante como o fio de uma navalha.

— Eu? Bem, um pouco...

— E isto também é pouco? Olhe, doutor.

A mulher de Augusta levanta a manga e vejo uns hematomas.

— Eu, senhor doutor, pude escolher: todos os homens estavam loucos por mim e me casei logo com este! Com você!

Aparentemente a mulher do pintor tinha a formação de feirante. Estou desconcertado, mas percebo que realmente ceceia. Continua limpando a poeira, como se eu não estivesse ali.

— Pois sim, foi um pequeno contratempo, doutor — esclarece o pintor, e força um sorriso que não sai. — Estive em umas seis cervejarias e não bebi mais do que uma cerveja em cada uma delas; depois voltei para casa. Estas coisas não me caem bem. Sou um homem bom, mas quando bebo me transformo em outra pessoa e essa pessoa continua bebendo e fazendo asneiras. Mas fazer o quê? — Ri forçadamente.

— Às vezes não faz mal, é até saudável de vez em quando. Lutero diz...

Mas de repente me assusto com minhas próprias palavras e paro. Parece-me que falta pouco para que a flanela voe na direção da minha cabeça.

— O tal rouxinol me levou ao desespero ontem — digo, mudando de assunto com cautela.

O cachorro morde as bainhas da minha calça. Não quero lhe dar um chute, mas não posso ficar sentado comodamente.

— Deveria me ouvir, tenho razão, não é verdade, Ana?

Ana não diz nada.

— Eu posso cantar como um rouxinol. Às vezes chamo cinco ou seis deles e de repente temos um concerto de verdade. Logo verá.

Se um dia lhe ocorrer fazer uma coisa dessas, dou-lhe um tiro.

— Eu pensava que o senhor fosse um paisagista, mas é retratista.

Há um personagem na tela.

— Sou obrigado a fazer exclusivamente santos. Preciso sobreviver. Três túnicas vermelhas e azuis, um pouco de carne e pronto: não é necessário mais nada. É verdade, sou retratista. Costumava ter muito trabalho. Todos os judeus vinham a mim, embora não faturasse muito. Um judeu de corpo inteiro por 20 florins, mas apareceu um alemão e levou-os embora. Que ideia acaba de me ocorrer! Como tenho agora de pintar São Crispim, o senhor, doutor, poderia ser meu modelo. O doutor daria um São Crispim perfeito. Tem alguma coisa...

O que posso ter? Por acaso roubo?

Mudo de assunto, passo a dar atenção a Pepík: assim o conquistarei.

— Pepík, venha cá, venha.

— Vá, não se faça de bobo!

Um pescoção paterno. Noto que estou ficando vermelho. O menino grita:

— A maquinista já disse hoje pra mamãe que o doutor é um pouco bobo, não é mesmo, mamãe?

— Cale-se!

Então eu sou bobo?

— Venha cá, Pepík, venha.

Mas minha voz treme um pouco. O menino chega chorando e se enfia entre minhas pernas. Vamos ver. Como se brinca com um menino?

— Mostre-me a mão! "Cinco lobinhos tem a loba, cinco lobinhos atrás da alcova..."

O menino nem sequer sorri. Outro teste:

— Um para o papai, outro para a mamãe, outro para o vovô, outro para a vovó, este para... — Não sei como continuar. O menino parece uma geladeira. — Espere, Pepík, vou lhe dizer uma adivinhação: O que é o que é? Sou verde, mas não sou erva, tenho calva, mas não sou padre, sou amarelo, mas não sou cera, tenho rabo, mas não sou cão. O que é o que é?

— Não sei.

Mas eu mesmo não sei. Recordava só a adivinhação, mas não a solução.

— Continue dizendo outras bobagens — convida-me Pepík.

Finjo não ter ouvido. Despeço-me.

— Tenho que voltar aos estudos. Deve ser meio-dia.

— Ora — diz o pintor —, tão tarde assim? Este relógio deve estar adiantado pelo menos meia hora.

— Não está adiantado — diz, cortante, a mulher. — Ontem, quando o relógio da torre dava a hora, eu o acertei com o cabo da vassoura.

Ela diz que foi um grande prazer e pede que eu apareça mais, pois sem dúvida seremos bons vizinhos.

Agora eu gostaria de saber por que sou bobo.

No corredor cumprimentei uma mulher, provavelmente a filha do senhorio. Uma solteirona já avançada em anos.

— Ceceava? — pergunta a maquinista.

— Sim.

— Isso quer dizer que hoje estão com dinheiro. Quando não têm, fala muito bem.

Parece que a maquinista tem a boca do tamanho de um bonde.

— Quando o senhor vinha pelo corredor, o Sr. Provazník enfiou a cabeça na janela e ficou acompanhando-o com o olhar.

Olho para cima. Acho que vejo um rosto fino, amarelado, como cera, mas não consigo ver mais nada. A maquinista pergunta se desejo algo. Um pouco mal-humorado, respondo:

— Não.

Pergunta se poderia deixar Kačenka um pouco no meu quarto. Tem de ir às compras, mas logo estará de volta. E Kačenka começa a chorar sempre que fica sozinha.

— Mas eu não sei cuidar dela.

— Eu a deixarei simplesmente na cama.

— E o que eu faço se começar a chorar?

— Ah, não, ela não chora quando vê alguém.

— E se aprontar alguma?

— Tão pobrezinha...

Sim, tão pobrezinha. Estou de péssimo humor.

Decisão: influenciar Pepík moralmente.

Li certa vez *Os bons pensamentos*, de Burnand. No entanto, meus propósitos são uma coisa inteiramente diferente, não o estou imitando.

Não teria acreditado que hoje fosse capaz de me concentrar tanto nos estudos. Estou contente, mas terrivelmente cansado. Vou me deitar.

O rouxinol não late, talvez tenha congelado. Deus queira! De qualquer forma, gostaria de saber por que sou bobo.

Antes de tudo, meus parabéns! Espero que esteja disposto a aceitar alguns conselhos de um velho amigo, e me sinto na obrigação fraternal de lhe dar um bom conselho. Antes de tudo, para o exame é preciso sangue-frio. Você saberá bastante, estou convencido disso, mas o sangue-frio, por assim dizer, vale o dobro de todos os conhecimentos. O tribunal apresenta, em sua maioria, perguntas de senso comum; então, se não lhe ocorrer nada quando um membro do tribunal lhe perguntar: 'Se alguém aparecesse com um assunto desse tipo em seu escritório, o que lhe responderia?', responda com toda sinceridade: 'Eu pediria um adiantamento em metal' Acredite que o membro do tribunal, o..."

Imbecil! Não posso suportar pessoas que estão sempre querendo exibir sua inteligência e recorrem a velhas anedotas. Não era em vão que o chamávamos, ainda na escola, de Jindra Fanfarrão. É um fanfarrão! Mas a culpa foi minha, pois resolvi escrever-lhe para informá-lo de minha preparação e, além do mais, fui cortês ao acrescentar: "Amigo, você tem um bom conselho para mim?" — embora não necessite de conselho de ninguém, muito menos dele. Não me darei ao trabalho de responder.

Peguei um bom resfriado. Um calafrio percorre meu corpo, a cabeça explode e os olhos lacrimejam. Assusta-me que mesmo nessas condições ainda consiga estudar e não perca o apetite.

Ao trabalho!

Recebi a visita do senhorio. É um homem especial, de uns 60 anos. Delgado, parece menor do que é porque tem o peito afundado e os ombros muito caídos, como se em cada mão carregasse um balde d'água. Rosto enxuto barbeado, os lábios voltados para dentro — já perdeu os dentes —, o queixo pequeno do tamanho de uma moeda, um nariz mínimo e o cabelo grisalho. Mas os olhos negros são febris. Também suas mãos secas e enrugadas apalpam inquietamente o ar e, às vezes, todo o seu corpo treme. E quando fala, quase sussurra. Você não se sente inteiramente à vontade ao seu lado, pois é como se estivesse sempre prestes a acontecer alguma coisa.

Ele diz que veio me perguntar se já informei à polícia de minha mudança de domicílio. Esqueci, como é natural. Ele me diz que o faça. Que o pintor lhe disse que jogaríamos uma partidinha e que teria muito prazer. Despeço-me. Vê que estou resfriado e diz:

— A pessoa, quando não está bem, nem sequer aprecia aquilo que tem.

Não é muito engenhoso; e com um sorriso cortês, respondo-lhe:

— Ora!

Pausa. Em seguida expresso o desejo de que ele goze de boa saúde. Diz que não muito. Padece sempre da garganta, tem de se cuidar. Tosse um pouco e lança saliva no meu sapato. Alegro-me por ele não ter visto, já que a desculpa seria embaraçosa, e escondo o pé sob a cadeira. Ele pergunta se tenho formação musical. Não, quando criança tocava um pouco de piano, mas não aprendi absolutamente nada. Apesar disso, digo, com um sorriso, como se se tratasse de suposição:

— Creio que não há um único tcheco que não tenha algo de músico.

— Fantástico, fantástico! Podemos tocar a quatro mãos! Todos os verões levo a espineta ao jardim. É velha, mas funciona bem. Poderemos nos divertir! Fantástico!

Dou-me conta de que devo bater em retirada.

— Piano? Não é o meu negócio, sou mais o violino.

— Tem um bom instrumento? — E olha para as paredes.

Continuo minha retirada:

— Faz um bom tempo que não toco. A pessoa fica mergulhada nos afazeres cotidianos, a pessoa...

— Que pena...

Ele levanta-se para não me distrair, explica-se. Diz que não é daqueles senhorios que não respeitam os direitos dos inquilinos. Mas ainda lhe resta uma coisa a dizer. Quer saber se acredito que a sombra Bismarck está por trás dos acontecimentos da Espanha... E fica bem na minha frente com expressão astuta. Respondo que os caminhos da diplomacia são inescrutáveis.

— Bah! — consente o senhorio —, não se maneja uma viga como se fosse um palito de fósforo.

Agora pisa com força em meu pé direito e acrescenta:

— Eu sempre digo que os soberanos nunca estão satisfeitos com o que têm.

Não faço objeção, limito-me a sorrir cortesmente. Despede-se.

Uma explicação ingênua, mas no fundo verdadeira. A sabedoria da gente está nos ditados, ninguém deveria menosprezá-los, contêm sempre, resumido, o pensamento talvez não muito elevado dos indivíduos. Seria uma recopilação muito interessante: "Ditados pessoais."

De um modo geral, estou satisfeito com o dia. Vou dormir.

O rouxinol late, mas um pouco mais longe. Bem, ali pode latir. Mas se o pintor começar a chamá-lo, armarei um escândalo. Quer dizer, um escândalo suficiente para que veja que não se pode suportar tudo. Espero, no entanto, que o pintor se apresse a percorrer as tabernas e a voltar para casa; pelo menos ontem sua mulher ceceava.

Parece-me que hoje a maquinista não perguntou mais com tanta frequência se eu queria alguma coisa. Com o tempo, tudo adquire sua verdadeira dimensão. Também é possível que eu me engane. Estou tão envolvido nos estudos!

Resfriado e estudos. Não sei absolutamente nada do mundo, estou enfiado no trabalho. Apenas observo que a maquinista, realmente, pergunta com menos frequência se quero alguma coisa. Hoje disse que sou um homem bom de verdade e que Deus, sem dúvida, me abençoará. Estava com ela na cozinha a viúva de certo sapateiro, mãe de dois filhos, lamentando-se de sua miséria, e eu acabei dando-lhe uma moeda. Deus seria pobre se tivesse de se preocupar com cada moeda.

O gato não entra mais em meu quarto, embora as portas estejam escancaradas. Fica no umbral e mia. Parece que não confia em mim. Dou-me conta de que até agora não vi o maquinista. Esteve em casa nesse meio-tempo?

Chicória no café! Não estou enganado: é chicória, que horror! *Alguma coisa tem de acontecer.*

Aproximo-me do final do direito civil a grande velocidade, como um cavalo de corrida na reta de chegada.

Outra vez chicória, e acho que mais do que ontem. A maquinista não faz uma única pergunta. Pelo menos me deixa em paz. Ontem trouxe ao meu quarto outra viúva de sapateiro, mãe também. Diz que sou um homem excepcionalmente bom. Outra moeda.

Pepík acaba de levar uma surra. Gritava tanto que se ouvia em toda a casa. Pergunto à maquinista o que terá feito. Na realidade, nada: comprou umas nozes e o pai as comeu...

— Parece mentira como esse homem é guloso.

Pepík se defendeu e o pai lhe deu uma boa sova. Tenho pena de Pepík.

— Que menino!

De qualquer forma, dizem, foi bem feito. Parece que na última Sexta-Feira Santa o menino roubou, na Igreja de São Caetano, uns *krejcar* da bandeja que estava ao lado do Santo Sepulcro.

Sim, devo influir *moralmente* em Pepík. Quando tiver um tempinho. Seria uma pena se esse menino simpático se perdesse. O pai parece um sujeito estranho. Não tem pinta de bom educador.

George Washington também não foi grande coisa quando criança, mas teve um pai sábio. Deus devia obsequiar as crianças com um dom para que percebessem logo se seu pai se parece com o pai de George Washington e, em caso negativo, que não perdessem muito tempo com um pai inútil e fossem para outro lugar. (Conselho para Mark Twain, o qual, comportando-se à la G. W., queria reeducar o pai.)

O pintor veio me visitar, mas só por um momento. Perguntou se queria posar de modelo sentado para o quadro de São Crispim. Respondo que agora tenho posado sentado diante dos livros. Estou me tornando ácido.

Acabei o direito civil. Amanhã vou me enfiar nas letras de câmbio. Hoje dormirei bem!

Assim devia se sentir a bezerra de Púchkin quando exclamou: "Como sou burra!" Um momento terrível.

Ao ver que havia terminado o direito civil, fiz-me uma pergunta e constatei que não sabia nem uma vírgula!

— Jesus, Maria, José! — gritei involuntariamente, e levei as mãos à cabeça.

Percebo que estou empalidecendo. A maquinista entra. Pergunta o que há comigo.

— Não sei nada! — exclamo estupidamente.

— É isso o que eu acho — diz ela, e corre para fora morrendo de rir.

Uma mulher impertinente dos pés à cabeça.

Mas agora estou mais tranquilo, pois sei, pelos estudos anteriores, que isso sempre acontece. É necessário deixar repousar o que se aprendeu.

Não terá a fuga da maquinista a ver com o que disseram outro dia, aquela história de que sou bobo? Não, aquilo não foi uma ingenuidade, mas uma verdadeira impertinência.

Duas viúvas de sapateiros. Na verdade, uma delas de alfaiate. Parece que a maquinista quer me trazer todas as viúvas que derramaram lágrimas na margem esquerda do Moldava.

*Mudança*! Uma mudança radical, uma mudança que não teria esperado nunca. Uma mudança na natureza e na sociedade.

Primeiro: vieram dias esplendorosos, cálidos e sorridentes, e, com o calor, foi-se o resfriado. Segundo: cansei da chicória da maquinista. Acabei de tomar um café preparado por mim em um fogareiro a álcool. De agora em diante, eu mesmo farei o café. Também fiz mudanças no resto. A maquinista se limitará a trazer-me o almoço da taberna, onde passarei a jantar. Não preciso de favores e, além do mais, no que se refere a competência, a maquinista está totalmente relaxada. Assim será melhor. Não se pode ficar o tempo todo sentado. O sujeito fica abobalhado e avança mais devagar nos estudos. Estudarei diariamente tudo o que for necessário enquanto durar o primeiro impulso e a vontade, e depois me divertirei um pouco. No entanto, conviver com a gente tranquila da taberna de baixo não me distrairá muito. Também irei diariamente ao jardim, pelo menos por um tempo. Faz dois dias que começaram a passear por ele. O que aconteceria se levantasse cedo todas as manhãs e descesse para estudar ali? É um prazer estudar assim, lembro-me muito bem dos meus tempos de colégio.

Propósito: acordar cedo todas as manhãs, *muito cedo*.

Acabo de ajudar mais uma viúva de sapateiro.

Eu gosto desse tipo de taberna! Não é muito estimulante, mas a pessoa ali se sente à vontade e é exatamente isso o que atende às minhas necessidades atuais. Não é necessário se esforçar para parecer espirituoso. Basta observar e ouvir. É uma gente simples, mas com personalidade, com senso comum. São pessoas graciosas sem pretendê-lo, riem à vontade de tudo; mas é necessário ser um pouco psicólogo para se divertir com eles. É preciso entender cada personalidade. Tenho talento para essas coisas.

O lugar é agradável, limpo, só falta iluminação. Ao fundo, no centro, há uma mesa de bilhar e em torno das paredes, mesas menores; perto da entrada há várias mesas, das quais umas quatro estão ocupadas. Segundo a experiência dessa noite, posso afirmar que os clientes são sempre os mesmos, provavelmente há muitos anos, imutáveis. Mal entrei e me dei conta disso; fez-se, imediatamente, um silêncio geral, todos os olhares se fixaram em mim.

Saudei uns e outros. Senti ranger sob meus pés uma areia branca recém-espalhada. Sentei-me a uma mesa onde só havia um homem. Este respondeu a minha saudação com uma muda inclinação de cabeça. Em seguida apareceu um taberneiro baixinho e gordo.

— Ah, doutor, que alegria ter descido para nos visitar. Que tal? Está satisfeito com as refeições?

Respondi que de um modo geral estou muito satisfeito; na verdade, poderia reprovar alguma coisa, mas é necessário conquistar as pessoas, às vezes até com uma pequena mentira.

— Pois me alegro. Satisfazer minha clientela me faz feliz. Não desejo outra coisa neste mundo. Os senhores certamente já se conhecem.

Virou-se para o homem desconhecido que estava ao meu lado, olhando fixamente, com expressão aborrecida, para a frente.

— Mas ainda não se conhecem? Vocês são vizinhos, um vive em cima do apartamento do outro. O Sr. Dr. Krumlovský e o Sr. Sempr, alfaiate.

— Ah, ora — eu disse, e estendi a mão para o Sr. Sempr.

O alfaiate limitou-se a levantar um pouco a cabeça — seu olhar avançou pela mesa — e ofereceu a mão preguiçosamente, como um elefante ergue a pata. Que homem estranho! Mas o taberneiro já estava ali para nos servir. Gosto de ser servido por homens. As taberneiras sempre têm no mínimo um favorito, com quem se encontra nos cantos para lhe fazer confidências em voz baixa, e o cliente que vá para o raio que o parta.

Enquanto estava jantando nada vi nem ouvi, mas depois de terminar acendi um charuto e olhei ao redor. Sou muito perceptivo. Na mesa da frente, vários homens mantinham uma conversa animada. Em uma mesa mais distante, havia dois jovens. À esquerda de nossa mesa, um homem, sua mulher, duas meninas e um tenente já não muito jovem e um pouco gordo. Em todas as mesas riam às gargalhadas, em particular na mesa da esquerda. A mais jovem me observava. Tinha belíssimos dentes e olhos alegres; pois que olhasse. Seu pai tinha uma cabeça um pouco estranha, toda retangular e coroada por um cabelo grisalho preso. Parecia uma garrafa de vidro quadrada cheia de cerveja e, no alto, o pescoço transbordante de espuma. As cabecinhas das filhas também eram garrafinhas, porém mais redondas.

Nossa mesa era a única em que reinava o silêncio.

— Como vão os negócios, Sr. Sempr? — puxei conversa.

Ele mexeu-se um pouco e, depois, de seus lábios saiu:

— Bem, vão indo.

Não pareceu muito falante.

— Tem muitos empregados?

— Apenas dois em casa; encomendo trabalho fora.

Ora, disse uma frase inteira!

— Deve ter família, Sr. Sempr, é claro.

— Não.

— O senhor é solteiro?

— Não. — Algo se agitou nele; por fim, acrescentou: — Viúvo, já há três anos.

— Deve sentir falta de mulher e filhos.

Outro esforço e finalmente:

— Tenho uma filha de 7 anos.

— Então deveria voltar a se casar.

— Deveria.

O taberneiro se sentou à nossa mesa.

— Que bom que o taberneiro nos honra com sua presença.

— É minha obrigação, o negócio exige. O dono tem que ir de mesa em mesa, os clientes lhe agradecem, consideram isso uma deferência da casa.

Quis rir, como se fosse uma piada, mas escrutei seus olhos semifechados, o olhar sem um sinal de pensamento — estava falando sério? —, parecia abobalhado, mas aqueles olhos! Jamais vira olhos de um verde tão claro. E a pele avermelhada e o cabelo tão avermelhado como a pele, parecendo uma continuação da pele em franjas. E quando o observei um pouquinho mais, o contorno de sua cabeça se transformou em algo difuso.

— Agora está fazendo bom tempo — disse, para que a conversa não murchasse.

— Pois é. Quando o tempo melhora as pessoas saem para passear e a taberna fica vazia. O sol me aqueceu as costas, e sempre que o sol me aquece as costas é sinal de que haverá tormenta. Mas hoje não houve.

Mordi o lábio.

— Bem, na cidade a chuva não prejudica os transeuntes. Basta o auxílio de um guarda-chuva — opinei.

— Eu estava sem guarda-chuva.

— Nesse caso a pessoa deve andar mais depressa para chegar a sua casa.

— Sim, eu ando depressa, não passeio.

— Ou então a pessoa pode se refugiar numa passagem. As chuvas da primavera duram pouco.

— Quando estou parado numa passagem também não passeio.

É mesmo um bobo.

— O senhor está cansado?

— Quando me deito cedo, no dia seguinte também começo a bocejar cedo.

— Não havia clientes ontem?

— Ficaram aqui até tarde, mas ontem a cerveja não me caía bem, então para quê continuar?

Um tipinho original.

Na mesa da esquerda o tenente se exaltava.

— Estou lhe dizendo que existem mil tipos. Quantos tipos de cavalos brancos existem? Dezessete, sim, e o mais apreciado é o de pelagem sedosa, eu lhes garanto. Um belo cavalo. Em torno de seus olhos e da boca, um branco rosado. Os cascos são amarelo-claros.

Nesse momento chegou um novo cliente. Pelo silêncio e os olhares pensei que fosse um forasteiro de passagem. O cliente se dirigiu às mesinhas que ficam lá atrás e se sentou. A conversa continuava. O tenente contava que os cavalos brancos nascem pretos. A moça mais jovem ainda estava me olhando; talvez me considerasse um especialista em cavalos brancos.

Terminei a cerveja. O taberneiro nem se alterou. O garçom, Ignác, tampouco. Chamei-o, e Ignác se apresentou imediatamente. Achei Ignác curioso, não deixei de segui-lo com os olhos. Deve ter uns 40 anos, usa brincos de prata e na orelha direita também tem um algodãozinho. Tem um pouco a pinta de Napoleão, mas de um Napoleão terrivelmente estúpido. Suas pálpebras se fecham sozinhas a intervalos muito longos, como se fosse uma grave interrupção de seus pensamentos, mas eu apostaria que Ignác nem sequer pensa. Detinha-se de vez em quando, ensimesmado, e quando alguém o chamava, dava um pulo e corria para atendê-lo.

Na mesa da frente, falavam agora do polonês. Percebi que os comensais usavam uma estranha seleção de epítetos "graciosos" para se dirigir uns aos outros. Não ouvia outra coisa além de "nariz", "orelha" e, também, alguns epítetos animais. Que coisa estranha! Agora alguém afirmava que se a pessoa sabe tcheco e alemão também sabe polonês. O polonês, diziam, é uma mera mistura desses idiomas.

Entrou outra pessoa. Um sujeito baixinho, que parecia um toco de árvore coberto de raízes. Parecia tratar-se de um cliente habitual. Sorriu e se sentou à nossa mesa.

— Outro vizinho — disse o taberneiro, aproximando-se. — O Sr. Dr. Krumlovský e o Sr. Klikeš, sapateiro.

O Sr. Klikeš me estendeu a mão.

— É um rapaz de boa aparência, realmente! O senhor deve enlouquecer as moças, doutor!

Senti-me confuso, acho até que enrubesci um pouco. Gostaria de parecer desenvolto e olhar em volta sorrindo. Sorrir, por exemplo, para a mais jovem das moças, mas não consigo.

— É mais bonito que você — ri o taberneiro. — Você, com essa cara marcada pela varíola, como se fosse uma peneira...

— Caramba, caramba — observou Klikeš, esfregando os pés na areia branca. — Você recebeu uma ordem do prefeito para lavar finalmente o chão?

Risos.

— Aqui só se lava uma vez por ano, quando aparecem dois policiais e levam o taberneiro ao chuveiro. Às vezes é preciso que venham três, tamanha é a sua resistência.

Gargalhada geral. Parece que Klikeš é o humorista do grupo. Sabe ser mordaz, tive de rir sozinho. E seu rosto picado e áspero não é o de uma pessoa má; o olhar é astuto, mas sincero.

— Tem motivos para economizar — acrescentou —; precisa de muito dinheiro, e eu não dou conta de pagar sua bebida.

Em seguida esvaziou a caneca totalmente.

— Agora gostaria de comer alguma coisa.

O Sr. Klikeš gesticula muito ao falar, suas mãos estão quase sempre acima da cabeça e então assume o aspecto de um toco com as raízes voltadas para cima.

Os dois jovens que estavam sentados sozinhos pediram que lhes preparasse um triângulo na mesa de bilhar e se levantaram. Quando estavam sentados pareciam ter a mesma altura, mas agora via-se que um era curtinho e o outro, indecentemente comprido. Conheço um sujeito que quando está sentado à mesa da taberna não chama a menor atenção, mas quando se levanta parece não ter fim e todos os presentes começam a rir. Sente-se imensamente infeliz.

— Como sempre, nada — grunhia Klikeš, examinando o cardápio. — Gulache, carne com pimentão, miúdos ao molho... De que diabos são esses miúdos, taberneiro?

— Cale-se!

— Se você tivesse frango de panela...

— Não me faltava mais nada! Como se a cozinha fosse funcionar só para você.

— E é assim tão difícil? É só pegar um ovo cozido e esperar até que saia o frango. He, he, he.

— Coma a franjinha da sua testa!

Era uma ironia, pois Klikeš é tão calvo como o padre da igreja Quintus Septimus Florens Tertulianus.

— Silêncio! Karlíček está pegando uma pulga — disse alguém em frente.

Silêncio geral; as cabeças se voltaram e reinou uma grande expectativa. O sujeito que se chama Karlíček tinha a mão enfiada dentro da camisa, na altura do peito. Em seu rosto apareceu um sorriso tranquilo e arrogante. Agora tirou a mão, esfregou o polegar contra o indicador e colocou algo na mesa. Risos, aplausos, as mulheres morderam o lenço.

— Esse sujeito pega absolutamente todas as pulgas — Klikeš me informou.

Olho com atenção e perguntei:

— Todas?

— Claro que sim, todas... Mas Ignác, o que está havendo com meu jantar? E devolva meu copo, que eu ainda não o havia esvaziado. Eu nunca esvazio!

Virou-se novamente para mim. Devia ser uma piada.

— He, he, he... Você é incrível — eu disse, e ri.

Ignác veio da cozinha. A expressão em seu rosto era progressivamente mais idiota.

— Perdoe-me, Sr. Klikeš, o que havia pedido para jantar?

— É incrível, esse homem esquece tudo. Não há no mundo outro igual. Eu...

Mas Klikeš também havia esquecido. Agora nenhum dos dois sabia.

Ouviu-se a voz da mãe das moças.

— Quando uma mãe tem duas filhas, não deve nunca vesti-las da mesma forma depois dos 20, senão as duas ficarão para titia.

Disse aquilo para que aqueles que a ouviam soubessem que nenhuma de suas duas filhas, vestidas iguais, tinha 20 anos completos. Não acredito.

— Tenha cuidado, doutor, preste atenção para que não ponham coisas a mais em sua conta — disse Klikeš, comendo gulache. — Quando nosso taberneiro era soldado, apagava secretamente as marcas da bandeja.[20] Agora as acrescenta em segredo. Para aplacar a consciência.

Ri, como é natural.

Quis retomar a conversa com Sempr, mas a única coisa que fiquei sabendo foi que de manhã vai sempre a uma bodega.

Ignác parecia grudado na mesa de bilhar. Acompanhava o jogo com muita atenção e torcia pelo baixinho. Às vezes dava um pulinho. Agora pulava num pé só.

Klikeš acabara de jantar, encheu o cachimbo e o acendeu. À luz oscilante, seu rosto parecia estar em uma velha forja. Fumava e olhava satisfeito ao redor. Agora seu olhar pousou no forasteiro que estava sentado perto da mesa de bilhar.

---

[20] Referência a um tipo de anotação que os garçons de Praga fazem para controlar o consumo individual de cada cliente. *(N. do T.)*

— Deve ser um sapateiro — resmungou para si mesmo, sorrindo.

— Serpente![21] — gritou.

O forasteiro fez uma careta, mas não olhou para nós.

— Remendão! — exclamou de novo Klikeš.

O forasteiro virou lentamente o rosto: estava chateado.

— Sem dúvida o senhor é uma mosca-varejeira de taberna, sempre bêbado — disse ele lentamente, e cuspiu.

— O quê? Cuspiu em mim?

Klikeš ficou de repente furioso de verdade, e quis se levantar.

O taberneiro voltou a sentá-lo na cadeira e se dirigiu ao forasteiro. Klikeš esmurrou a mesa. Disse que jamais ninguém o vira bêbado e que se às vezes tomava uma taça a mais era porque havia tido algum desgosto, mas isso não era da conta de ninguém. Nesse meio-tempo o taberneiro retirara o forasteiro pela saída da cozinha. O homem se mostrou dócil. Klikeš continuava esbravejando. De repente, lá fora, aconteceu uma briga. Houve alvoroço. Passado um tempo, o taberneiro voltou.

— Só se enfureceu quando já estava do lado de fora — explicou. — E queria voltar a entrar, mas eu o atirei na rua. Ora, desfiz-me dele como se fosse um embrulho de uma loja de penhor.

Não demorou a se restabelecer a alegria de antes. De repente, aplausos na mesa da frente.

— Bravo, bravo! Löfler vai imitar a mosca. Löfler, imite a mosca!

---

[21] Grito usado para ridicularizar os sapateiros. *(N. do T.)*

Aplauso geral. Klikeš me perguntou se já o vira imitar a mosca. Eu disse que não. Ele me informou que era muito engraçado e que eu morreria de rir. Devo ter visto mil vezes; acho que em cada taberna de Praga há alguém que "faz" a mosca. Acho insuportável. Löfler, que estava sentado atrás de mim, resistia. Disse que não havia silêncio suficiente.

— Silêncio, silêncio, psiu!

Fez-se silêncio e Löfler começou a zumbir. Primeiro como se a mosca voasse pelo quarto, depois como se se chocasse contra a janela e, finalmente, caísse em um copo, onde ficou se debatendo e zumbindo. Aplausos. Também aplaudi. Todos os olhares se voltaram para mim, para ver se eu tinha gostado. Klikeš disse:

— Esse homem é um ás. Ninguém chega perto dele. Algumas vezes a gente quase explode de tanto rir.

E bebeu um copo atrás do outro; pelo visto, seu íntimo ainda fervia com o assunto de antes. Às vezes batia na barriga e dizia, como que se desculpando:

— Ainda está com 25 centímetros abaixo do habitual. He, he, he.

— Você está jogando como um idiota! — ouviu-se de repente da mesa de bilhar, e as cabeças se viraram para lá.

Pobre Ignác! O jogador baixinho pelo qual torcia não jogou bem e Ignác não conseguiu conter seu desgosto. Agitação geral. O jogador golpeou a mesa de bilhar com o taco, o tenente gritou:

— Isso é demais! Fora com ele!

O taberneiro estava furioso, disse que demitiria Ignác na manhã seguinte, depois de acabar com ele. Klikeš se divertiu e perguntou:

— Quantas vezes o senhor já fez isso?

As ondas voltaram a se acalmar. Chegou um vendedor ambulante. Um sujeito seco, sujo, com a barba por fazer, vestido com um terno brilhante amarrotado. Não disse nada, limitou-se a colocar sua caixa sobre a mesa e ofereceu um pente, um porta-moedas e uma boquilha. Todo mundo recusou com a cabeça. O vendedor percorreu em silêncio as mesas, fechou a caixa, pendurou-a no ombro e partiu. Aplausos.

— Psiu, psiu! Silêncio!

E agora Löfler imitaria um chouriço chiando ao assar. Aplausos e risos. Só Ignác, com o espírito no chão, estava parado de pé num canto, observando timidamente o lugar.

Löfler ainda fez o tirolês que tem bócio e canta. Foi repugnante, mas aplaudi. E o tenente começou a falar na mesa vizinha em voz tão alta e de tal forma que, se eu fosse pai e tivesse ao meu lado minha mulher e minhas filhas, eu o atiraria na rua. Isso só pode ser explicado porque é um velho conhecido, mas nesse caso deveriam tê-lo expulsado há muito tempo.

Então me despedi e saí.

De um modo geral, diverti-me bastante. É preciso ter a mente aberta para a gente simples.

Não levantei cedo. Quando passo a noite na taberna, na manhã seguinte durmo até mais tarde. Na verdade, sempre durmo até mais tarde. Dizem que existem pessoas que se levantam com muita disposição. Não faz mal: quem dorme bem estuda bem.

Um dia maravilhoso. Não posso resistir a ele e, assim, sento-me diante das janelas abertas de par em par. No entanto, como era de se esperar, chegam a mim todos os ruídos da casa. Percebo que não me incomodam muito; o efeito do conjunto é o de uma queda d'água distante. Bem, pelo menos é uma mudança em relação à monotonia tediosa de um quarto fechado. Na casa do alfaiate Sempr, o apartamento de cima, alguém canta, provavelmente um dos auxiliares; canta com simplicidade e sem artifícios. Que canção mais engraçada! "E por aquela razão, por não ter aprendido a lição..." He, he, he!

Pepík entra no quarto às escondidas. Não deve se habituar a agir assim, portanto lhe digo com doçura:

— Venha cá, Pepík. Você também sabe cantar?

— Claro!

— Então cante para mim uma coisa bonita. Quer?

O menino começa:

— "Na azinheira tinha um pombo..."

Mas logo se confunde e em vez de "azinheira" passa a dizer "assadeira". Para ele, tanto faz. O que um menino de Praga sabe sobre as azinheiras?

— Bem, agora vá, preciso ficar sozinho. Você não deve vir a minha casa.

Pepík vai embora. Gosto dele.

Estudo agora as letras de câmbio e alterno de forma agradável com o direito mercantil.

Uma tremenda confusão na casa do pintor. Pepík leva uma surra. Tento fechar a janela, mas o pintor percebe e grita. Sua voz ecoa no pátio:

— Menino maldito, não me deixa em paz!

— O que Pepík fez?

— Comeu uma carta de meu irmão, o pároco, e agora não sei o que lhe responder.

Fecho a janela. De qualquer forma, o ajudante do apartamento de cima continua com seu "por não ter aprendido a lição...".

※

Almoço lá embaixo com Sempr e o taberneiro. Fico observando Ignác. Ele e o taberneiro ficam fazendo o balanço das contas de ontem na mesa ao lado. Ignác olha de viés para o patrão com uma expressão estúpida de medo infinito. Parece que espera a qualquer momento a dispensa prometida. A silhueta meio apagada do dono balança de um lado a outro. Tem os olhos sonolentos e preguiçosos. Pelo visto, o patrão não se lembra dos fatos de ontem. Acabaram de fazer as contas e Ignác dá um pulinho.

O taberneiro se senta à minha mesa.

— A sopa está muito boa — comento.

— E como não estaria?— observa ele.

— E o que eu poderia pedir para acompanhar a carne, Ignác?

— O que preferir.

— Traga-me um pouco de beterraba.

— Não.

— Como não? Está no cardápio.

Ignác se cala; o taberneiro morre de rir e, finalmente, entre gargalhadas, diz:

— Eu mesmo a trago, senhor doutor. Ele não consegue, simplesmente não consegue.

Fico olhando para eles, perplexo.

— Sim, quase desmaia ao ver beterraba. O estúpido sempre se lembra do sangue humano coagulado.

Bom proveito!

E assim o almoço passa despercebido. O taberneiro é insuportável.

— Qual é a novidade do jornal de hoje? — pergunto.

— Eu não leio. De vez em quando vou à loja da frente e pergunto o que saiu.

Observo que a parte inferior da parede da taberna está cheia de marcas de pés.

— O que é isso?

— Antes aqui havia um salão de baile e quando dançavam deixavam-na assim.

— Há quanto tempo o senhor está aqui?

— Eu? Vai fazer 12 anos.

Sempr continua de boca fechada. "Eh" e "hum" é o máximo que diz.

Ao entardecer vou ao jardim. Lá está a metade dos vizinhos do edifício; agora conheço todos, a não ser o casal jovem do segundo andar e o meu maquinista. Ao pensar nele, minha cabeça gira. Não entendo nada do que diz o Sr. Provazník, que vive em cima do pintor. Já o vi várias vezes diante da janela e seu rosto me pareceu amarelado e fino como um cabelo-de-anjo. Agora sei por que: cercam seu rosto duas costeletas pretas, deixando livres os lábios e o queixo, por isso de longe sua cara parece uma listra. Tem os cabelos quase grisalhos, deve ter uns 50 anos e anda muito encurvado.

Quando estou subindo os poucos degraus que levam ao jardim, Provazník está passeando no fundo, e no canto direito, no caramanchão, estão todos os demais, o senhorio, sua filha, o pintor, sua mulher e Pepík. Os olhos negros e febris do senhorio me observam como se eu fosse uma pessoa totalmente estranha.

— Papai, é sim o Dr. Krumlovský — diz uma agradável voz de contralto.

— Ah, o doutor... Sim... Eu havia esquecido.

E me estende a mão seca e ardente.

— Com sua permissão, venho me esticar um pouco no jardim.

— Fique à vontade.

Sentamos. Não sei o que dizer; talvez os outros não deem importância ao silêncio que se segue, mas para mim é embaraçoso. Parece-me que todos estão à espreita, para ver se o doutor é um sujeito divertido.

Não vejo outra saída senão me dirigir a Pepík:

— Venha cá, Pepík, como vai?

Pepík se encosta em minhas pernas e apoia o cotovelo em meu joelho.

— Conte-me outra coisa — ele me propõe.

— Quer que eu lhe conte algo?

Ora, o pivete recorda que no outro dia lhe contei várias coisas.

— Conte-me alguma história.

— Uma história? Mas não sei nenhuma... Espere, vou contar uma. — E começo, com voz grave: — Era uma vez um rei. Bem. Que não tinha filhos. Bem. Então seu filho mais velho teve a ideia de percorrer o mundo.

Risos gerais. O pintor opina:

— O doutor é um gozador. — E enxuga duas grandes lágrimas dos olhos aquosos.

O pintor é, ao que parece, um homem honesto e a mim agrada seu reconhecimento. É uma boa coisa que o considerem uma pessoa engenhosa.

— Mas continue, essa história também é para os mais velhos — ele me anima.

Estou de novo em apuros. A história não continua, acabou com aquele fato, mas essa boa gente não consegue entender. Confiando na minha habilidade, atrevo-me a improvisar. Talvez funcione. Falo, falo, mas não funciona. De repente percebo que só digo besteiras. As pessoas param de me ouvir, começaram a falar entre si, e fico imensamente alegre. Pepík é o único a escutar, estou acariciando seus cabelos. Mas a história deve ter um final, estou gaguejando. Tenho uma ideia! De repente pego a mão de Pepík como se acabasse de vê-la, e digo:

— Pepík, olhe, suas mãos estão muito sujas.

O menino olha para as mãos e diz:

— Agache-se. Vou dizer uma coisa no seu ouvido.

E me sussurra:

— Dê-me 2 *krejcar* e eu lavo as mãos.

Pego às escondidas 2 *krejcar* e lhe entrego. O menino vai pulando até o jardim maior, onde aparece a filha de Sempr, que tem 7 anos.

Olho para a filha do senhorio, que está sentada ao meu lado. É muito parecida com o pai! Rosto enxuto, fino, mãos transparentes, um queixinho miúdo, um narizinho pequeno, tão pequeno... Será que é possível segurá-lo? Mas o narizinho não a enfeia, seu rosto é bastante agradável. Os olhos são negros. Sua voz de contralto é verdadeiramente simpática. Digo-lhe de passagem que gosto muito de olhos negros, uma mulher de olhos azuis sempre me parece ser cega.

— O senhor gosta de música, doutor...?

— Krumlovský — diz a filha do senhorio, interrompendo o discurso do pai.

— Sim, Otylka, eu sei, é o Dr. Krumlovský.

— Quando o senhor teve a amabilidade de me visitar, conversamos sobre isso. No passado toquei violino, mas isso já faz muito tempo.

Nem sei segurar um violino, mas vejo que me escuta. A senhorita se inclina para mim e me sussurra com uma voz abafada e triste:

— Meu pai tem o azar de perder a memória depois do meio-dia.

O senhorio se recupera e fala como se de repente tivesse ficado rouco:

— Venha, Otylka, quero passear um pouco. — Depois se dirige a mim: — Pegue isto, doutor, é um recado para o senhor.

Dá-me um papelzinho branco, alongado, onde escreveu: "Estou doente da garganta, peço que me desculpe se não falo suficientemente alto."

Agora se aproxima Provazník, que sorri para mim de forma um pouco irônica e me estende a mão.

— Olá, Dr. Kratochvil.

— Chamo-me Krumlovský.

— Que estranho! Eu achava que o doutor se chamava Kratochvil! — E seu riso é rouco e mordaz.

Olho para ele, apalermado.

— De que estão falando, senhores? Como vai o Sr. Augusta?

— Nem bem nem mal. Pouco trabalho, quase nada.

— Não me diga. Sempre que o encontro nas escadas o senhor está carregando pelo menos um quadro recém-acabado embaixo do braço. Deve ser moleza pintar dois por dia.

O pintor sorri, satisfeito consigo mesmo.

— É verdade. Que alguém tente, um desses "mestres"...

— O senhor poderia pintar retratos por atacado. He, he, he. Ora, ora. Um retratista é a coisa mais inútil do mundo. Mesmo que não existisse um único retratista, haveria rostos suficientes no mundo e, além do mais, os mais curiosos. Por que não se dedica a pintar outra coisa?

Fico com vontade de rir; porque a sátira mordaz de Provazník é irresistível, mas vejo que o pintor está desconcertado. Para quê fazer o pobre sofrer?

— No princípio, eu me dedicava à pintura histórica — balbucia o pintor —, mas não faturava nada. As pessoas não entendem a história. Uma vez um pároco me encomendou o sermão do capuchinho aos acampados em Valdštejn, e fiz um quadro excelente, que a verdade seja dita, mas quando o terminei, o pároco não o quis e não o levou; queria o sermão do capuchinho sem o capuchinho! Assim são os párocos! Mais tarde a prefeitura de Kuckov me encomendou um retrato de Žižka. Que cruz pesada! Mandei-lhes um esboço. Não gostaram dos sapatos e queriam que eu perguntasse ao historiador Palacky se eram da época. Palacky redigiu um informe favorável. Mas eles tinham outro especialista em Kuckov, um tal de Malina, e este Malina resolveu que meu Žižka não atendia aos requisitos militares. Tive com eles uma disputa que durou muito tempo, e finalmente disseram-me que meteriam o pau em mim nos jornais. É muito perigoso pintar quadros históricos.

— Pinte, então, quadros de gênero. Por exemplo: um artesão consertando a flauta de um flautista bêbado. Ou então: "Um rato na escola de senhoritas." Não é necessário que se veja o rato, mas as senhoritas e a professora têm que estar todas trepadas nos bancos. Que variedade de rostos assustados!

— He, he, também pintei quadros de gênero. Até participei de uma exposição com um muito bonito. Naquela época, tudo era escrito em alemão e meu quadro se chamava *Häusliche Arzenei*, medicina caseira. Um homem está recostado na cama e sua mulher lhe leva uma bacia quente de...

— Ora, ora!

— E por que o intitularam assim? Não se via a bacia, estava envolta em um pano para que não esfriasse.

Tive vontade de ajudar o pintor em apuros, mas não me ocorria como.

— E hoje, como estão as coisas? — digo a Provazník, meio sem jeito.

— Poderia ter prestado atenção no colarinho da camisa de nosso senhorio, querido Dr. Kratochvil. — Provazník faz uma careta safada. — Ele se troca uma vez por semana. E por isso hoje, a julgar pelo colarinho, já é quinta-feira.

Gente impertinente.

— Pobrezinho, é uma verdadeira desgraça. Pelo visto, a partir do meio-dia perde a memória.

— Sim, provavelmente em sua época vendeu chapéus de palha. Todos os vendedores de chapéu de palha acabam inteiramente abobalhados pelo enxofre... Especialmente os tiroleses, não sabem nem somar.

— Mas parece um bom homem, um sujeito honrado.

— Honrado mas estúpido, não vê três palmos na frente do nariz. Eu o conheço há mais de vinte anos.

— Sua filha, a pobre, parece que cuida bem dele. É uma mulher agradável, embora não seja mais muito jovem.

— Por culpa de sua curiosidade. Por causa da curiosidade feminina veio ao mundo vinte anos antes, e agora isso a mortifica. É uma mulher sincera. Vive me censurando.

As impertinências de Provazník me incomodam.

— Vamos conversar um pouco com o senhorio — digo.

— Vamos — responde, disposto, o pintor, e dá umas palmadas no ombro de Provazník. Este, a cada palmada, encolhe-se assustado, e ao final se levanta apressadamente.

Os dois se levantam. A saída do marido imediatamente tira a mulher do pintor do profundo ensimesmamento ao qual havia se entregado em pé, apoiada na porta do caramanchão.

— Quer saber de uma coisa? Farei ovos mexidos para o jantar.

— Está bem — diz o pintor, e continua se afastando.

A mulher de Augusta aproveita a oportunidade para me garantir, ceceando, que teve outros pretendentes e que todos os homens ficavam loucos por ela. Quero bajulá-la um pouco e respondo que ainda é possível perceber isso hoje em dia.

— O que é que dá na vista?

Não sei como, mas finalmente consigo dizer que ainda se percebe que foi linda. A mulher de Augusta se ofende, responde que não é tão velha assim. E quando se arruma... De repente, começa a tomar impulso:

— Ontem mesmo um me seguiu: "Você está prontinha para ser comida." Ninguém precisa me olhar de frente.

Gaguejo alguma coisa, mas ela já partiu.

Vou me reunir com os outros no jardim. O senhorio me sorri, dando a entender que me conhece, e me entrega de novo seu papelzinho com o mesmo recado. Fala-se alguma coisa sobre refinarias de açúcar. Quero recuperar minha fama de espirituoso. Pergunto:

— A senhorita entende de refinarias de açúcar?

— Ah, não!

— Mas de açúcar refinado certamente sim.

Rio sonoramente, pois é sabido que quando uma pessoa começa a rir às gargalhadas contagia as outras. Mas não contagiei ninguém. Aparentemente não entenderam a piada.

O senhorio, pisando no meu pé, pergunta-me se gosto de música.

— Não — digo-lhe, enfastiado, mas imediatamente fico com pena. — O senhor deve ir muito à ópera — acrescento.

— Não vou, não é para mim. Com o ouvido direito ouço meio tom mais alto, é um desastre.

Um homem estranho: à tarde perde a memória e com o ouvido direito ouve meio tom mais alto.

— Prefiro me sentar em casa ao piano e trabalhar.

— O senhor compõe?

— Agora não. Atualmente... Há alguns anos estou corrigindo Mozart. Quando terminar, o senhor verá como deixei Mozart.

E cospe no sapato de Provazník, que o limpa tranquilamente na grama e diz:

— Eu também não vou à ópera há muitos anos. Se fosse, o faria só para ouvir *Martha*.

O senhorio me pega pela mão e me afasta. Quer me dizer algo, mas não sabe como fazer, não ouço outra coisa além de "sss", como quando uma caldeira expele vapor. Emite três vezes um S enquanto damos uma volta no jardim, e, ao fim, diz que o repolho não tem fósforo. E também gagueja às vezes, mas na letra S. Dá-me outro papelzinho.

Depois o pintor me pega e me leva a um canto: pergunta se eu observei como bateu nas costas de Provazník. Diz que se alguma vez Provazník me molestar, que eu lhe dê umas palmadas muito leves e ele ficará imediatamente manso. Um sujeito ruim esse Provazník, dizem.

E depois sou afastado por Provazník. O que diria eu da ideia de fundar uma sociedade destinada a criar ilhas no Moldava? Olha-me com ar triunfante. Digo que é uma ideia brilhante.

— Então você está vendo. E como essa tenho várias. Mas agora não há mais gente para as ideias. Com esses tontos, eu nem sequer falaria a respeito.

— Poderíamos jogar agora uma partida de *šístka* — sugere o pintor.

De acordo, jogaremos uma horinha. As cartas estão na gaveta da mesa do pintor. Sentamos à mesa, formamos pares; cabe a mim o senhorio, e o pintor e Provazník são nossos adversários.

Maldito jogo! O senhorio pergunta, a cada baixa, qual é o lance. Nunca sabe que naipe deve acompanhar. Eu seria capaz de apostar que tem figuras, mas não canta uma. Quando lhe pergunto alguma coisa, entrega-me seu papelzinho sobre a mesa. Provazník e Augusta, naturalmente, vão ganhando e relincham de alegria. Parecem cavalos. Vejo que não há outra saída além de ir deitando cartas e pagar. Otylia paga pelo pai; se não fosse assim, não teríamos terminado nenhum jogo; durante todo o tempo ele garante que já pagou e, ao mesmo tempo, pisoteia-me sob a mesa. Afasto os pés e me divirto observando a agitação de sua perna embaixo da mesa procurando alguma coisa para pisar.

De repente o senhorio começa a implicar comigo e me diz que jogo mal, que às suas costas não apoiei seu ás de espadas com o rei. Mas as espadas, no momento, não apareceram e o ás está comigo. O senhorio continua gritando, sua voz soa como um clarim e já tenho no bolso 15 papeizinhos. Bem, entendo e fico calado.

Jogamos quase uma hora e perdi mais de 60 *krejcar*.

O senhorio e Otylia vão para casa. Parece que o frio noturno "não é bom para sua garganta". Provazník também se vai. A criada do pintor traz o jantar para a família. Peço-lhe que também me traga da taberna alguma coisa para o jantar e cerveja.

Janto, e o pintor me distrai. Conta-me que nunca teve o devido reconhecimento. Segundo ele, já na universidade o obrigaram a abandonar os estudos, pois sabia mais que os professores.

Estou novamente em casa e minha cabeça gira.

Nunca mais deixarei a janela aberta durante a noite, mesmo que me asfixie. Depois das 2 da madrugada, começou uma briga na casa do pintor. A voz da mulher de Augusta fez um solo; é uma voz tão aguda que poderia cortar os vidros das janelas. Consegui entender do que se tratava: o pintor acabara de voltar para casa em petição de miséria. Mas como tinha consciência de seu estado e temia bater em alguma coisa no quarto, ao entrar se apoiou na porta e esperou até que a luz fosse acesa. Como é lógico, adormeceu em pé e acabou caindo com grande estrépito.

Foi então que compreendi por que já não ouço mais o rouxinol. Começa a cantar bem depois da meia-noite; talvez também ele volte a essa hora da taberna.

Vejo o senhorio e a senhorita no jardim. Como queria falar com ele quando estivesse bem de cabeça, desci. Por desgraça, topo ali também com Provazník, cuja presença não percebi ao olhar pela janela. O senhorio está sentado à espineta e toca.

— Espere, Dr. Krumlovský, vou lhe tocar uma de minhas antigas composições, a "Romança sem palavras".

E toca. Até onde chegam meus conhecimentos, não é ruim, e, apesar do instrumento de baixa qualidade, tocava com virtuosismo e sentimento. Aplaudo.

— Gosta, Sr. Provazník?

— Bem, minha preferida é *Martha*, mas sua canção é bonita, poderia jogá-la num monte de esterco. Ouça, se o senhor compusesse alguma coisa bonita, que servisse contra os percevejos, eu a cantaria sem parar, já que não me deixam viver em paz.

E, rindo, dá meia-volta. O senhorio, com um gesto, dá-me a entender que a cabeça de Provazník não está de todo no lugar. Em seguida, Provazník se inclina sobre mim e sussurra:

— Não sei o que daria para poder olhar dentro da cabeça de um músico. Tudo deve estar retorcido, os miolos como se cobertos de minhocas.

O senhorio percebe que se fala dele e grunhe:

— Não se maneja uma viga como se fosse um fósforo.

Quero contornar a situação, então pergunto:

— O senhor, Provazník, nunca se deixou levar pela música?

— Eu? Dediquei três anos de estudos ao violino, à flauta e ao canto, tudo ao mesmo tempo. Isso, na verdade, há nove anos, e, apesar disso, só tenho uma ideia geral da música.

Dirijo-me à filha do senhorio perguntando cortesmente se passou bem a noite.

— Bem, mas de manhã, quando levantei, sentia-me angustiada, não sabia o que era e comecei a chorar.

— Sem nenhum motivo certamente não terá sido, minha prudente senhorita.

— O senhor acha que sou sábia? Papai, o doutor acredita que sou sábia.

Ela começa a rir e seus olhos se enchem de lágrimas.

Começo a explicar que, enquanto vivemos, as lágrimas correm sem parar, mas não percebemos. Estou convencido de que teria continuado falando de coisas muito interessantes, mas justo quando estou nisso, falando do brilho do olho humano, de repente o senhorio se levanta.

— Otylia, venha logo, você precisa cuidar do almoço.

Partiram, deixando-me nas mãos de Provazník.

Não me sentia à vontade com aquele sujeito muito estranho. Olhava-me de uma forma especial e minha sensação de incômodo ia aumentando. No entanto, não quero fugir, e finalmente começo a conversar:

— Tenho certeza de que o senhorio é um bom músico.

— He, he, sobretudo parece que o que faz bem... Como se diz distribuir a música entre os diversos instrumentos?

— Orquestrar?

— É, mas qual é a dificuldade? O realejo e o cachorro funcionam bem quando estão juntos.

Tenho de rir. Provazník me olha e diz:

— Doutor, o senhor está hoje com uma cara ruim.

— Eu? Não creio.

Mas Provazník passa a mão na testa como se quisesse recordar algo e começa, com voz profunda, lentamente e em tom sincero:

— O senhor é um homem honesto, por isso não vou pegar no seu pé. Quer saber? Sinto um ódio corrosivo de toda a humanidade. Fizeram-me muito mal. Há muitos anos nem saio de casa. Parei de sair assim que comecei a ficar grisalho. É que qualquer pessoa que encontrava sempre me dizia: "Mas olhe, seriamente, você está ficando grisalho!" Idiotas, o senhor não acha? Agora meu cabelo já é tão grisalho como um rato de bueiro. Mas descobri o que fazer contra toda essa gente.

E Provazník sorri feliz.

— Antes que alguém possa abrir a boca, dirijo-me a ele como se estivesse horrorizado: "Deus meu, o que está acontecendo com você? Como sua cara está ruim!" Todas as pessoas, absolutamente todas, se assustam, e em seguida começam a se sentir mal. Sei como manipulá-las. Durante anos me entretive anotando tudo o que ouvi de cada pessoa e guardando essa documentação em rigorosa ordem alfabética. Visite-me um dia e lhe mostrarei um registro completo dos vizinhos da Malá Strana. E quando já havia engolido bílis suficiente, comecei a tirar ficha após ficha do meu arquivo e a escrever cartas anônimas: aquela gente ficava louca quando lia todas aquelas coisas sobre si mesmas escritas por um desconhecido! Ninguém me descobriu. Ninguém! Ao senhor posso dizer: parei de fazer isso. Só me resta agora escrever uma última carta: o casalzinho feliz que tenho ao meu lado me mortifica, tenho que lhes aprontar alguma, mas, desgraçadamente, ainda não sei nada a respeito deles.

Tremo. Provazník continua alegremente e fala cada vez mais depressa:

— Foi uma história maldita! A das mulheres que seduzi quando era jovem. Não se inquiete, não vou seduzi-lo. Em relação às casadas, minha consciência está limpa; só ia atrás das solteiras. Até ser um estudante crescidinho, tirava dos anuários dos colégios informações sobre aquelas menos qualificadas, pois essas eram as mais desenfreadas. Ficava atento a todos os amores dos estudantes, e quando o casal brigava, lá estava eu, pronto. Não há presa mais fácil que uma namorada humilhada.

Levanto-me bruscamente. Não consigo mais suportá-lo.

— Desculpe, tenho que ir para casa.

E saio correndo.

Às minhas costas, uma risada estrepitosa. Estará ele me considerando um louco?

Agora a maquinista arruma meu quarto quando desço para comer, de forma que só a vejo às vezes, quando passo pela cozinha. Melhor assim.

❀

À tarde, confusão na casa do pintor. Pepík leva uma surra pelas duas moedas que lhe dei ontem. Pepík foi trazido para casa pela mão de um carregador. Pepík lhe pagara para que o levasse nos ombros pela rua, brincando de cavalinho, justo diante de nossa casa.

Descobriu-se que Pepík havia chamado a pequena Marinka, filha de Sempr, para que o visse. Algo assim como um desfile de gala. Talvez o primeiro amor! Pode ser, eu me enamorei pela primeira vez aos 3 anos, e também paguei por isso. Pepík, sem dúvida, apanha demais.

❀

À noite, a taberna. As mesmas pessoas nos mesmos lugares. No começo uma troca de opiniões sobre o teatro tcheco. O tenente gordo conta que ele também esteve uma vez no teatro tcheco e que gostou muito da peça. Naquela ocasião, representavam *Die Tochter des Bösewichts*, mas não sabe como seria o título em tcheco. Pergunta. Ninguém sabe. No final, o tenente afirma, totalmente convencido, que a peça se chamava em tcheco *A filha do pícaro*. Palhaço! E depois se continua falando de teatro, sobre a diferença entre a comédia e o drama. O tenente volta a afirmar taxativamente que um drama verdadeiro deve ter cinco atos. Que é igual a um regimento: quatro batalhões e um de reserva.

Conversa quase idêntica à de anteontem. Klikeš fala de miúdos, de dois policiais que uma vez por ano levam o taberneiro aos banheiros públicos, do frango de panela feito com um ovo cozido, e o taberneiro conta na vez dele a história de uma forminha de biscoitos deformada. Risos a cada piada, como anteontem.

A jovenzinha de cabeça de garrafa fica de novo olhando para mim. Traga-me com os olhos como o sol traga a água.

Outra vez o mesmo vendedor ambulante, magro, sujo e com a barba por fazer. Não diz nada, não vende nada e sai. O sujeito tem uma pinta tão cômica que eu o deixaria morrer de fome por pura diversão. Talvez tenha feito a promessa de percorrer sempre sujo as mesmas tabernas sem dizer nada e sem vender nada.

Depois Karlíček cata pulgas diante da expectativa de todos. Depois aplausos para Löfler, a mosca que zumbe e o chouriço faiscante. Parece que conheci todo o repertório local no primeiro dia.

No entanto, há uma novidade. De repente Karlíček diz a Löfler:

— Vamos fazer os porquinhos.

Aplausos. E fazem os porquinhos. Os dois enfiam um punho embaixo da toalha da mesa e o mexem como quando porquinhos se agitam dentro de um saco e, ao mesmo tempo, grunhem com tanta naturalidade que o quadro é completo Vejo apenas o rosto de Karlíček: seus olhos brilham de alegria por estar fazendo o porquinho.

Acho que hoje estudei muito pouco.

Essa noite se desencadeou uma tempestade. Agora, pela manhã, o ar parece um bálsamo. Desço com meu livro ao jardim, pois está vazio.

No entanto, há alguém, mas é Pepík. De alguma maneira conseguirei afastá-lo e assim ficarei tranquilo.

— Ora, Pepík, você ficou sem os 2 *kreuzers*. — E acaricio seus cabelos.

O menino me olha e depois sorri com astúcia.

— Que nada! Peguei de volta do meu pai.

— E o que vai fazer agora com eles?

— Eu já sei, mas você não vai contar para ninguém?

— Pode estar certo de que não vou contar.

— Bedřich me prometeu que me diria os números.

— E quem é esse Bedřich?

— O filho da mulher da loteria. Durante muito tempo não quis, mas lhe prometi 1 *krejcar* e agora vai me dizer os números que vão sair.

A encantadora ingenuidade infantil!

— E o que você vai fazer com todo o dinheiro se ganhar?

— Farei muitas coisas. Comprarei cerveja para o papai, vestidos bordados de ouro para a mamãe e alguma coisa para você também.

Pepík é um menino de bom coração.

Pepík é um pilantra! Estou trêmulo de raiva.

Quando começou a fazer calor, voltei para casa. Sentia-me muito à vontade. Sem-vergonha! Eu havia sentado e começado a repassar mentalmente o que havia estudado lá embaixo, enquanto meus olhos vagavam pelo quarto. De repente meus olhos se detiveram no guache de Navrátil, *Mar sob a claridade do sol*. A claridade do sol se perdera: havia apenas nuvens espessas e um céu sombrio. Aproximei-me mais: o quadro estava cheio de pedaços de barro, e também a parede ao seu redor. Parece que Pepík esteve fazendo tiro ao alvo com um canudo de madeira lá da janela da frente.

Peguei o quadro e fui à casa do pintor para me queixar. O pintor ficou aborrecido, Pepík levou uma surra implacável na minha presença. Olhei aquilo com verdadeiro prazer e senti muita pena do quadro.

O pintor me diz que o consertará.

Nada de preguiça! Por pura preguiça pedi um café lá embaixo depois de almoçar, para não ter de fazê-lo eu mesmo. E agora preciso fazer um segundo café para digerir o primeiro.

Volto a estudar mal. De repente ouço o som metálico de um sabre na cozinha. O que está acontecendo? Os maquinistas agora usam sabre?

Chamam-me do jardim para ver se desço hoje para jogar uma partidinha.

Não respondo. Não irei. Lá embaixo fazem conjeturas sobre se estou em casa. O pintor afirma que sim.

— Esperem! Eu o tirarei de casa cantando uma serenata — promete Provazník.

Ele vai para debaixo da minha janela que dá ao jardim e começa a cantar com voz rouca:

> Perguntam por que o bolinho
> Com leite prefiro comer.
> Espere, menina, um tantinho
> Que eu logo vou dizer.

Morre de rir e aguça os ouvidos.

— Não está em casa — conclui. — Minha voz o teria arrancado como a uma rolha da garrafa.

No entanto, algo me remói, e desço um pouco depois.

Fala-se da tormenta. A mulher do pintor nos assegura, pelo menos dez vezes seguidas, dando-se muita importância, que ninguém acreditaria se ela dissesse até que ponto tem medo das tormentas. O pintor confirma:

— Minha mulher tem pavor das tormentas. Essa noite precisei levantar e ir à cozinha acordar a criada, que teve que se ajoelhar e rezar. Se não, para quê serviria? Mas a sem-vergonha adormeceu! Hoje de manhã mandei-a embora.

Provazník opina que isso de rezar às vezes é coisa complicada. Diz:

— Eu só sei os dez mandamentos quando começo, como as crianças, a recitar o pai-nosso desde o início, mas no pai-nosso me confundo naquele trecho que diz "assim na terra como no céu", e por isso tenho que recomeçar.

A mulher do pintor diz depois que teve a certeza de que alguém havia se enforcado. Também, com uma ventania daquelas! É não é que de manhã a leiteira contou que um veterano se matara em Hvězda?

— Um suicida!

Provazník, que não estava escutando, pergunta quem aquele suicida matou.

— Bem, eu sei muito bem quem foi.

Dirijo-me à filha do senhorio e lhe pergunto se ela também ficou com medo.

— Eu não soube da tormenta, estava dormindo. — E seu riso agradável tilinta.

A senhorita estava arrumando uma grande gaiola recém-pintada. A gaiola tem a forma de um castelo antigo, com ponte levadiça, torres e mirantes. Ela pergunta se eu acho que uma jaula dessas é apropriada para um canário. Respondo:

— É claro.

E começo a explicar como um canário, em um castelo medieval, poderia se relacionar com... Besteiras terríveis! Só Deus sabe o que está acontecendo comigo. Lido com outras mulheres, embora sejam mais espertas, como se fossem brinquedos, mas com esta, tão simples, nem sou capaz de falar. Quantos anos ela deve ter? Quando ri, parece que tem 19, mas quando olha sério, acho que já passou dos 30... Não há por onde pegá-la.

Provazník diz ao pintor que quando fizer um retrato deve levar um pouco em conta a semelhança, que, ao que parece, é realmente muito importante. É sabido que o grande público não entende a verdadeira arte e exige esse tipo de excesso. Depois informa que agora, em Viena, pintam os retratos com rolo. É um grande progresso, pois em um quarto de hora o quadro está pronto. O pintor começa a dar palmadinhas nas costas de Provazník, que se cala.

O senhorio se aproxima e distribui os papeizinhos de praxe. Fala em voz baixa.

Um pouco depois, Provazník me leva para um canto. Não se faz nada pelos pobres de Praga, absolutamente nada. Sempre se diz: pobre gente! Não há trabalho. E, apesar disso, não se faz nada. Pelo visto ele seria capaz de resolver o problema. Tem, por exemplo, uma boa ideia. Não diz que seja espetacular, mas ajudaria a muitos pobres. E para realizá-la talvez nem seja necessário muito dinheiro: bastaria uma pequena caldeira para produzir vapor constantemente, montada sobre um carrinho manual, e isso é tudo. Assim se poderia ir de casa em casa limpando com o vapor as hasí   dos cachimbos. Ele calculou quantos fumantes há em Praga e não tem dúvida de que seria uma atividade rentável. Pergunta se gosto da ideia. Fico atônito.

Outra vez o jogo de cartas. Que joguemos como ontem, com aquele argumento de não perder o hábito. Tudo como ontem, só que hoje o prejuízo é de 70 *krejcar*. E no final o senhorio volta a gritar. O senhorio e sua filha vão embora. O pintor e sua mulher ficam pensativos.

— Amanhã é domingo — diz, finalmente, o pintor. — Quer saber? Compre um ganso para amanhã.

Klikeš está terrivelmente aborrecido. Serve na guarda montada. Hoje teve uma reunião para organizar o enterro de seu capitão, que morreu. Klikeš propôs telegrafar a Viena e pedir que, a título póstumo, promovam o falecido a comandante, e assim o enterro poderá ser muito mais solene. Não obstante, na reunião havia alguém mais sensato que conseguiu dissuadir os demais, e Klikeš agora está tão enfurecido que nem fala.

Não abandona o tema da morte. O lojista da praça também perdeu alguém. Pergunta-se de quem se trata e o taberneiro responde:

— De seu pai. E era tão velho que ele mesmo se envergonhava disso.

— E morreu de quê?

— Estava tuberculoso, como antes seu avô também estivera. As coisas são assim. Nas famílias, as doenças passam de pai para filho.

Depois chega o vendedor ambulante... Este tipo deve ter feito uma promessa!

❋

Assim não pode ser. Estudar é isto? Avanço como uma lesma, as ideias estão sempre noutro lugar e não no livro. Não estou desassossegado, mentiria, e sim distraído. Meu cérebro transborda de personagens: meus vizinhos; noto como todos formigam nele ao mesmo tempo e de repente um se sobressai, outro faz diante de meus olhos uma pirueta e se expressa e gesticula a sua maneira. Não há mais remédio, tenho de me mudar! Não vim para a Malá Strana por causa dessa gente.

Onze horas. Ouço na cozinha o tilintar do sabre; o mais provável é que esse soldado seja um parente. Da cavalaria?

Ouço um choro, lamentações pungentes da mulher do pintor; um grito de dor, grunhidos e latidos do cão do artista. Fico sabendo que o cão fez algo terrível: comeu o porta-moedas, inclusive as recordações de família que continha: a mecha de cabelo de seu falecido pai, uma lembrança do casamento e Deus sabe o quê mais.

Meia hora de tranquilidade relativa, depois um novo alvoroço no apartamento do pintor. O artista chegou em casa, vindo, provavelmente, da bodega. Ouço-o falar alto, depois pronunciar juramentos, e finalmente são ouvidas, emitidas como um alarido, as seguintes palavras:

— Bem, você vai ficar sabendo, vassoura raquítica: o fígado de ganso é para o chefe da família! Qualquer um poderá lhe dizer, criatura miserável!

Furibundo, o pintor aparece na janela. Agacho-me rapidamente por baixo do caixilho e no mesmo instante ouço:

— Sr. Sempr, tenho ou não razão? O fígado não pertence ao cabeça da família?

Não ouço Sempr, mas o pintor volta a gritar:

— Você está vendo...

O mais provável é que a mulher do pintor tenha fritado o fígado para compensar a perda das lembranças de família. Na frente, as vozes continuam soando e vociferando, e de repente a voz do pintor volta a se destacar:

— E também devorou aquelas duas notas de 10? O que vamos comer agora?

Bela tarde silenciosa. A calma do domingo dá ao homem uma sensação de repouso. Não podia aguentar e desci ao jardim; está vazio e mergulhado em um silêncio quase sacro. Passeio com prazer e observo cada arbusto, cada planta, como se tudo estivesse recoberto de pólen dominical. De repente sinto uma felicidade inquietante; gostaria de pular como uma criança, mas alguém poderia me ver da janela. Reina a calma e apesar disso e mesmo assim você presta atenção e parece que ouve os sons de um mundo imensamente distante e fabulosamente belo. Entro em um caramanchão e... Dou um pulo, ah, que felicidade! De novo um pulo!

Vou de caramanchão em caramanchão. Observo, medito, imagino aqui e acolá as famílias correspondentes, todos os seus membros, todas as suas particularidades. E vai se esboçando um sorriso em meu rosto, estou me divertindo.

A espineta! Aquela antiga espineta, com aquele som débil e obsoleto! O que o velho instrumento poderia contar? Quantas vezes, ao lado dele, teria rido, quantas vezes suspirado, quantas vezes o espírito terá se elevado até as esferas insuspeitas da harmonia!

Sento-me e abro a tampa. Cinco oitavas, pobrezinho! Quando eu ainda tocava... Já faz tanto tempo! Não quis aprender, o professor também não ligava, limitava-se a vir com regularidade em torno do primeiro dia do mês... Aqueles tempos de juventude... Tempos dourados! Fico recordando.

Talvez eu ainda saiba um pouco... Pelo menos os acordes. Dó sustenido, mi, lá... Não soa mal. Lá... ré... fá sustenido... Excelente! Um pouco mais alto: ré... fá sustenido... lá... fá sustenido... lá, ré...

— O doutor está tocando piano, que bom! — ouço de repente a voz do pintor.

Assusto-me: atrás de mim está de pé a população de nossa república do jardim. Completa. Fico imóvel, incapaz de me levantar.

— Toque alguma coisa, por favor, doutor — trina a Srta. Otylia.

— Eu na verdade não sei nada, absolutamente nada. Não toquei piano em toda a minha vida... Violino sim, é verdade.

— Ah, por isso é mais interessante! Ouvi uns acordes limpos, está indo bem, creia-me, por favor... — E junta as mãos em um gesto suplicante.

Agora parece que tem 19 anos.

O diabo deve saber por que não fugi correndo da espineta. O homem é um ser extremamente vaidoso e por isso mesmo ridículo.

— De verdade, senhorita, não sei tocar nada, agora mesmo vou demonstrar, mas não ria de mim.

Recordo que sabia tocar de memória a marcha da ópera *Norma*... Não faz muitos anos, toquei-a em algum lugar e não me saí mal. Ainda devo saber a marcha de *Norma*... Os primeiros compassos são iguais aos do violino, e o sol baixo, si, ré, trata-se apenas dos primeiros compassos. Coloco os dedos sobre sol, si e ré e começo. Ao décimo compasso não sei continuar...

— Você não sabe nada mesmo — brinca Provazník.

— É como se alguém estivesse partindo madeira — grunhe o senhorio.

Começo a suar de vergonha.

— Mas saiu-se muito bem — anima-me a jovem. — O doutor nunca tocou piano e, no entanto, é capaz... O doutor deve ter um talento especial para a música.

Eu a abraçaria. Como é bom seu coração!

— Faz tempo que eu sei que o doutor tem muito talento — continua dizendo. — Assovia tão bem... Doutor, essa manhã o senhor estava assoviando *La Traviata*. Eu ouvi.

Ela presta atenção em tudo. Ah, a curiosidade feminina! Ou talvez... Ou talvez não seja... Santo céu!

Mas, na realidade, por que "Santo céu"? Não quero dizer que goste tanto dela a ponto de desejá-la, mas não seria uma grande desgraça se...

— Esperem, eu lhes tocarei minha "Romança sem palavras" — diz o senhorio, que se sentou à espineta.

Toca. Em pouco tempo também não consegue continuar, pois a tarde já chegou. Apesar disso, aplaudo. Provazník brinca:

— Ao fim e ao cabo, é uma melodia agradável. Serviria para pedir esmola.

Neste momento surge a mulher do pintor. Havia saído para procurar Pepík e finalmente o encontrou ali perto, em um restaurante ao ar livre ao lado do boliche. Tinha dado 2 *krejcar* ao rapaz que cuidava dos pinos para poder gritar quando fossem derrubados muitos pinos. Pepík estava recebendo agora diante de todos os presentes uma saraivada de pescoções e, além disso, teve de escutar um iracundo sermão da mãe. A mulher do pintor não ceceava nem um pouco nesse instante. Tudo graças ao efeito terapêutico de uma voracidade de cão!

— E agora vá para casa e não se mexa de lá! Vá e traga o pequeno.

Pepík se afasta preguiçosamente.

Pouco depois ouve-se um grito infantil na casa. Logo Pepík aparece na escada com o menino, que sustenta com as duas mãos pelo pescoço, como se fosse um cachorro. O menino para de gritar, fica roxo. A mulher do pintor corre a seu encontro, pega o menino e bate em Pepík.

O pintor também está de mau humor hoje, é claro. Queixa-se sem parar do pouco proveito que tira de sua arte.

— Por que, então, não começa a fazer talha ou escultura? Você ainda é muito jovem e pode se aperfeiçoar — diz Provazník.

— Era o que me faltava, virar entalhador! Esses têm ainda menos para comer... Desde que não comecem a talhar palitos com monogramas...

A senhorita e eu nos afastamos dos demais. Estamos sentados um ao lado do outro no caramanchão e conversamos. Na realidade, falo sozinho, segundo observo. Hoje, surpreendentemente, estou de repente falando com loquacidade. Mas tudo o que digo se refere à minha pessoa... Mas não importa, assim posso falar com certa sinceridade, profundidade e sensatez. Observo que Otylia me admira, com frequência chama atenção para alguma de minhas habilidades ou sobre alguma de minhas virtudes. Tem uma inteligência vivaz.

Que moça agradável!

Ao entardecer, Klikeš fala veementemente com Sempr e é evidente que este o ouve com uma atenção que não lhe é habitual. Acho que Klikeš está aconselhando-o a voltar a se casar e que diz já ter uma noiva para ele.

— Vinte e seis anos... Três mil florins... Conhece homens importantes... É muito apreciada.

Era só o que me faltava, testemunhar um casamento aqui!

O tenente me observa hoje com muita atenção. Olhou para mim pelo menos vinte vezes. O que estará querendo?

Estudo, mas não muito bem. Agora de manhã preferiria estar sentado lá embaixo, no jardim, sozinho ou com os outros, tanto faria. As ideias se dispersam como... (mais uma vez não sei como...).

Ora, ora, hoje o pintor começa a brigar bem cedo! Prestei muita atenção. Levaram surra dele: a) a mulher, b) Pepík e c) o cachorro. O cachorro ainda está gemendo.

O pintor vem me ver. Quer saber se tenho uma boa folha de papel de carta, precisa escrever para o irmão, o pároco, e não tem essas coisas em casa. Não gosta de escrever, não gosta nem um pouco, pois escrever o faz pensar na morte. Mas quando tem de fazê-lo, precisa de silêncio, embora suas ideias não valham nada.

— Silêncio em minha casa, doutor? Naquele inferno em que vivo? Primeiro devo pôr ordem... Bati em todos, e se não ficarem calados, levarão outra surra; demiti a criada porque é uma linguaruda.

É a quarta desde que vivo aqui.

Dou-lhe o papel e ele se vai. Pouco tempo depois vem Pepík, com o rosto ainda banhado em lágrimas, e diz que o pai me implora que lhe empreste uma boa pena. Dou-lhe uma pena.

O pintor anda de um lado ao outro do quarto, sem dúvida meditando.

Vou à loja ao lado. Agora, quando preciso de alguma coisa, vou simplesmente procurar eu mesmo. Ao voltar encontro por acaso, exatamente diante da casa, um velho conhecido meu, o Dr. Jensen, médico-chefe do manicômio. Caminha lentamente pela rua, olhando para todos os lados.

— Bom dia, doutor, o que faz por aqui?

— Que casualidade, estava passeando. Gosto de caminhar pela Malá Strana. E você?

— Eu agora vivo aqui no bairro. Mudei-me há pouco tempo.

— E onde?

— Exatamente aqui.

— Pois se não se incomoda, gostaria de ver sua casa.

Gosto do Dr. Jensen. É um homem inteligente, frio e agradável. Gosta da minha casa, olha, observa e comenta tudo. Insto-o a se sentar, mas não quer, parece que prefere ficar em pé, e ficar em pé junto da janela é muito agradável. Fica ao lado da janela, de costas para o jardim e olhando para o corredor do primeiro andar. Tenho um espelho na parede exatamente ao lado da janela — observo que o Dr. Jensen não para de se olhar nele —, e agora tenho a impressão de que o Dr. Jensen é um pouco narcisista, apesar de sua seriedade. Pergunta-me como vim parar aqui, na Malá Strana. Confesso que movido pela esperança de poder estudar tranquilamente e acrescento que me enganei um pouco, que os vizinhos não são de todo tranquilos. Quer saber quem vive aqui. Começo falando de Provazník, que, sem dúvida, deve interessá-lo como psiquiatra. Falo animadamente dele, descrevo-o com todos os detalhes, mas me dou conta de que Provazník não o interessa. Ele continua olhando para o espelho. De repente vira a cabeça e se debruça na janela. Pergunta se a pessoa que está no corredor é a filha do senhorio. Surpreso, respondo com uma pergunta: o senhor a conhece? Parece que ele conhece a família dela há muito tempo. Agora a pergunta, uma pergunta estranha, adquire forma em minha mente, mas não quer sair da minha boca... — recordo as extravagâncias do senhorio, às vezes até excessivamente exageradas —, mas finalmente solto, gaguejando. O médico sorri.

— Deus me livre! É um simples hipocondríaco, mas sofre muito com sua hipocondria. Conheço essa família quase desde a infância, minha mãe era amiga dele. Que estranho que Otylia ainda não tenha se casado! É muito bonita, muito agradável, foi educada para administrar uma casa e tem dinheiro. Esta casa não está hipotecada e além do mais eles têm bastante capital. Seria uma pena se ficasse solteira, é um excelente partido! No entanto, ainda...

Neste momento enfia a cabeça de novo na janela, sorri e cumprimenta.

Ah! Então nada de caminhadas casuais. Só eu, por casualidade, caio-lhe muito convenientemente. De repente sinto uma espécie de antipatia pelo Dr. Jensen.

Aos poucos se despede e promete que voltará quando passar casualmente por aqui. Não é preciso que venha! Creio que nem sequer lhe dou uma resposta educada.

Ele é solteiro, exatamente como eu. Não, na verdade não penso em nada, mas é certo que quando um advogado jovem começa com um capital... He, he, he. Para quê pensar nessas besteiras, quanto mais neste momento?

Acho que Neruda tem razão quando afirma que toda mulher desperta na gente, os homens, ciúmes, mesmo que não tenhamos interesse algum por ela.

O pintor continua passeando pelo seu quarto de um lado ao outro. Ainda está pensando.

❀

Infelicidade no almoço. Nadava na sopa uma família inteira de moscas. Engoli os pais por distração. Depois ainda nadava por ali um embrião de mosca e não consegui engoli-lo. Eu, moscas, Pepík, as cartas, o cachorro, as recordações familiares... Deus sabe tudo o que se come nesta casa!

❀

Agora já sei quem é. Estava por acaso junto à janela quando ouvi na escada o tilintar do sabre. Debrucei-me e vi lá fora o tenente gordo da taberna! O mesmo que anotei em meu diário para que o atirem na rua.

Será parente da maquinista?

❀

Conversa vespertina no jardim. Provazník me sussurra com grande satisfação que hoje, pela primeira vez, notou que sua jovem vizinha tinha os olhos avermelhados. Já estou achando Provazník antipático. Depois pergunta ao senhorio se esteve no enterro do capitão da guarda montada.

— Não estive. Não vou mais a enterros. Depois do enterro de meu pai, não fui a nenhum. Naquela ocasião cantaram, junto ao ataúde, desafinando, uma coisa horrorosa, um canto tão terrível que tem me perseguido pelo resto de minha vida.

Não é poético?

Chega o pintor. Seu rosto congestionado dá claros sinais de uma reflexão muito séria.

— Já terminou a carta?

— Não. Amanhã. Não sou tão rápido assim.

— Caso seu irmão pároco quisesse lhe enviar umas notas de 100, as coisas seriam diferentes, não é mesmo? — pergunta Provazník.

— Por favor! Umas centenas, esse detalhe não serve para nada.

— O que diz? — Provazník se aborrece seriamente. — Vocês não têm ideias! Eu poderia viver mesmo com uma nota de 100! Nada mais fácil! Alugaria, perto de Praga, uma terra e sabem o que plantaria? Cardo, só isso. Talvez depois chegasse um passarinheiro e o alugasse de mim para caçar nele pintassilgos, ou eu mesmo os caçaria.

— Não se esqueça de fazer uma barreira ao redor.

— Para quê?

— Por causa da corrente de ar, para que os cardos não peguem reumatismo.

O pintor começa a se mostrar esperto.

Hoje o senhorio está imensamente triste. Não distribui papeizinhos, mas tem outro pesar. Acha que seu nariz vai cair. Leu essa manhã em um artigo do Dr. Vogt que isso começa com um resfriado. Recorda que está resfriado há vários dias e está convencido de que percebeu que um dos buracos do nariz começou a se mexer. Mas a tarde já chegou e não sabe distinguir qual dos dois.

Otylia olha com tristeza para o pai e só e capaz de abafar suspiros profundos. Voltamos a nos sentar afastados, no caramanchão, e conversamos. Mas hoje a relação é diferente. Hoje quem fala mais é ela, seu coração está virado, sente saudade... Eu a ouço, um pouco entristecido por tudo isso. Percebo que minha compaixão a alivia.

Partiram todos. Fiquei sentado sozinho no jardim. Hoje não posso ir à taberna, não me sinto capaz de estar com as pessoas, sinto-me estranho. Que melancolia e, apesar disso, ao mesmo tempo uma estranha doçura!

Ontem e hoje acordei bastante cedo, talvez devido ao calor. Seria uma oportunidade ótima para estudar. Acordo, mas não levanto. Sinto-me à vontade na cama. Solto as rédeas das ideias e, quando num cochilo dourado aparece uma boa ideia, agarro-a e começo a desenrolá-la.

Confesso que essas ideias se referem aos estudos em um plano mais geral. Exatamente hoje estou estudando a lei de mineração, e as expressões, pouco habituais, desta lei me vêm à mente sem cessar. Minha cama parece um terreno livre onde escavo sonhos dourados. Quando estou perto de Otylka, o pensamento forma de imediato um círculo em torno da gente, para defender o direito de exploração.

Observo que escrevi "Otylka", usei o diminutivo. Cuidado, cuidado!

À tarde, o Dr. Jensen. Como anda depressa!

Creio que não o trato muito bem, parece que para ele tanto faz. Dir-se-ia que nem sequer presta atenção em mim.

Já está de novo diante do espelho junto à janela. Não há coisa mais lamentável do que um homem diante de um espelho.

Ele vê o senhorio com a filha, atravessando o pátio em direção ao jardim. Fala com eles da janela. Fala com muita familiaridade. Há pessoas que, baseando-se em uma relação antiga, atribuem-se realmente todo tipo de direitos... Convidam-no para descer ao jardim, ele me anima. Bem, vamos lá para ver quem pode com quem... Não, não veremos, posto que eu, na realidade, não quero nada. Realmente, sinto que não quero absolutamente nada.

Hoje o jardim tem um aspecto totalmente diferente, parece-me estranho. Outra atmosfera, e diria que outra gente. Mas quando penso nisso com mais profundidade, descubro que a única coisa que me incomoda é o Dr. Jensen. Fala de modo interessante, como se costuma dizer: muita gente é suficientemente superficial para falar de qualquer coisa de forma interessante. Pouco a pouco estão aqui todos, exceto Provazník, e ouvem Jensen, como se contasse Deus sabe o quê. Não me importa em absoluto não falar de forma "interessante".

Faço uma débil tentativa de dirigir a conversa. Pergunto ao pintor:

— Já terminou a carta?

— Não. Amanhã. Preciso deixá-la amadurecer um pouco — responde, e em seguida se dirige a Jensen: — O senhor deve ter uma profissão muito interessante, doutor.

— O que o leva a pensar isso?

— No manicômio deve reinar uma confusão imensa. Conte algo, por favor.

Deixaram-me de novo de lado. Se pelo menos Provazník tivesse vindo. Mas percebo que Jensen está um pouco perplexo. Alegro-me. Diz algo sobre a diferença entre o paciente maníaco e o melancólico, mas isso não lhes interessa. Eles querem saber apenas o que "cada louco acredita que é", como o homem que imagina ser o imperador ou a mulher que crê ser a Virgem Maria. Jensen não os atende e continua com suas explicações científicas até que lhe escapa um comentário no sentido de "quase todo homem é um pouco um doente mental". Isso assusta a quase todos; só o senhorio mexe tranquilamente a cabeça e diz:

— Muita gente, quando está sã, nem dá valor ao que tem.

Finalmente Jensen se despede, mas diz que voltará logo. Penso: "Tomara que demore a vir."

Não se viu hoje nem um fio de cabelo de Provazník.

Quando Jensen já partiu, fala-se ainda um bom tempo sobre ele, até tempo demais. Otylia me sussurra:

— Tenho medo dele.

Respondo:

— A discrição às vezes é uma coisa maravilhosa.

Klikeš conversa sem parar com Sempr. O taberneiro aproxima a cabeça o quanto pode. Não para de tossir e olha para Klikeš como se quisesse liquidá-lo.

Nove horas. Jensen está de novo aqui. Olha para o jardim, o corredor e, entrementes, lança pelo menos três olhares ao espelho, e se demora um bom tempo em cada olhadela. Pergunta se ninguém desce cedo ao jardim. Respondo com um monossílabo:

— Não.

Finalmente, pergunta se me aborrece. Digo que já é hora de me dedicar aos estudos. Jensen parte um pouco chateado. Que vá para o inferno!

Ao meio-dia, o pintor me manda um recado. Quer que lhe empreste um envelope para a carta. Olho para sua casa pela janela e vejo sua mulher e seu filho em pé junto à mesa, observando-o escrever o endereço.

O pintor perambula pelo quarto, segura a carta dentro do envelope e, de vez em quando, fica parado, olhando pensativamente para seu produto espiritual. Talvez sinta uma espécie de orgulho.

À tarde sou o primeiro a descer ao jardim. Parece-me que passou uma eternidade, até que chegam os demais.

❈

Tive de esperar uma hora até que finalmente apareceu o senhorio com Otylia. O senhorio começa uma conversa política comigo e em seguida chega à conclusão de que a causa de tudo está no fato de que os reis "nunca estão satisfeitos com o que têm". Dou-lhe razão, sinceramente. Enuncia ainda outras sentenças, e todas me admiram. Depois começa a amarrar a parreira virgem e consigo trocar confidências com Otylia. Otylia enaltece calorosamente minhas virtudes, estica-as como um sapateiro estira um couro com o objetivo de fazer com que lhe reste um pouco para um par de sapatos a mais destinado a um parente. Onde essa jovem terá estudado minhas virtudes?

Somam-se o pintor e sua mulher. O pintor, com ar de satisfação, quase de vitória. A mulher com a língua afiada como uma espada.

— Já terminou? — pergunto.

— Ah, é claro — diz o pintor, como se para ele fosse coisa de cozinhar e cantar despachar toda a correspondência da Europa em uma manhã.

— Você tinha que ter acrescentado a história da maquinista — diz, rindo, a mulher. — Os padres gostam dessas coisas.

O que é que ele deveria ter escrito sobre a maquinista?

— Devo escrever outra carta a outro de meus irmãos, o de Tarnov. Entre a gente, os irmãos, escrevemo-nos duas vezes por ano, foi o que estabelecemos.

Ninguém lhe dá atenção, continua-se falando da maquinista. Falam do tenente e de como a maquinista enfia a cabeça no umbral para ver se o tenente está chegando. Contam isso de uma maneira muito estranha e, ao mesmo tempo, olham para mim e riem. De repente, vejo tudo claro... Então é por isso que eu era "bobo"? Aborreço-me e digo algo, não me lembro mais o quê.

Depois jogamos baralho. Durante o jogo, sofro com a maior paciência com os erros do senhorio e dou-lhe sempre razão. Também estico o pé embaixo da mesa de propósito, até chegar a ele, para que desfrute. Pisa-o como um organista.

Provazník também não apareceu hoje.

Algo tão tolo não havia me acontecido desde que faço uso da razão. Fui jantar na casa de meu amigo Morousek. Como vive no extremo do bairro de Smichov, peguei um coche de aluguel. Passamos muito bem até tarde da noite e depois voltei caminhando lentamente para casa. Era uma noite bela e muitas ideias me assaltavam. Não se via uma alma, só um adormecido condutor de coche de aluguel, que se dirigia com sua égua esgotada para casa. A égua mal arrastava as patas, o carro solavancava lentamente e o ruído monótono das rodas quase me era agradável. A umas duas casas da minha, o carro me ultrapassou e o cocheiro, inclinando-se sobre a boleia, gritou:

— Por que não sobe, meu jovem?

Era o meu carro! Tinha me esquecido de pagá-lo e de lhe dizer que partisse. E o cocheiro ficara me esperando toda a noite. Tive de pagar 3 florins ao sem-vergonha!

Não há dúvida. Estou apaixonado.

E se um belo dia aparecesse, entre os anúncios do jornal: "O Dr. Krumlovský e sua belíssima noiva, a Srta. Otylia"? Para esses elementos toda moça é "belíssima". Ninguém no mundo deve ficar sabendo, a não ser que...

Temos de esclarecer as coisas entre nós.

Maldita cena, ainda estou tremendo de raiva. É de vomitar.

Lá fora se ouve o som metálico do sabre. Alguém bate à minha porta.

— Entre.

Para minha surpresa, trata-se de outro tenente, não o tenente que esperava. Levanto e olho com curiosidade para o recém-chegado. O tenente está de uniforme de gala, com o morrião na cabeça. Faz uma saudação militar.

— Tenho a honra... O senhor é o Dr. Krumlovský?

Assinto.

— Venho por parte do tenente Rubacký.

Rubacký é o tenente gordo da taberna lá de baixo, aquele que tem amizade com a maquinista.

— O que deseja?

— O tenente se sente ofendido pelas expressões que o senhor usou ontem em uma conversa, aqui no jardim, referindo-se a ele e à maquinista, a quem, como sua amiga, aprecia muito, e me enviou para que lhe peça as devidas satisfações.

Levo a mão à testa e olho-o boquiaberto. Começo a recordar o que aconteceu ontem. Algo foi dito, é verdade, eu também disse alguma coisa, mas ainda que me matem não me lembro do que se trata.

O segundo tenente espera tranquilamente a resposta. Aproximo-me dele e percebo que começo a tremer.

— Senhor, ouça, deve ser um engano — digo, gaguejando. — Quem disse isso ao tenente...?

— Não sei.

Alguém terá ido lhe contar? Ou a maquinista estaria escutando atrás da janela? Talvez até com o tenente?

— Algo foi dito, eu me lembro claramente, mas como eu iria dizer alguma coisa ofensiva?! Nem sequer conheço o tenente, só de vista...

— Veja o senhor, nada disso me diz respeito. Enviaramme para lhe pedir uma satisfação.

— Mas estou lhe garantindo! O que eu poderia ter dito contra o tenente?... Eu aprecio muito o tenente e...

— Veja o senhor, eu já lhe disse com clareza: é necessária uma resposta concreta.

— Bem, se o tenente, baseando-se em uma anedota, crê que eu o ofendi, coisa que, Deus é testemunha, nem passou por minha cabeça, faça o favor de lhe pedir que me perdoe.

— Isso não basta.

— E o que ele quer? Devo talvez, diante dessas pessoas, voltar a...

— O que o tenente Rubacký lhe pede é uma satisfação mediante as armas.

— O tenente Rubacký ficou louco — alfineto —, eu nunca me bati e nunca o farei.

— Darei o recado. — Ele faz uma saudação militar e bate a porta.

Que vá para o inferno!

Estou tremendo de raiva dos pés à cabeça. Um duelo: nem sei segurar um sabre! É o que me faltava, a mim, doutor em direito e futuro advogado! O artigo 57 do Código Penal classifica o duelo como delito... E do artigo 158 até o 165 se trata das consequências, e haja consequências!

Loucos, fugiram do manicômio!

Vou procurar a maquinista, ouvi-a caminhar pela cozinha. Gostaria de lhe expor o assunto e dizer-lhe alguma coisa.

— Vá fritar nabos! — diz furiosa, e me dá as costas, encaminhando-se para seu quarto.

Muito bem, volto para casa. "Fritar nabos!" Que expressão estranha!

Hoje o jardim está diferente. De repente estou nervoso e não posso evitá-lo.

Provazník está de novo conosco. Olha em torno como se fosse uma coruja e diz a cada um:

— Você está com uma cara péssima hoje.

Estou sentado com Otylia no caramanchão. Sinto-me quase no dever de começar a falar de amor. Já estou disposto, mas as palavras ficam presas na minha garganta, não sou capaz de dizer nada extraordinário. Assim, abandono, no momento, o assunto.

Provazník se aproxima. Fica nos olhando durante um tempo e depois diz:

— Vai se casar, doutor?

Uma pergunta inoportuna, fico confuso, mas me esforço para sorrir e responder:

— Sim, senhor, vou me casar.

— Tem razão, deve ser divertido, as crianças trazem alegria; uma criança é mais divertida que um cachorro.

Demônio de homem!

Hoje a conversa esteve emperrada. Não dei nem um pio sobre a visita militar que recebi.

Estou frito. O diabo me trouxe à Malá Strana!

Bem, que remédio! Maldita confusão. Poderia ter continuado a me negar, pois ele não teria cumprido sua ameaça, mas o assunto era para fazer ferver o sangue de um cordeirinho!... Vai me ferir, está claríssimo que nem vou tocá-lo! Serei prostrado pela ferida, os estudos ficarão paralisados durante algum tempo, talvez tanto que até perca a data. Talvez fosse melhor que me matasse!

Aconteceu assim: ouviu-se de novo diante da porta o tilintar do sabre e alguém bateu; entrou o segundo tenente, o mesmo de ontem, com uniforme de gala. Saudou e disse que o tenente Rubacký não estava disposto a deixar que o assunto ficasse assim e que pela última vez pedia uma satisfação mediante armas. Um pouco irritado, repeti-lhe que no dia anterior eu já lhe dissera que não e que hoje voltava a lhe dizer "não e não".

O segundo tenente, em resposta, disse-me que sentia muito, mas que o tenente me daria com a luva na cara toda vez que me visse. Raivoso, dei um salto e me plantei diante do segundo tenente.

— Não tocará em mim, isso eu juro.

— É certo que vai pegá-lo. Adeus.

— Espere. Que arma escolhe?

— O sabre.

— Bem, aceito.

O segundo tenente me olhou surpreso.

— Aceito — acrescentei trêmulo de raiva —, mas com condições. Em primeiro lugar, o senhor se ocupará da arma e do padrinho, e, em segundo, me dará sua palavra de honra, a do senhor e a de todos os demais, de que ninguém no mundo ficará sabendo desse assunto e de que, para o duelo, será escolhido um lugar totalmente seguro.

— Dou-lhe minha palavra de honra.

Despediu-se educadamente, até com excessiva cortesia. Disse que hoje mesmo ou amanhã viria para tratar do resto.

Maldita confusão! É possível que o assunto, mesmo assim, venha à luz... Talvez a maquinista tenha escutado nossa conversa muito ruidosa, até apostaria em que o tenha feito... E sei que ela, de qualquer forma, é a culpada de tudo isso. Tal como estão as coisas, vejo agora que no fundo ofendi seu amor-próprio feminino. Mas eu não era "bobo" por isso! *Agora* sim o sou! E se ela contar, adeus carreira de advogado! Serei um figurante pelo resto de meus dias. Bem, tenho algum dinheiro e Otylia também... Mas se nem sei se aceitará se casar comigo!

Como é natural, não estudo nada. Fico olhando o livro e me maldizendo mentalmente.

Recebi uma carta pelo correio. O carimbo é da Malá Strana... A carta é anônima... Maldito Provazník.

Senhor doutor e aspirante:
Creio que o senhor é mais aspirante ao matrimônio do que à advocacia. Seu desejo de matrimônio, no entanto, é uma especulação muito ruim. Quer uma casa, quer dinheiro, não uma mulher. Além do mais, não poderá amar essa velha murcha e pirada, que é tão tola a ponto de não ver um palmo na frente do nariz. É uma vergonha que esteja disposto a se vender, a sacrificar sua jovem vida pelo afã de lucro. Uma vez mais, cem vezes mais, que a vergonha caia sobre o senhor.
Um, em nome de muitos que pensam da mesma forma.

"Um palmo na frente do nariz" — eu ouvi Provazník usar essa expressão. Espere, que já vou acertar nossas contas. Você me pagará em lugar do tenente. De qualquer forma, fiquei com vontade de lutar, teria brigado com o mundo inteiro.

Não posso dizer que temesse por minha vida. Tampouco me impressiona que me firam. Penso friamente sobre isso. Mas sei que o medo chegará, e temo esse medo. Não estou habituado a duelos, jamais cheguei sequer a pensar em um... O medo se apresentará. E estarei feito um feixe de nervos, cada nervo vibrará, cada músculo tremerá. Não haverá momento sem calafrio, e bocejarei de puro medo.

Será terrível!

Estamos conversando no jardim, e como! Hoje não me declararei, para quê? Pegue seu lenço, Otylia, e prepare as gazes! Se eu morrer, será o fim, e se me ferirem, Otylia cuidará de mim — acredito nisso, pelo menos —, e nesse momento a declaração surgirá sozinha. Como nos romances.

Mas algo me impulsiona a iniciar, apesar de tudo, uma conversa profunda, embora não saiba do que falar. Por fim lhe pergunto se irá amanhã ao teatro tcheco.

— O que vão apresentar?

— O *Jan Hus*, de Tyl; é 6 de julho, o dia memorável da execução de Hus na fogueira.

— Gostaria de ir, mas não de ver a obra sobre Hus.

— Por quê? Não será porque foi um herege, será?

— Não, mas amanhã é sexta-feira, o dia de jejum, e não creio que deva.

O sem-vergonha do Provazník interpretaria isso como "não ver um palmo na frente do nariz", mas a mim parece uma ingenuidade, que sempre tem seu encanto, sem dúvida.

Agora chega Provazník. Vou ao seu encontro e me afasto com ele pelo caramanchão.

— Você é um sem-vergonha, atreveu-se a me enviar hoje uma de suas cartas anônimas que usa para inquietar toda a vizinhança. Confesse!

— Quem lhe falou de meus anônimos? — pergunta Provazník, pálido como cera.

— Você mesmo, no outro dia, sem-vergonha.

— Eu lhe disse isso?

E em seu rosto há um espanto tão néscio que tenho de parar de olhá-lo para que não me escape um sorriso.

— Vou lhe dizer uma coisa: se voltar a fazer algo parecido, moerei suas costelas como se fosse um cachorro.

E saio. Pelo menos aprendi uma coisa com o tenente.

Mais tarde querem disputar uma partida. O pintor tira as cartas da gaveta e quase ao mesmo tempo agarra Pepík pelo pescoço. Uma surra terrível. Todos os corações das cartas foram recortados.

Pepík os colou numa folha branca e a deu como presente de amor a Marie, a filha de Sempr.

Não podemos jogar. Estou felicíssimo.

Falamos, falamos, mas não dissemos nada de interessante. Depois passeio com Otylia pelo jardim. De repente ela se vira para mim, olha em meus olhos e me pergunta se está acontecendo algo. Fico pasmo, mas respondo que não e sorrio de maneira forçada. Ela balança a cabeça e repete várias vezes que acha que está acontecendo alguma coisa comigo.

Sente... Sente simpatia por mim, isso é evidente.

Estou sentado em casa, meditando. Estou surpreendentemente tranquilo, o medo ainda não se apresentou... Mas virá!

Será que ainda não estou acreditando que o duelo acontecerá?

No entanto, amanhã...

Ora, hoje me levantei cedo! Despertei antes das 3, mas não fiquei na cama folgazando; levantei-me em seguida. Estou muito preocupado.

Parece que o tempo não passa. Já estive hoje várias vezes no jardim, mas voltei imediatamente ao quarto. Pego qualquer coisa; estou mesmo desassossegado, no momento seguinte volto a abandoná-la. Não vejo a hora da chegada do segundo tenente.

Tenho ou não tenho medo? Estou agitado e bocejo, e me parece que o bocejo é provocado por uma impaciência febril.

Já veio. E assim amanhã, às 6 horas, no quartel do castelo, na sala ajardinada...

Penso: "Serão obrigados a retirá-lo carregado do salão."

E rio sozinho como se de uma piada inédita.

Mostrou-se deliciosamente cortês. Disse também algo como "queria que esse assunto desagradável fosse acertado de alguma maneira". Respondi de supetão:

— Não é necessário.

Mas mal disse isso, tive vontade de me esbofetear. Não resta dúvida: sou um bobo!

Mas e daí?

Estou de visita na casa de meu amigo Morousek, em Smichov. Primeiro: não teria suportado ficar em casa. Segundo: Morousek é um excelente espadachim. Em seu tempo lutava como uma fera. Poderá me ensinar alguma coisa às pressas.

Morousek é um homem desagradável. Entreguei-me a ele e ele... ri de mim. Há pessoas que não são capazes de pensar em nada seriamente. Peço-lhe que me ensine qualquer coisa que possa me ser útil. Afirma que em tão pouco tempo não vou aprender nada.

— Quero tentar — respondo, aborrecido.

— Vai ver agora.

Ele pega as espadas, me dá uma máscara de esgrima e um peitoral e me coloca em posição. "Assim..., assim..., e não assim..., cuidado com a ponta da espada..., assim...", e minha espada cai no chão.

— Você tem que segurar a espada com firmeza. — E ri.

— É muito pesada.

— O sabre não é muito mais leve... De novo.

Aos poucos vou me sentindo esgotado, como se tivesse levantado uma bigorna com a mão. O alto e ossudo Morousek é incansável.

— Descanse um pouco — diz, e volta a rir.

Recordo um Morousek muito mais agradável do que o de agora e digo-lhe isso.

— São os nervos que o levam a falar assim — diz.

— Olhe, não tenho medo. Palavra de honra.

— Então vamos recomeçar.

Em pouco tempo estou novamente sem forças.

— Não vamos exagerar — diz Morousek —, senão amanhã de manhã não conseguirá levantar um dedo. Ficará se alimentando e treinaremos vez ou outra, mas sempre só um pouco.

De qualquer forma, não teria ido embora. Sua mulher nos observa, acha que é uma brincadeira e ri. Essa gente tem um riso muito fácil.

Pouco antes de comer, Morousek me pergunta se Rubacký é um bom espadachim. Não sei.

— Não há outra saída. Você tem que aprender um assalto rápido e de surpresa: ou você ou ele.

Volta a me colocar a proteção, mas não acho muita graça.

Que ideia a do assalto rápido e de surpresa! Não sou capaz de fazê-lo, meu assalto é lento e parece que não surpreende nem um pouco. É culpa minha?

— Vamos comer! — diz a mulher de Morousek, e eu me sinto aliviado.

Mas mal consigo segurar a colher. Minha mão treme e derramo a sopa. Morousek ri.

— Você vai ver amanhã, quando tiver na sua frente seu amigo feito em pedaços.

Quase desejo que me cortem em muitos pedaços, tantos que Morousek seja obrigado a chorar.

À tarde me obrigo ainda a manejar a espada duas vezes. Ataco o ar e Morousek como um possesso e depois caio no chão com a máscara e o peitoral e não quero me levantar.

— Ande, levante, agora vá fazer uma massagem com álcool!

Esfrego-me, e cheiro tão mal que a mulher de Morousek pega seu bordado e vai se sentar no outro extremo do jardim. Eu fugiria de mim mesmo.

Volto tarde para casa. Uma dor forte nos cotovelos e nos joelhos me persegue. Será que eu ataquei também com as pernas?

Em casa, encontro um bilhete de Otylia!

Estimado doutor:
Tenho, *tenho* de falar hoje com o senhor. Peço-lhe que, ao regressar esta noite, desça ao jardim. Assim que o senhor assoviar *La Traviata*, estarei ali. Desculpe a caligrafia. Escrevo por pura simpatia pelo senhor.

*Otylia*

A maquinista falou! Maldita cena a que me espera!

Desço ao jardim. A lua brilha e posso ver claramente através do pátio o corredor do primeiro andar. Não há ninguém.

Passeio para cima e para baixo. De repente alguém aparece. Uma figura branca. Por um instante fico sob a luz da lua, mas volto logo para a sombra... Agora *La Traviata*. Só Deus sabe o que me acontece! Passo o dia assoviando essa melodia e mesmo que tivessem me matado não a recordaria! Mas terá ela me visto? Além do mais, poderia assoviar o que quisesse, não é mesmo? No entanto, não me ocorre outra coisa além de "O apito, o apito de Pepito...!" Assovio, então, o Pepito.

— Doutor, assim tão tarde no jardim? — ouve-se de repente na janela do pintor, que, quase nu em pelo e plantado na janela, diz: — Bela noite, não é? Também estou sem vontade de dormir. Conversemos.

A figura do corredor desaparece.

— Eu já estava indo para casa — grito de propósito com muita força. Só me faltava ficar de conversa com o pintor. O sujeito não arredaria pé até o amanhecer.

Vou embora assoviando muito alto. Detenho-me e olho ao redor... Ninguém na escada, ninguém no corredor... Otylia terá se aborrecido por causa da história do Pepito?

Talvez seja melhor que não tenhamos conversado esta noite. Sem dúvida é melhor...! E amanhã?

O pintor continua tomando a fresca da janela. Gostaria de ter aparecido no corredor, mas teria me visto e começaria a falar. Corro as cortinas.

O último desejo! Não há outro remédio, é preciso deixar as coisas arrumadas. Breve e conciso, umas poucas linhas, todos os bens para minha irmã e pronto.

Bem, e agora tentarei dormir. Estou tranquilo, curiosamente tranquilo, mas amanhã tremerei como uma vara bamba, sei muito bem!

Ainda falta acertar o despertador.

O pintor continua deitado na janela... Fique deitado, gar-ranchento!

※

Devo ter dormido só duas horas, mas mesmo assim estou descansado. Em junho amanhece às 3, o frio da madrugada me produz calafrios. Bocejo terrivelmente. Tremo um pouco, é verdade, mas não de forma convulsiva, na realidade.

Tenho tempo de sobra. Não quero descer ao jardim. E a rua? Com os calafrios que tenho começaria a correr, mas ficaria cansado. Além do mais, minhas mãos duelam desde ontem. Talvez revisar os papéis e organizá-los um pouco?

※

Cinco e meia. O tempo passou voando. Olho para o quarto como se tivesse esquecido algo. O que poderia ter esquecido?

Adeus, então!

※

Voo pelas escadas, passo pelo corredor do quartel que leva ao lado de fora, dou um pulinho; tenho a sensação de chorar de alegria e realmente meus olhos se umedeceram... Como se de repente tivesse saído de uma cova sombria à luz solar. Viro-me à direita e à esquerda, não sei aonde quero ir.

— Ei, Krumlovský!

É Morousek, o pobre do Morousek. Abraço-o, escapam-me umas lágrimas, mas não consigo falar.

— Bem, você vai lutar?

— Está tudo terminado!

— Graças a Deus! Mas me solte, você está quebrando minha mão.

Dou-me conta de que agarrei sua mão como se as minhas fossem tenazes; aperto-o novamente.

— Vamos para o carro, eu o aluguei. Você já tomou o café da manhã?

— Ainda não.

— Então vamos para a bodega.

— Sim... Não, primeiro vamos passar em casa e depois vamos à taberna. Otylia precisa saber que saí ileso.

Subimos no carro. Falo como uma criança, sem parar de rir. Só Deus sabe o que estou dizendo. E nem sequer me dou conta de que cheguei em casa. Subo dançando as escadas. Falo muito alto para que toda a casa me ouça e saiba que chegamos. A maquinista fugiu da gente e se refugiou em seu quarto. Está assustada. Que espere. Ficará ainda mais assustada.

Em casa, volto a ser eu.

— Mas você se dá conta de que, na realidade, ainda não me contou nada? — diz Morousek. Acende um charuto e fica à vontade no sofá.

Sim, é verdade que ainda não disse nada. Tenho que me tranquilizar um pouco.

— Dois sujeitos estavam me esperando na entrada do quartel. Conduziram-me através do pátio, descendo a escada, até a sala ajardinada. Ali nos esperavam o tenente e o médico. O segundo dos dois oficiais, que havia me acompanhado desde a porta, apresentou-se como meu padrinho. Afirmou que tudo estava em perfeita ordem e as armas eram iguais como duas gotas d'água. Creio que fiz uma reverência. Nisso se aproximou de mim o segundo tenente, aquele que já conhecia, no papel de padrinho do tenente, e me disse:

"'Segundo entendi, os senhores não têm realmente nada de pessoal um contra o outro... Por isso, permito-me propor que seja ao primeiro sangue. Estão de acordo?'

"'De acordo', disse.

"'De acordo', disse o tenente, e tirou o abrigo.

"Eu também tirei o meu.

"Deram-me o sabre e ficamos em posição. Cruzamos as armas, como aprendi ontem. E, de repente, eu o fiz. Um assalto rápido e de surpresa. A cabeça me zunia, diante dos olhos via estrelinhas... E então os padrinhos exclamaram:

"Alto!

"E se meteram com uma espada entre nós dois. Automaticamente dei um passo para trás e vi que brotava sangue no rosto de meu adversário. Parece que o saudei com a espada como se fosse um oficial. Sim, saudei-o com a arma e a entreguei com reverência ao meu padrinho. Muito sério, comecei a me vestir e ouvi o médico dizendo: "É uma ferida muito leve." Depois me despedi. E logo ouvi às minhas costas: "Por todos os diabos, que selvagem!" Ouça, eu enfrentaria agora o mundo inteiro. E ninguém saberá uma palavra. É uma ferida leve, deram-me sua palavra de honra. Ninguém dará nem um pio. E tenho que agradecer a você, meu querido amigo.

Morousek sorri.

— Está claro: ou não é um bom espadachim ou você realmente o pegou de surpresa. Por outro lado, pelo fato de ter sido a primeira vez, você se portou como um bravo.

Sinto-me um herói. Com passo enérgico caminho para lá e para cá e paro diante do espelho. Olho-me, quero sorrir, mas o sorriso me parece abobalhado.

Morousek se levanta.

— Estou faminto, venha, vamos à bodega — diz.

Surpreendentemente, ainda não tenho fome.

— Você também não tomou o café da manhã?

— Quando poderia tê-lo feito?

Só agora me ocorre que meu amigo me demonstrou uma dedicação comovente.

— Onde você encontrou tão cedo um coche de aluguel?

— Eu fiz uma reserva ontem à tarde, quando você estava em minha casa.

— Meu querido, meu querido amigo Morousek. — E dou-lhe um abraço.

Ele é obrigado a lutar para se afastar de mim. Às vezes tenho uma força incrível.

Uma bodega pequena. E nela encontro dois conhecidos: o alfaiate Sempr e o taberneiro. Estendo a mão.

— O que está acontecendo? Nosso taberneiro também frequenta outras tabernas?

— Estou há dez anos sem ir a nenhum lugar, hoje é a primeira vez.

Sentamos a outra mesa.

Comemos, bebemos e, em voz baixa, Morousek me convence de que preciso me mudar. E imediatamente. Diz que as coisas não andarão bem com a maquinista, que eu ficaria sem a tranquilidade necessária aos estudos e que não me resta muito tempo. Tem toda razão. Pergunta-me aonde gostaria de ir. Eu preferiria voltar ao meu antigo apartamento.

— Podemos ir até lá agora mesmo, no coche de aluguel, para ver se é possível. Talvez seja possível sim.

Morousek é um excelente amigo. Um homem notável, gosto muito dele, e nem sequer me lembro se em algum momento o achei desagradável.

Parece que o taberneiro vai ficando exaltado. Fala cada vez mais alto. Está dizendo a Sempr que não deve se casar. Não e não. Fala muito mal de Klikeš, como se fosse o artífice de todos os problemas do mundo. Fala com desprezo das mulheres. Quando Sempr sai para comprar charutos, interpelo o taberneiro:

— Ouça-me, por que o senhor está brigando com Sempr?

— Não sou o taberneiro? Tenho alguns clientes fixos e preciso mantê-los.

— Mas ele precisa de uma boa dona de casa e de uma mãe para sua filha.

— Não! É um bom cliente... Almoça na minha taberna, janta e bebe seus...

Sempr está de volta.

O apartamento está livre e gostaram muito de alugá-lo para mim. Depois de amanhã, ou seja, na segunda-feira, irei me mudar. O que dirá Otylia? Creio que administrará a situação, falarei com ela. Explicação e declaração de uma só vez? Além do mais, poderia passar por aqui em dias alternados ou até mesmo todos os dias. É verdade, apesar de tudo a notícia sobre o duelo será um pouco difundida. Serei admirado, mas o principal é minha carreira.

Morousek me leva para almoçar em sua casa. Enquanto comemos, comentamos meu duelo. Morousek está de bom humor, mas creio que pegará um pouco no meu pé. Essa sua atitude é supérflua e tola, para não dizer outra coisa.

Ao entardecer vou à minha antiga taberna da Cidade Velha. Divirto-me muito! Estou espirituoso, para dizer assim. Ficam espantados com meu bom humor e meu bom aspecto. Sim, um dia antes poderia ter estado de corpo presente!

Hoje espero poder dormir bem.

Acordei muito cedo. Reminiscências do dia anterior. Mas me sentia tão à vontade, tão à vontade como um recém-nascido em um banho morno, estirando seu corpinho, levantando os braçinhos, e assim continuei dormindo felizmente até as 9.

O Dr. Jensen voltou. *Le pourquoi*? Bem, você logo verá, verá hoje mesmo.

Estreita com significativa cordialidade minha mão, acende várias vezes um charuto. Depois diz que tem de me explicar por que aparecia por aqui, para que eu não ache aquilo estranho, e de novo vai até a mesinha para pegar os fósforos. Vai me dizer por que vem aqui? Acha que não sei... E está de novo diante do espelho, um faceiro absoluto.

— Aqui na frente — começa —, no segundo andar, vive Provazník. Você mesmo me falou várias vezes a seu respeito. Há oito ou dez anos, esteve internado em nossa clínica. E desde então, a pedido de seus parentes ricos, de vez em quando o vigio. Agora voltaram a me procurar. Tive uma sorte enorme de que você vivesse aqui e justo neste andar. Tenho que fazer as coisas o mais dissimuladamente possível. Ele me conhece, evita-me e não desceu uma única vez ao jardim quando eu estava aqui em sua companhia, embora o senhor tenha me dito que desce todos os dias. Observa-me angustiado. Agora mesmo está me observando. Posso vê-lo bem pelo espelho. Está atrás da cortina, só assoma um pouco a cabeça. Mas creio que, segundo vi e ouvi, não é necessário temer um novo ataque.

Fico boquiaberto e olho para ele espantado. Como? Era apenas isso?

Sinto uma espécie de alívio, verdade seja dita, mas, ao mesmo tempo, algo parecido com uma decepção.

O doutor partiu. Tenho a impressão de que preciso chamá-lo:

— Veja, senhor, se o senhor tivesse tido intenções... Eu... Quer dizer, quanto ao que se refere a mim, não teria sido...

E, efetivamente, de repente me parece que nunca havia pensado em uma rivalidade entre nós dois.

Até hoje estou pensando... Ah, o homem é um animal estranho!

Comuniquei secamente, com poucas palavras, à maquinista que vou me mudar amanhã. Ouviu-me com o olhar baixo e não disse nada. Agora não para de olhar para o chão. Consegui domá-la!

O surpreendente é que durante todo esse tempo não consegui ver o maquinista. Sempre por algum motivo... Mas é melhor assim, acho que ficaria com pena.

Otylia continua aborrecida. Para dizer a verdade, seu aborrecimento é, para mim, quase indiferente. Só sinto algo assim como uma leve ofensa. Comuniquei a todos, no jardim, que estou de mudança. Ela estava fria, realmente indiferente, como se tivesse lhe dito que uma colher caíra no chão. As mulheres também são animais estranhos.

Graças a Deus não lhe declarei "meu amor".

Estive na taberna da Cidade Velha. Entre aquela gente você recupera o humor e logo se sente mais capaz de realizar um trabalho intelectual. Voltar ao trabalho, ao trabalho! Depois do exame de advocacia terei me livrado das provas por toda a minha vida.

Estou em plena mudança.

No quarto do pintor, o quebra-quebra habitual, uma confusão terrível, o prólogo à segunda carta. Voltou a me enviar um mensageiro para pedir papel. Mando lhe dizer simplesmente que já guardei tudo e que não sei onde o papel está.

A filha do senhorio corta verduras no jardim.
Observo-a friamente. Como está murcha!

E que Neruda não me venha outra vez com um de seus "contos de Praga".

Este livro foi composto na tipologia Adobe Garamond Pro,
em corpo 11,5/15,8, e impresso em papel off-white 80g/m²
no Sistema Cameron da Divisão Gráfica
da Distribuidora Record.